Von der Berührung zum Klang – vom Dunkel zum Licht

AF194567

Maria Lichtborn

Von der Berührung zum Klang – vom Dunkel zum Licht

Bibliografische Information der Deutschen Nationalbibliothek:
Die Deutsche Nationalbibliothek verzeichnet diese Publikation in der
Deutschen Nationalbibliografie; detaillierte bibliografische Daten sind im
Internet über dnb.dnb.de abrufbar.

Biografie
2022 by Maria Lichtborn

Buchumschlag/Foto: Bruce Rolff/Shutterstock.com
Illustrationen und Foto: Maria Lichtborn
Alle Rechte vorbehalten

Satz, Coverdesign, Herstellung und Verlag:
BoD – Books on Demand, Norderstedt
ISBN 978-3-7557-9352-6

Inhalt

Haftungsausschluss

Alle Inhalte im Buch werden dem Leser ohne jegliche Gewährleistung, Garantie und Haftung seitens der Autorin oder des Verlages zur Verfügung gestellt. Für Schäden jeglicher Art, die aus der Verwendung der Inhalte entstehen, übernehmen der Verlag und der Autor keine Gewährleistung, Garantie oder Haftung.
Körperliche und psychische Erkrankungen erfordern die Behandlung durch Ärzte, Heilpraktiker oder Therapeuten.

Vorwort

Ich heiße Maria, bin 1960 geboren und vom Sternbild her Wassermann. Ich möchte von meinem eigenen Leben erzählen, ehrlich sein und von dem schreiben, was mir widerfahren ist, was mir zugestoßen ist, wie sich das auf mein Leben ausgewirkt hat, davon welchen Weg ich gegangen bin. Es wird ja in vielen Büchern von Menschen, die hellsichtig sind und anderen Menschen helfen können, von Licht, Liebe und Freude erzählt. Sie sind davon durchdrungen und werden Kanal, um diese immer verfügbaren Energien auf andere zu übertragen.

Es gibt viele Menschen, welche erst durch ein dunkles Tal gehen mussten, um dann den Berg zu erklimmen, um das Licht und die Sonne zu sehen. Und zu diesen Menschen gehöre ich auch. Ich möchte hier mit der Darstellung meiner Schwierigkeiten auch denen Mut machen, die gerade immer noch im Tal sind oder im Tunnel und noch nicht das »Licht am Ende des Tunnels« erkennen können.

Kapitel I – Meine Kindheitsgeschichte

Der unbekannte Vater und die Geburt

Meine Mutter lernte mit fünfzehn Jahren ihren Mann bei einer Ferienfahrt auf dem Oybin im Zittauer Gebirge kennen, wo er ihr half, den schweren Koffer zu tragen. Eigentlich hatte er ihre Freundin zu einem romantischen Rendezvous in eine einsame Hütte eingeladen. Weil sie keine Ambitionen verspürte, überredete sie meine Mutter an ihrer statt zu dem Treffen zu gehen und sie wurde schwanger. Ihre Mutter drängte auf eine schnelle Vermählung und nach der Hochzeit fanden sie eine Wohnung auf einem Hof im Nachbarort. Ihr Mann war auf der Flucht in der Gegend hängen geblieben und seine Mutter und Großmutter sind in die gemeinsame Wohnung mit eingezogen. Bald bekam meine Mutter ihr erstes Kind, eine Tochter. Er wollte allen ein neues Zuhause schaffen und sie begannen mitten im Wald ein Grundstück zu richten und bauten in den nächsten Jahren darauf ihr Haus. Der Hausbau war noch in vollem Gange, als das zweite Mädchen unterwegs war. Um den Bau finanzieren zu können, gingen beide arbeiten. Ihre zweite Tochter gaben sie in ein Säuglingsheim, besuchten sie und holten sie regelmäßig nach Hause, bis sie mit zweieinhalb Jahren ganz zu ihnen zurückkehrte.

Und nun war meine Mutter am 25.04.1959 unterwegs nach Finsterbergen in Thüringen, um sich dort zu erholen. Ihre zwei Töchter blieben zu Hause bei ihrem Mann.

Das Haus Waldfrieden war ein Genesungsheim für Verfolgte des Naziregimes und nur für Familienmitglieder reserviert, die im Krieg Schaden erlitten hatten. Der Bruder meiner Mutter wurde durch die Kriegsereignisse körperlich und geistig behindert. Er wollte der Hitlerjugend nicht beitreten, später schickte ihn das Militär an die vorderste Front. Dort erlitt er einen Kopfschuss und psychische Traumata. Ihre Mutter war gläubige Christin und sowieso gegen jeden Krieg und ihr Vater viele Jahre in russischer Gefangenschaft. Die Kureinrichtung wurde von einem Arzt geleitet. Auf einer Ansichtskarte sah ich, dass das Haus zu dieser Zeit eine zweistöckige Villa mit vorgebauten und verglasten Erkern war. Die Balken hoben sich dunkelbraun zu der sonst weißen Außenwand ab und bildeten einen schönen Kontrast. Vor dem Haus standen einzelne Laubbäume und eine große Tanne. Hinter dem Haus, welches am Hang lag, begann der dunkle Fichtenwald. Und hier muss meine Mutter irgendwo zwischen Fichtenwald und Kaminzimmer meinen Vater getroffen haben.

Es war sicher romantisch, und nachdem ich die Schwangerschaftstage von diesem Zeitpunkt bis zu meiner Geburt nachgerechnet hatte, kam ich zu dem Schluss, dass ich sehr bald nach ihrer Ankunft schon gezeugt wurde. Sie blieb bis zum 16.5.1959, diese Zeit war in ihrem Sozialversicherungsausweis im Stempel des damals behandelnden Arztes vermerkt.

Nach Rücksprache mit seinem Sohn erfuhr ich, dass sich auch Rudolf von Petershagen des Öfteren dort aufgehalten hat. Er brachte Freunde aus der Marine mit, doch über diese Ermittlungen verlief sich die Spur im Sand, im wahrsten Sinne des Wortes.

Im Sozialversicherungsausweis fand ich auch einen Stempel vom Landambulatorium in Göhren auf den 04.06.1959 datiert. Sie ist also schon kurz nachdem sie in die Lausitz in ihren Heimatort zurückkehrte, bis an die Ostsee auf die Insel Rügen nach Göhren gefahren. Aus dieser Zeit gibt es ein Foto von ihr am Strand, welches von dem damals ansässigen Fotografen Herrn B. in Göhren entwickelt worden ist. Ich konnte noch telefonisch mit seiner Schwester sprechen und sie bestätigte es mir. Ich habe an dieser Stelle noch einige Recherchen und Nachforschungen betrieben, doch dazu komme ich später.

Nachdem sich meine Mutter für ihre Familie und meinen Stiefvater entschieden hatte, wurde ihr schnell klar, dass sie mich nicht bekommen wollte. Sie selbst erzählte mir, dass sie heiße Sitzbäder gemacht und Rotwein getrunken habe, damit sie mich als Fötus abstoßen könne.

Was dies für Folgen für mich hatte, kann ich auch heute nur teilweise realisieren. Und diese Bewusstwerdung ist Thema dieses Buches sowie alle Hilfsmittel, Therapien und Theorien, welche mir dabei geholfen haben, mich in meinem Leben zurechtzufinden.

Durch eine Hypnosebehandlung konnte ich 2006 an eine vorgeburtliche Erinnerung gelangen. Nachdem die Hypnotiseurin mich über zehn Stufen in eine Tiefenentspannung geführt hat, sah ich eine orangefarbene Kugel um mich herum, durch die das Sonnenlicht fiel, es war wohlig warm. Plötzlich kamen dunkle Wolken und ich dachte noch, es sieht ja aus wie eine Nabelschnur, und ich hatte das Gefühl: Ich muss sterben. Ich sah mich als schwarzes Baby, wie aus Holzkohle. Sie suchte neue Eltern für mich, ein peruanisches Paar, eine Frau und einen Mann. Sie nahmen mich in den Arm und schauten aufgeregt und erschüttert auf mich, als wollten sie noch fragen, wie es passieren konnte. Dann kam ich wieder in das Tagesbewusstsein zurück.

Säuglingsheim

So war auch eine schwere Geburt im Februar 1960 die Folge und nach Aussage unserer Nachbarin, bin ich gar nicht nach Hause gekommen, sondern gleich in das Säuglingsheim in Rothenburg gebracht worden.

Heute weiß ich, dass das Säuglingsheim in der Oberlausitz früher ein Schlachthof war und sich in der Nähe die Bahngleise befand. Immer und immer wieder hatte ich als Erwachsene das Gefühl, der Zug müsse über mich hinwegrollen und dann wäre für immer Ruhe. In dem Säuglingsheim gab es einen großen Raum mit Fenstern im Souterrain, wir konnten dort durch die Kellerfenster nur etwas Rasen und den Himmel sehen. Der Raum war sehr hoch, wahrscheinlich hatten sie dort früher geschlachtet und das Fleisch der toten Tiere gelagert. In der halben Höhe des Raumes gab es eine nächsthöher gelegene Ebene, zu der eine schmale Treppe führte, welche aus Eisen war. Dort standen die Gitterbetten der Säuglinge dicht an dicht, eines am anderen. Die Gitterbetten waren aus Eisen und die Seitenteile sehr hoch, sodass kein Kind darüberklettern konnte. In diesen Gitterbetten blieben wir bis zum zweiten Lebensjahr, wir wurden im Bett gewindelt und bekamen die Flasche, einen Körperkontakt gab es nicht. Dies alles erzählte mir eine Erzieherin, welche mich in dieser Zeit versorgt hatte. Vor diesem Raum gab es eine Veranda, welche früher die Rampe des Schlachthofes war, und diese wurde später mit einer Überdachung versehen. Vor der Veranda stand eine Reihe von Kinderwagen, in welche wir dann gelegt wurden, um frische Luft zu bekommen, wir wurden weder gefahren noch geschaukelt.

Ich fange heute noch an zu weinen, wenn ich dies aufschreibe, über das, was mir damals als Säugling zugestoßen ist und wie wenig mir dort zum Überleben blieb. Ich kann endlich Mitleid haben mit meinem eigenen Geschick.

Ab dem zweiten Lebensjahr kamen wir in die sogenannte Krabbelgruppe, dort wurden wir mehrere Kinder zusammen nach den Mahlzeiten in ein großes Laufgitter gelegt. Ob und wann wir regelmäßig nach draußen gebracht wurden, weiß ich auch heute noch nicht. Ich habe nur einmal »gesehen«, dass ich mich an heißem Teer verletzt haben muss, ich hatte Pflaster auf den Knien und war dann eben die »Pechmarie«.

Als Erwachsene machte ich eine meiner Kinderfrauen ausfindig und auf den Fotos, welche ich von ihr bekommen habe, waren die Kinder schon fast drei Jahre alt.

Auf einem Gruppenfoto trugen die Kinder zu Fasching kleine Hütchen und weiße Schürzen. Auf diesem Foto war zu sehen, dass nicht ein Kind lachte, und ich suchte, ob es eine Ähnlichkeit gab.

Auf einem Bild saßen die Kinder Topf an Topf, dahinter hingen die Handtücher. Ein Kind sah so aus wie meine zweitjüngste Tochter, das musste ich wohl gewesen sein.

Es sah genauso aus wie in der Einrichtung für behinderte Menschen, in welcher ich später ab 1978 gearbeitet habe. Und im Verlauf meiner Ausbildung als Heilerziehungspflegerin recherchierte ich auch in den Akten der Bewohner. Einer davon ist ebenfalls als Säugling in diesem Heim gewesen und er hatte solch eine Kraft und Aggressivität, dass er mit der geballten Faust geschlossene Holztüren einschlug. Dies passiert, wenn aus der Vernachlässigung im Säuglingsalter unbändige Wut wird.

Erst nach meiner Zeit 1968 wurde die Erkenntnis verbreitet, dass Kinder auch aus dem Bett herausgenommen werden müssen und Körperkontakt brauchen. 1970 wurden die Säuglingsheime als unpädagogisch angesehen und geschlossen. Und heute kann sich nicht einmal mehr eine Mitarbeiterin auf dem Rat der Stadt in Rothenburg daran erinnern, dass es dort ein Säuglingsheim gab. Sie arbeitet für das Stadtarchiv, nach dem Motto: Es kann nicht sein, was nicht sein darf. Sie meinte, dass es dort nur eine Krippe für Kleinkinder gab. Meine Erzieherin hat mir bestätigt, dass es gleichzeitig Krippe und Säuglingsheim war. Sie hatte selbst sechs Kinder und nahm mich manchmal zu den Feiertagen mit nach Hause, wenn mich von meiner Familie keiner abgeholt hat. Dann konnte das Heim über Weihnachten oder Ostern geschlossen werden. Ich habe später immer wieder von dem eisengeschmiedeten Tor geträumt, welches zu ihrem Haus und ihrer Wohnung führte, dort war ich in einer Familie angekommen.

Viel später bei einer Hypnose sah ich noch sehr viel mehr Einzelheiten dazu, wie meine Seele dies erlebte. Hypnose war eine Möglichkeit, in Trance früher Erlebtes aus dem Unterbewusstsein wieder in das Bewusstsein zu bringen. Ich muss dazu sagen, dass diese Art der Hypnose nichts mit Show-Hypnose zu tun hatte.

Das Wichtigste bei der Hypnose war, einen Ort für mich zu finden, an dem ich mich sicher und geborgen fühlte. Dies wollte bei mir zunächst nicht gelingen. Als unser Seminarleiter mich dann in einer ganz kurzen Sitzung im Stehen in Trance brachte, sah ich mich plötzlich als Kleinkind in einem verschlossenen dunklen Raum. Er fragte nach helleren und dunkleren Stellen im Raum und mir fiel ein, dass ich ja meinen jetzigen Partner an der Hand nehmen kann und dass diese Vorstellung meinem kleinen Kind in mir helfen kann, diesen Raum zu verlassen. Eine Tür öffnete sich und davor sah ich mich in gleißend hellem Licht. Mir wurde bewusst, dass dies mein jetziges Ich ist im Licht, in welches mein Kind hineingeführt wurde.

– Mein Zufluchtsort ist das goldene Licht! –

Bei einer darauf folgenden Sitzung sah ich, wie meine Seele sich aus meinem Körper entfernte und in Höhe der Baumkronen durch den Wald streifte. Wie sie in einer Kirche hoch zur Decke schwebte, wo sich weitere Lichtwesen tummelten und miteinander spielten. Dann ging es plötzlich aus der Kirche hinaus einen Tunnel entlang mit rasanter Geschwindigkeit. Am Ort angekommen sah ich in dem Heim viele Betten in grau-weißen Farben und mich über die Veranda hinaus in das Dunkle weglaufen, was sollte ich nur im Dunkeln allein tun? Dann war ich wieder in meinem Körper und hatte plötzlich das Gefühl, dass ich niemandem etwas bedeute, zu keiner Person einen Bezug habe. Es war, als gäbe es mich real gar nicht. Plötzlich sah ich nur noch zwei Betten, in welchen Kinder gestorben sind, ich muss diese Seelen ins Licht schicken, bekam ich als Information, und dann soll das Haus abgerissen werden.

Heimkehr

Mit dreieinhalb Jahren holten mich meine Eltern aus dem Säuglingsheim nach Hause, nur war jetzt das Heim mein Zuhause geworden. Das Bild des Abschieds von meiner Heimgruppe wurde abgespeichert und sollte erst viel später wieder in mein Bewusstsein treten.

Dass ich nun eine drei Jahre ältere Schwester hatte, machte mich glücklich. Unsere älteste Schwester bekam die »Aufpasserrolle«. Die Mutter meiner Oma väterlicherseits starb genau an meinem vierten Geburtstag, welcher somit ausfiel. Ich bekam eine kleine Eisenbahn mit Anhängern aus Plaste, in welcher zwei kleine Puppen saßen. »Da hast du dein Geburtstagsgeschenk«, sagte die Mutter, es drehte sich alles um das Sterben der Großmutter.

Ich erinnere mich noch an die ersten Filme, welche in unserer Schule auf eine Leinwand projiziert wurden. Wunderbare Welten taten sich auf, die Welt der Geschichten. Meine Schwester las mir aus Märchenbüchern vor, die wir geschenkt bekommen oder in der Bibliothek ausgeborgt hatten. Und eines Tages sagte ich: »Sieh nur, sogar der Himmel weint, weil die Geschichte so traurig ist.« Es regnete und die Tropfen liefen an den Scheiben des Schulbusses herunter. Dann kam ich selbst in die Schule. Ich quatschte viel, und mein Füller kleckste, ich konnte in der ersten Klasse damit nicht schreiben. Das Beste an der Schule war, dass ich Freundinnen hatte, und am Nachmittag spielten wir oft stundenlang im angrenzenden Kiefernwald. Aus den Kiefernzweigen bauten wir Wohnungen, Schränke und betteten uns auf Moos.

Der Lehrer gab mir einen »Blauen Brief« für meine Eltern mit, am nächsten Morgen sagte der Vater: »Gehe in den Garten und bringe mir eine Haselnussgerte mit.« Dann musste ich meinen Schulranzen vorzeigen und er kontrollierte die Hefte. »Warum ist alles vollgekleckst?«, fragte er. Dann musste ich die Hose runterlassen und mich vorbeugen, es tat sehr weh und ich bettelte, er möge aufhören. Er meinte nur, es solle mir eine Lehre sein, etwas musste falsch an mir sein. Ich hatte es verdient, geschlagen zu werden, so wurde es mir gesagt. Und so glaubten es auch mit jedem Jahr meine Geschwister mehr und mehr. Der Vater ging mit mir in den Keller, immer wenn etwas in seiner Beziehung mit unserer Mutter schieflief. Er verlor die Kontrolle über sich, schlug mit bloßen Händen und ich schrie. Seine Mutter, unsere Oma, erschien jedes Mal wie ein rettender Engel, wenn es laut wurde. Einmal nahm er auch den geflochtenen Teppichklopfer und ich hatte danach Striemen am Körper. Einer Freundin sagte ich, ich sei in die Brombeeren gefallen. Heute weiß ich, dass es die Wut und der Schmerz über die verratene Liebe seiner Frau war, und ich war der sichtbare Beweis.

Dass ich nicht seine Tochter und er mein Stiefvater war, realisierte ich erst als Erwachsene.

Im Verlauf einer ganzheitlichen Massage sah ich, bei einer Behandlung an meinem rechten Handgelenk, den Abschied von den Heimkindern ganz deutlich. Vom Rücksitz eines Autos sah ich die Heimkindergruppe und alle Erzieher, und meine Eltern sagten zu mir: »mach winke, winke«. Und ich begriff, dass dies doch meine Familie war, welche ich jetzt verlassen musste.

Nach meiner Psychotherapie hatte ich immer wieder Träume. Ich träumte von einem alten Bad, wo die Fliesen abgingen, und dachte: Sie haben doch immer gesagt, dass sie alles neu machen. Auch sah ich eine lustige Familie, wo eine Frau immer lachte und die Kinder auf den Schultern getragen wurden. Hier zu Hause wurde viel geschimpft und gestritten, viel später erkannte ich, dass die Lustige die Familie meiner Erzieherin war und ich als Kleinkind immer dachte, dass ich dorthin nach Hause gehen könne.

Unsere Großmutter

Unsere Großmutter hieß Maria geborene Liebetanz, sie verlor schon mit fünf Jahren ihre Mutter. Während der Flucht in einem Zug sagte eine Frau im Abteil: »Nehmt ihr doch mal das Kind vom Arm, ihre Mutter stirbt.« So kam sie von Schlesien nach Hamburg und wurde bei ihrer Tante in eine gutbürgerliche Familie aufgenommen. Ihr Vater ging in den Westen und heiratete dort ein zweites Mal, ihre Halbgeschwister hat sie nie kennen gelernt.

Sie und unser Großvater heirateten in seiner ursprünglichen Heimat in Schlesien in einer kleinen Kirche. Sie bekamen eine Wohnung in der Gartenstadt Hamburg, dort wurde ihr ältester Sohn geboren.

Von Hamburg siedelten sie 1928 in die Niederlausitz um und kauften ein Anwesen auf dem Land. Das ein Hektar große Grundstück unserer Großmutter lag mitten auf einem großen Feld. Sie wohnte in einem kleinen Backsteinhaus, bei welchem sich am Eingang Efeu über das Dach rankte. Einen Teil des Gartens bewirtschafteten sie und den anderen Teil überließen sie der Natur. Die Grenze säumten Haselnusssträucher, die mein Opa gepflanzt hatte. In den Folgejahren bekam meine Großmutter einen Jungen und zwei Töchter. Meine Mutter war das jüngste ihrer vier Kinder und wurde 1934 geboren. Zu dieser Zeit war meine Großmutter 44 Jahre alt. Unser Großvater wurde eingezogen und war viele Jahre in russischer Gefangenschaft, seit dem Krieg wohnte sie mit ihren Kindern allein auf dem Grundstück. Als mein Großvater zurückkam, schickte sie ihn fort, wie meine Mutter berichtete. Er fand keine Arbeit und ging nach Hamburg.

Nachdem meine Mutter mit achtzehn Jahren geheiratet hat und fortgezogen ist, blieb ihre Schwester auf dem Grundstück zurück. Einige Jahre später lernte sie ihren Mann kennen, er ist in einem Kinderheim aufgewachsen. Sie wohnten neben der Großmutter im anderen Teil des Hauses und sie bekamen in schneller Folge sechs Kinder. Ihr ältestes Kind wurde 1960 geboren und ihr jüngstes 1967. Wenn wir zu Besuch waren, spielte ich mit meinen Cousins zusammen und lernte bei ihnen Fahrrad fahren.

Mit sieben Jahren war ich drei Wochen in den Ferien bei meiner Großmutter, sie hatte einen alten Küchenofen mit grau-blauen Kacheln und einem Wasserfach. Das warme Wasser schöpfte sie in eine Waschschüssel und wusch sich jeden Morgen hinter einem Vorhang. Eine Luke führte aus der Küche in den Keller, dort standen runde Tonschüsseln und Gläser mit Eingewecktem. Sie stellte mir jeden Morgen eine mit Wasser gekochte Mehlsuppe auf den Tisch, ich ließ diese jeden Tag stehen und holte mir Birnen aus dem Garten. Es war Sommer und meine Cousins und ich, wir versteckten uns in den Hasel-nusshecken. Eines Tages sah unsere Großmutter mich und den ältesten Cousin auf einem Baum. Er hatte mir das Besondere an sich gezeigt und gesagt: »So sieht ein Junge aus.« Sie erzählte es seinem Vater und er ging mit ihm daraufhin in die Scheune, wo er ihn dafür schlug, und ich hörte seine Schreie.

Unsere Großmutter war sehr katholisch, Sexualität war nichts für Kinder und auch nichts, was sie sich zeigen durften. Seit-dem war ich nie wieder in den Ferien auf dem wunderschönen Grundstück, wo ich die Tage frei genießen durfte. Der Onkel starb an Krebs, als ich acht Jahre alt war, meine Tante blieb mit ihren sechs Kindern allein zurück.

Später sagte unsere Mutter oft: »Werdet ja nicht so wie eure Tante und ihre Familie.« Unsere Tante gestaltete ihren Tages-ablauf so, wie sie es schaffen konnte. Sie besaß keine Waschma-schine und musste die Wäsche von Hand waschen. Kamen ihre Kinder aus der Schule, so fuhr sie zum Putzen los. Die Kinder waren sich oft selbst überlassen und nicht so angepasst, sie durf-ten spielen, wann sie wollten. Zur Schule gingen sie nicht so sauber angezogen und wurden von einigen Mitschülern ausge-grenzt. Auf ihren Zeugnissen standen schlechte Zensuren und ich wunderte mich darüber.

Ein Cousin erzählte mir, dass unsere Großmutter früher einen goldenen Reif um den Kopf trug. Im Dorf wurde sie deshalb »Heilige Maria« genannt, auch weil sie am Tag mehrmals mit dem Rosenkranz betete. Ich sah meine Cousins nur noch einmal bei meiner Jugendweihe. Sie waren zum Kaffee eingeladen. Später verlor ich sie aus den Augen. Die Auseinandersetzungen zwischen den Schwestern gingen weit bis in mein Jugendalter hinein. Meine Mutter sah sich in der Verpflichtung, etwas auf ihrem elterlichen Grundstück zu tun. Sie hackte den Ofen aus der Küche, es wurde alles herausgerissen und die alte Lampe und viele andere Sachen weggeschmissen, sie wollte sich offensichtlich nicht weiter an diese Zeit erinnern.

Sexueller Missbrauch

Schon von der Zeit im Kinderheim träumte ich, dass der Mann meiner Erzieherin es sich mit mir »schön« gemacht hat. Damit sie das Säuglingsheim schließen konnten, nahm sie mich an Feiertagen, wo andere Kinder nach Hause geholt wurden, mit zu ihrer Familie. Ich sah mich als kleines Mädchen in diesem großen Ehebett mit dem Mann meiner Erzieherin und dieser sagte:»Wir bleiben hier noch eine bisschen, wir machen es uns noch schön«, die anderen waren schon in der Küche.

Die nächste Erfahrung kam in der Zeit, als ich acht Jahre alt war. Ich wusste lange nicht, was in dieser Zeit gewesen ist. Ich wusste nur, ich hatte psychische Probleme, und es hatte sich wie ein grauer Schleier über mich gelegt. In der Schule kam ich nicht zurecht, meine Leistungen fielen ab. Die Lehrerin bemerkte es und mir wurde eine Patin aus der dritten Klasse beigestellt, welche sich in den Pausen und nach der Schule meine Probleme anhörte und mir bei den Schulaufgaben half. Später vermutete ich oft, dass es mit dem Tod meines Onkels im Zusammenhang stehen könnte.

Als ich mich davon erholt hatte und auch meine Zensuren

langsam wieder besser wurden, setzte er sich in das Kinderzimmer, als ich krank war, und ich hörte nur meine Mutter sagen: »Nicht hier, doch nicht hier im Kinderzimmer ...« Später setzte er sich sogar an mein Bett und erregte sich direkt an mir. Meine Mutter kam ins Zimmer und zerrte mich aus dem Bett und schrie:»Was ist das? Du weißt ganz genau, was das ist!« Das Bettlaken war nass und ich sagte: »Ich weiß nicht, was das ist.« Ich wusste später nur noch, dass ich irgendwann einmal einen ersten Orgasmus hatte und danach nicht wieder.

Noch später kam mir die Erinnerung, dass ich mit meiner Schwester im Zelt geschlafen habe. Er kam heraus an diesem Sommerabend und schickte meine Schwester aus dem Zelt in das Haus. Ich wollte auch gehen, er sagte: »Du bleibst hier«, und er legte sich in der Kabine des Hauszeltes hinter mich, um sich zu befriedigen. Früh am Morgen hat uns meine Mutter gesehen. Sie schüttelte ihren Kopf und schaute nur sehr vorwurfsvoll, als erst er und später ich aus dem Zelt kam, so als ob ich daran schuld wäre. Meine Mutter hatte nicht realisiert, dass das gar nicht mit meinem Einverständnis passiert ist. Es war mir gar nicht möglich, mich dem zu widersetzen, und was wäre passiert, wenn ich mich nicht gefügt hätte? Zumal meine Seele schon im Säuglingsheim gelernt hat, sich in traumatischen Situationen ganz schnell von dem Körper zu entfernen. Sich daneben zu stellen und zu schauen, was passiert, oder sich anderweitig zu beschäftigen.

Ich war dreizehn Jahre alt, lag krank in meinem Bett und ein zwei Jahre älterer Klassenkamerad kam in dieser Zeit in das Haus, weil er wusste, wo der Hausschlüssel lag. Er war in unserer Schulklasse, weil er zweimal sitzen geblieben ist. Das heißt, dass er auf Grund seiner Leistungen nicht in die nächsthöhere Klasse wechseln konnte. Ich lud ihn ein, mich zu besuchen, und das hatte er wohl falsch aufgefasst. Er versuchte, mich am Bett mit Stricken zu fesseln, die er bei sich trug. Als ich mich befreien konnte, zog ich schnell ein Kleid drüber, sprang aus dem Fenster und lief zur Nachbarin. Sie rief die Kriminalpolizei an, sie kamen und befragten mich. Sie nahmen die Sachverhalte auf und der Schüler wurde in eine andere Klasse versetzt. Meine Mutter meinte nur: »Wer weiß, ob sie das nicht selbst gewollt hat ...« Darauf meinte ich zu ihr, dass nur, weil sie mit anderen Männern im Bett gelegen habe, ich es ihr noch lange nicht gleich tun müsse, das verletzte sie wiederum.

Meine wichtigste Bezugsperson in dieser Zeit war meine drei Jahre ältere Schwester und sie ging, als ich fünfzehn Jahre alt war, zum Studium und verschwand aus meinem Leben. Ich denke, dass auch sie alles hinter sich lassen wollte, und ich war natürlich auch böse auf den Mann, der sie mir wegnahm und heiratete.

Ich war »haltlos«, erlitt sexuellen Missbrauch, was alles noch verschlimmerte. Über diese Themen redet niemand und doch sind die Folgen unabsehbar. Mit siebzehn Jahren ging ich zur Disko. Dort traf ich immer wieder einen Mann, welcher so gut tanzen konnte. Er verschwand erst mit der einen Freundin von unserer Klasse, später mit der anderen. Ich dachte, wenn er doch auch mit mir mal so schön tanzen würde. Dann war es so weit, er forderte mich zum Tanz auf und gab mir immer wieder Schnaps und Likör aus. Da ich nicht viel vertrug, war ich bald betrunken. Er fragte mich, ob ich bei ihm schlafen würde. Ich übernachtete in dieser Zeit oft bei Schulkameraden und dachte mir nichts dabei. Ich wollte nur noch schlafen, als er seine Hose aufmachte und sehr aggressiv in mich eindrang. Ich erlebte dies als sehr traumatisierend und unvorbereitet, bis dahin war ich noch Jungfrau.

Morgens war er schon fort und ich fuhr mit dem Bus nach Hause. Ab diesem Zeitpunkt nässte ich tagsüber oft ein. Plötzlich, wenn ich nicht rechtzeitig auf Toilette gehen konnte. Trotz aller Schwierigkeiten habe ich mein Abitur mit »gut« bestanden.

Diese Erfahrungen führten zu Beziehungskonflikten und Angst vor Nähe. Zum einen wünschte ich mir Nähe und Berührung, zum anderen wurde es im sexuellen Kontext schwierig für mich, damit umzugehen. Vieles lag noch im Unterbewusstsein. Eines Tages im Sommer 2015 nach einer Behandlung von einem Osteopathen sah ich urplötzlich die Schiebetür zugehen. Und ich wusste, was und wo es passiert ist und dass ich dort sexuell missbraucht wurde. Ich war noch klein und war bei dem Vater einer Schulfreundin und ich hörte, wie seine Frau dazukam und rief: »Nein, nicht das Kind, sie hat ja schon so viel durchgemacht.«

Durch das Aufschreiben meiner Träume über einen Zeitraum von zehn Jahren kam das Erlebte teilweise in das Bewusstsein zurück. Gerade heute im März 2020 bekam ich beim Aufwachen ein Bild, ich sah eine von Rheuma veränderte Hand, angefasst an einer kleinen Hand. Ich hatte mich daran gewöhnt, innerlich eine offene und fragende Haltung einzunehmen. »Was ist das?«, fragte mein Geist. Da sah ich die Rheumahand noch einmal, wie sie die kleine Hand umfasste, und dieses Bild war jetzt von einer roten Linie eingerahmt. Dies war mein Seelenbegleiter, er hat es für mich noch einmal deutlich gemacht. Dann kam die Erinnerung an den Kindergarten und ich sah einen kleinen Schuppen am Hang. »Ach ja«, sagte mein Geist. »Da war ja mal was.« Ich erinnerte, wie ich mich teilnahmslos im Raum sitzen sah. Die Erzieherin fragte, ob ich gar nicht rausgehen wollte, und ich wunderte mich, weil ich dort schon so apathisch gewesen bin, jetzt wusste ich warum.

◆ Die Vatersuche I ...

Ich weiß nicht mehr genau, ob ich zehn oder schon elf Jahre alt war. Mein Vater fuhr mit uns in seine Heimat nach Kaltwasser, er wollte uns sein Elternhaus zeigen, welches sein Großvater gebaut hatte. Dort hatten sein Vater, sein Großvater und sein Urgroßvater gelebt, alle Generationen waren Tischler. Wir schauten uns das Holzhaus an, in welchem noch dieselben Heiligenbilder über dem Bett hingen, wie zu der Zeit, als mein Vater dort gelebt hatte. Wir gingen zum Friedhof und suchten dort die Grabsteine seiner Vorfahren und fanden auch drei Grabsteine mit jeweils der Aufschrift »Tischlermeister ...«. Drei Generationen seiner Vorfahren trugen denselben Namen, waren Tischler und haben an diesem Ort gelebt. Und ich fragte meinen Vater: »Sind das alle meine Urgroßväter?« Da sagte mein Vater zu mir: »Du bist ja keine von uns!« »Wieso?«, sagte ich. »Wieso bin ich keine von euch?« Dies war schon das erste Mal, wo ich keine Antwort bekam. Wieso stammte ich nicht aus seiner Familie? Dies ging jetzt in meinem Kopf herum.

Wir lebten auf einem kleinen Dorf. Neben uns gab es nur einen Nachbarn und auf der anderen Seite lag ein kleines Kiefernwäldchen. Hinter unserem Haus begann der Birkenwald und die Straße davor führte in das Dorf. Wir wohnten mitten im Wald und hinter den hohen Kiefern und Blaubeerbüschen kamen wir zu einer zugewachsenen alten Kiesgrube, dort sind wir als Kinder im Winter oft Ski und Schlitten gefahren.

Eines Tages stand ich mit Freunden in der Einfahrt. Der Postbote brachte die Post, er gab mir die Briefe in die Hand, ich schaute auf den Absender und las »H. Holsten ... Hamburg«. Ich überlegte, wie dies zusammenhängen könnte, wir lebten in Ostdeutschland und was hatten jetzt meine Eltern mit einem H. Holsten in Hamburg zu tun? Ich fragte meine Freunde und sie meinten, dass es vielleicht mit der Gaststätte zusammenhing, in welcher meine Mutter arbeitete, Holsten produziere ja Bier. Ich fragte, ob es denn vorstellbar wäre, dass sie das Bier bei einer westdeutschen Firma kaufen könne? Sie war hier im Osten die Leiterin einer HO-Gaststätte, HO war eine Handelsorganisation der DDR.

Meinen Freunden fiel nichts mehr ein und sie meinten, ich solle den Brief doch einfach öffnen, und ich las den Brief. Ich kann mich nur noch daran erinnern, dass der Briefschreiber von einer Familie erzählte. Sie hatten zwei Kinder im Alter meiner beiden älteren Schwestern, die Älteste ist 1953 geboren und die Zweitälteste 1957. Die beiden Kinder dieser Familie waren Jungen und er fragte, wie es uns denn ginge. Am Ende des Briefes fragte er, wann sie es mir denn sagen wollen ...? Es muss jemand gewesen sein, der meine Familie und meine Mutter recht gut kannte, und wahrscheinlich kannte er auch die näheren Umstände meiner Zeugung und Geburt. Ich nehme an, dass dieser Briefschreiber ein Freund meines leiblichen Vaters gewesen ist. Daraufhin stellte ich meine Mutter zur Rede und sagte: »Was ist es, was hier geschrieben steht, das ihr mir sagen wollt?« Meine Mutter sagte: »Nichts wollen wir dir sagen, wieso hast du den Brief überhaupt geöffnet?« Ich hatte mir den Absender abgeschrieben und einen Brief an diesen gesendet. Dort bat ich inständig darum, dass sie mir doch bitte, bitte sagen mögen, wer mein Vater ist. Ich trug den Brief zur Post, eine Antwort bat ich an die Adresse meiner besten Schulfreundin zu schicken. Ich musste ja damit rechnen, dass meine Mutter oder mein Vater einen Antwortbrief abfangen würden. Doch leider ist auch bei meiner Schulfreundin keine Antwort angekommen.

Wir suchten jetzt zusammen im Nachttisch meiner Mutter nach Fotos oder anderen Nachweisen. Wir fanden eine kleine Pappschachtel, in welcher ein Foto dabei lag. Darauf war ein ca. 25 Jahre junger Mann mit dichtem mittelblondem Haar, einem sehr sensiblen, melancholischen Gesichtsausdruck und einem sehr schmalen Mund zu sehen. Er hatte auf die Rückseite seines Foto eine Widmung geschrieben: »Erinnerungen sind das einzige Paradies, aus dem man nicht vertrieben werden kann. Zur Erinnerung an deinen Freund Rolf«. Darunter stand das Datum vom »23.2.1959« und ein Stempel »GÖHREN /27/42«. Es lag nahe, dass das Foto für den Geburtstag meiner Mutter mit dieser Widmung versehen und an sie versandt wurde, sie hatte es sich aufgehoben. Ich stellte sie wieder zur Rede und fragte, ob dieser Mann auf dem Foto mein Vater wäre, sie schwieg.

Daraufhin vergingen wieder einige Jahre. Es kamen noch einige Vorkommnisse dazu, welche ich später beschreiben werde. Nach meinem Abschluss der Erweiterten Oberschule wollte ich ein Studium als Lehrerin beginnen. Ich bekam keinen Sprachtest, weil der Arzt Knötchen an meinen Stimmbändern diagnostizierte. Mein beruflicher Werdegang entwickelte sich ganz anders als geplant. Ich begann in einer Einrichtung für Menschen mit Behinderungen, wir arbeiteten meist zehn Tage und hatten danach vier Tage frei.

Ich wollte natürlich auch meinen Vater weiter suchen. Bei meiner Mutter im Sozialversicherungsausweis hatte ich einen Stempel vom Haus Waldfrieden in Finsterbergen gefunden. Der behandelnde Arzt bescheinigte meiner Mutter dort den Aufenthalt vom 25.4. bis 16.5.1959 in seinem Genesungsheim. Den Arzt wollte ich damals nochmal fragen. Ich nahm an, dass er Unterlagen aus dieser Zeit haben könnte, und wäre mein leiblicher Vater auch zu dieser Zeit in seiner Einrichtung gewesen, dann hätte er es mir sicherlich sagen können.

Leider bin ich nur bis Gera gekommen, wo ich eine Übernachtung gefunden habe. Mein Gastgeber sagte, dass ich noch circa zwei Stunden mit dem Bus unterwegs wäre. Ich müsste des Öfteren umsteigen, es wäre sehr spät geworden und wo ich übernachten könne, wusste ich auch nicht.

Im Jahr 1978 lebte der Arzt noch in Finsterbergen und bis zu dieser Zeit hat er die Unterlagen aufbewahrt, so habe ich es im Nachhinein wiederum von seinem Sohn erfahren.

Es kann natürlich sein, dass mein Vater zu dieser Zeit nicht in der Pension gewesen ist. Es ist auch möglich, dass sie sich woanders im Ort kennen gelernt haben, vielleicht in einem Café? Leider ist die Frage bis heute noch nicht geklärt.

Kapitel II – Jugend und Erwachsenwerden

Reiten

In unserem Dorf, wo ich meine Ausbildung als Heilerzieherin begann und arbeitete, lernte ich den Hengstreiter kennen. »Hengstreiter« nannte er sich, weil er einer Deckstation vorstand. Der Gasthof war schon einige Zeit geschlossen und nur ein Zimmer über der ehemaligen Schankstube bewohnt. Ich sah ihn beim Vorbeigehen aus dem Fenster schauen und wir begannen ein Gespräch. Ich fragte ihn, ob ich hochkommen könne. Später sagte er mir, dass das nicht so üblich ist, dass junge Mädchen einfach mal so fragen ..., ich war sehr frei und auch etwas naiv und ging auf die Menschen zu. Ich schaute mir das Zimmer an. Es war eine mit einem alten Bett von ca. 1910 und einem ebenso alten Kleiderschrank ausgestattete Schlafkammer.

Der Hof bestand aus drei Gebäuden, ein sogenannter »Dreiseithof«. Auf dem dahinterliegenden Grundstück stand der Stall mit vier Abteilen für die Pferde. Vom Eingangstor gelangten wir direkt in die Deckstelle mit Heuboden. Der Stallteil mit den Pferdeboxen war aus massivem Stein erbaut, der andere aus Holz von außen rostrot gestrichen. Im Frühjahr brachten Pferdezüchter ihre Stuten und alle waren von Statur und Aussehen außergewöhnliche originelle Persönlichkeiten. Der Hengst wurde der Stute mit Halfter und Zügel zugeführt, wenn sie »blieb«, war sie tragend.

Er bemerkte mein Interesse für die Pferde und wir trafen uns öfter. Ich liebte es, im Stall bei den Pferden zu sein. Hier lebte ein schwarzer Hengst mit weißer Blesse, ein Schimmel, auch liebevoll »Schimmellino« genannt, ein Fuchs mit rötlichem Fell und ein Brauner. Sie kamen zu mir und schnupperten an meiner Hand. Zunächst striegelte ich sie und mistete die Ställe aus. Ich fragte, ob ich bei ihm Reiten lernen könne, und er meinte, dass mir erst eine wochenlange Ausbildung auf dem Reitplatz bevorstünde, ich müsse mich voll mit einbringen.

Als wir das erste Mal auf den Reitplatz gingen, bestieg ich das Pferd ohne Sattel. Ich ritt zunächst auf dem schwarzen Hengst, der »Eitel« hieß und seinem Namen alle Ehre machte. Er hatte die Angewohnheit, ab und an plötzlich mitten im Trab stehen zu bleiben, den Kopf zur Erde zu senken und schon fiel ich vornüber in den Sand und musste immer wieder aufsteigen. »Nur wer immer wieder aufsteigt, der gewinnt«, sagte der Hengstreiter. Nach einiger Zeit versuchte ich es auf dem Fuchs, dieser galoppierte einfach los. Er hatte einen solchen Bewegungsdrang, dass er nicht zu halten war und ein Sportpferd hätte sein können. Am liebsten ritt ich auf dem braunen Hengst. Fernruf war sehr gutmütig und reagierte auf meine »Hilfen«. Auf dem Platz musste ich ihn etwas treiben, da hatte er oft keine Lust zu laufen. In der freien Natur machte es uns mehr Spaß, wir ritten im Gelände über die sanften Hügel der Oberlausitzer Berglandschaft, liefen durch Wälder, sprangen über Bäche und suchten uns so unseren Weg. Oft stand ich auf dem Mühlenberg bei Sonnenuntergang mit dem Pferd ganz oben auf der Bergkuppe und schaute in das weite Land.

In dieser Zeit hörte ich mit dem Rauchen auf, von einem Tag auf den anderen. Durch die anstrengenden Nachtwachen und die viele Schichtarbeit habe ich vorher sehr viel geraucht, und es war schon eine Leistung, begünstigt durch die Arbeit im Stall, durch das Reiten, die frische Luft und das Getragenwerden, konnte ich einfach aufhören.

Reisen per Zug und Anhalter

Es war unsere größte Tour, die wir jemals gestartet hatten. Zu dieser Zeit hätte ich mir nicht träumen lassen, dass diese vergleichbar bis heute einzigartig sein würde.

Die Arbeit in der Einrichtung für behinderte Menschen war schön und auch anstrengend. Wir arbeiteten in Schichtdiensten und mussten in der Frühschicht schon um 5.00 Uhr aufstehen. Die Nachtwache begann um 21.00 Uhr und ging bis 6.00 Uhr morgens. Wir bewohnten im »Wieseneck« zu zweit ein Zimmer von circa zwölf Quadratmetern, im Erdgeschoss gab es ein »Viererzimmer«. Vor dem Fenster waren Gitter von früher, vielleicht wegen der Einbruchgefahr. Bei uns wurde es nur das »Getto« genannt. Es traf zwar nur bedingt zu, dass dort Randgruppen abgeschottet wohnten, doch irgendwie fühlten wir uns am Rand der Gesellschaft als Mitarbeiter bei Behinderten. In dem Zimmer wohnten vier Jungs und wir Mädchen sollten uns ja auch nicht nachts mit den Jungen treffen. Da es das größte aller Mitarbeiterzimmer war, trafen wir uns dort regelmäßig, wir hörten die neueste Musik und tranken Rotwein. Dort entstanden auch die Ideen zu unserem Urlaub in Bulgarien und Rumänien. Einer unserer Freunde hatte schon einmal eine Bergtour in ein Hochgebirge unternommen und wir beschlossen genau diese Tour mit ihm gemeinsam zu wiederholen.

Es war Aufbruchstimmung, wir trafen uns in Leipzig. Unser Bergführer war groß und kräftig von Statur, er hatte einen Bart und wusste genau, was er wollte. Mit von der Partie waren noch zwei Jungs. Ruben* war groß und schlank mit langem schwarzem Haar, zu dieser Zeit war ich mit ihm zusammen. Und der andere, etwas eigensinnig, ließ sich nicht ganz auf unseren Expeditionsleiter ein. Zunächst mussten wir unseren Rucksack auspacken und er schaute sich jedes Häuflein an. »Das brauchst du nicht und das auch nicht«, sagte er. Übrig blieben eine Knickerbocker-Wanderhose, ein Top, zwei T-Shirts, ein Überzieher, heute Windbreaker genannt, etwas Unterwäsche, ein dünnes gebatiktes Kleid und Socken durfte ich mitnehmen, es zählte jedes Gramm. Denn außer unseren Sachen mussten noch zwei Zelte und unsere Schlafsäcke sowie Proviant befördert werden. Unser Bergführer und Ruben bepackten ihre »Kraxen«, das waren große Rucksäcke mit einem Aluminiumgestell. Ich bekam von Ruben einen mittelgroßen Wanderrucksack. Nur Marius* meinte partout, sein grüner Zeltleinen-Rucksack wäre völlig ausreichend, trotz allem Zureden ließ er sich nicht davon abbringen.

Am nächsten Tag ging es los, wir fuhren ab dem Hauptbahnhof Leipzig drei Tage und drei Nächte. Der Zug hatte mehrere längere Aufenthalte an Bahnhöfen mitten in der Pampa, eine Ursache konnten wir meist nicht herausfinden. Eine Nacht mussten wir auf einem Bahnhof verbringen, wir suchten uns einen Zug auf einem Abstellgleis und legten uns auf die Bänke. Kurz nach Mitternacht blendete uns eine Taschenlampe, wir dachten, wir würden jetzt rausgeschmissen werden. Ein Bahnangestellter versuchte uns verständlich zu machen, dass die Bänke hier viel zu kurz seien. Er brachte uns in ein Abteil, was für uns komfortabler war und längere Bänke hatte.

Am vierten Tag kamen wir kurz vor Mitternacht in Sofia, der Hauptstadt Bulgariens, an. Wir sollten abgeholt werden. Der Zug fuhr mit Verspätung ein und wir hatten schon allen Mut verloren, wer würde denn sechs Stunden auf einen Zug warten? Am Bahnhof winkte ein junger Mann, sie saßen stundenlang auf dem Bahnhof und brachten uns nun zu einer Gruppe feiernder Studenten, die ein liebevolles Büfett aufgebaut hatten. Wir waren mehr als überrascht, hörten Musik und unterhielten uns bis 2.00 Uhr nachts. Am Morgen fiel uns auf, dass das Leben hier ruhiger verlief. Berufspendler fuhren erst gegen 9.00 Uhr zur Arbeit. Ich wurde bevorzugt behandelt, Männer waren zu blonden Frauen hier sehr galant.

Schließlich kamen wir nach Melnik im Südwesten Bulgariens, eine kleine Stadt, welche berühmt durch ihren Wein am Rande des Piringebirges lag. Am Abend gingen wir in eine Taverne, die Häuser lagen weiß getüncht im mediterranen Flair. Auf den Hängen hatten wir zuvor kleine frei lebende Schildkröten entdeckt.

Am nächsten Tag wurde es ernst, die Rucksäcke geschultert, ging es immer steil hinauf zwei Tage lang. Marius drückten schon bald die Proviantbüchsen in seinem Rücken, er hatte seinen Zeltleinen-Rucksack mit Dosengerichten vollgepackt, die anderen beiden trugen Zelte und Schlafsäcke. Mein Rucksack hatte mit 17 kg das geringste Gewicht, bei den drei Jungs war das Gewicht auf 23 kg gleichmäßig verteilt. Bald überschritten wir die Vegetationsgrenze, Gebirgsketten und Panorama taten sich auf. Die Temperaturen wechselten stark, während wir bei 30 Grad am Tag über Schneefelder liefen, gefror uns des Nachts das Wasser in den Trinkflaschen. Es tauchten Schafherden mit Schäfer und Hund auf, sie beweideten die kargen Berghänge. Der Schäferhund besuchte mich zweimal und ich balgte mich mit ihm auf der Wiese herum. Die beiden »Stadtjungs« hatten mächtig Respekt vor ihm und verkrochen sich im Zelt. Die Bergseen waren eiskalt, auch hier war ich die Einzige, die ein Bad nahm, die anderen steckten nur einen Zeh hinein oder wuschen ein paar Sachen aus. Auf einem Gebirgskamm angelangt, wanderten wir auf Höhe der Wolken, es war dunstig und wir konnten kaum noch den anderen vor uns erkennen. Rechts und links vom Pfad ging es steil hinunter, »zusammen bleiben« schrie unser Bergführer. Wir verringerten die Abstände zwischen uns, um uns im Notfall gegenseitig helfen zu können.

Nach mehreren Tagen zelteten wir etwa in der Mitte der gesamten Route. Nachdem es meist nur Nudeln zu essen gab, hatte Ruben schon mehrfach geklagt, dass er nicht satt wurde. Er bekam Fieber, lag drei Tage im Zelt und erholte sich wieder. Die drei Jungs stiegen ab, alles war genauestens vorgeplant, wir mussten unsere Proviant-Vorräte auffüllen. Nach dem Abstieg zum nächstgelegenen Ort bekamen sie endlich wieder eine »richtige« Mahlzeit und waren am Abend mit frisch gebackenem Brot wieder da. Von da ab wurde es leichter, es ging immer weiter bergab und nach einigen Tagen kamen wir auf der anderen Seite des Gebirges an.

Wir fuhren ein Stück per Anhalter, und weil wir nickten, als ein Fahrer anhielt, hatte dieser die Tür wieder zugemacht. »Nicken« hieß in Bulgarien »Nein« und »Kopf schütteln« hieß »Ja«. Beim zweiten Auto hatten wir mehr Glück, nun ging es zurück nach Rumänien in die Region Siebenbürgen. Dort lebten zu dieser Zeit deutsch sprechende Siebenbürger noch in der Überzahl und unser Bergführer hatte schon früher einen Pfarrer kennen gelernt. Wir waren eingeladen und es schien das Paradies zu sein. Nach einer Zeit voller Entbehrungen gab es jeden Tag frisch zubereitete Mahlzeiten, die Frauen aus dem Dorf brachten uns Suppen und Salate und reichten diese mit frisch gebackenem Brot. Am Abend tranken wir »Ribisel-Wein«, der Pfarrer hatte diesen mit Johannisbeeren selbst angesetzt. Jedes Mal, wenn mein Becher leer war, goss er wieder nach. Ich konnte mich nur noch daran erinnern, dass ich in das Zelt gebracht werden musste. Am nächsten Tag hatte ich einen »Kater« und der Pfarrer neckte mich mit einem Lied, er sang die Strophe immer wieder und amüsierte sich.

♦ Aluna und ich ...

Wir lernten uns 1979 bei einer charismatischen Kirchenwoche in See kennen. Das Besondere an der Kirchenwoche war das »Hände-Auflegen« und »Singen in anderen Sprachen«, es wurden die Gaben gefeiert, welche der Heilige Geist zu Pfingsten über die Menschen ausschüttete. Das, was ich viel später praktizierte und anwendete, lernte ich hier kennen.

Ich wurde auf Aluna* aufmerksam, als sie von Sätteln, Pferden und Reiten erzählte, so kamen wir ins Gespräch.

Zwei Jahre später hatte ich mich mit ihr zu einer Tramptour nach Bulgarien verabredet.

Wir fuhren per Anhalter, ein Fernfahrer hatte uns mitgenommen und wir durften in seiner Koje übernachten. Wir schauten zum Fenster hinaus und sahen bei Regen die Lichter von Prag. Er lud uns zum Essen ein und sagte: »Bleibt einfach in der Koje liegen, in zwei Tagen sind wir in Griechenland.« Ich überlegte ernsthaft, ob ich das Angebot annehmen sollte. Ich hatte schon eine Ausbildung als Heilerzieherin in einer christlichen Einrichtung begonnen und wie würde es im Westen weitergehen? Für Aluna kam es nicht in Frage, sie würde zu ihrer Familie zurückkehren und ihre Ausbildung an der medizinischen Fachschule abschließen. Leider gab es auch Annäherungsversuche des Fahrers meiner Freundin gegenüber. An einem Abend war ich so müde, dass ich am Feuer einfach eingeschlafen bin. Zum Glück ließ er sich abhalten und es ist nichts Schlimmeres passiert.

Von den früheren Reisen mit meiner Familie fand ich noch die Adresse eines Mädchens und bei ihren Eltern durften wir in Budapest übernachten. Sie selbst war leider wegen einer Ausbildung andernorts. Ihr Vater war Deutscher und wir bekamen eine Stadtführung von einem Einheimischen, schöner konnten wir es uns nicht vorstellen. Eine Kirche mit verschiedenfarbigen Ziegeln blieb mir in Erinnerung, die Matthiaskirche, Museen und der Burggarten, unser Gastgeber erzählte die Geschichten dazu. Am Nachmittag nahmen wir von einem nahegelegenen Feld Mais mit. Er briet die Maiskolben in der Pfanne und wir genossen die Gastfreundlichkeit dieser Familie.

An einem Morgen meinte Aluna, wir könnten mal schnell nach Hermannstadt in Rumänien trampen, »mal schnell«, es waren 200 km. Na und, meinte sie, sie müsse da etwas an eine befreundete Familie abgeben. So trampten wir und kamen gegen 23.30 Uhr in Hermannstadt an. Wir klopften am Tor der Familie, alles blieb still. So suchten wir uns eine Bank auf dem Marktplatz und versuchten etwas zu schlafen. Jede Stunde schlug die Kirchturmuhr, um 4.00 Uhr morgens begann der Straßenkehrer seine Arbeit. Am Morgen trafen wir auch die Familie an und Aluna konnte das Päckchen abgeben, wir wussten selbst nicht, was darin war.

Von dort aus fuhren wir per Anhalter wieder nach Ungarn in das Gebiet der Puszta zu einem Lipizzanergestüt. Wir schliefen in einem Heuhaufen oder einfach am Straßenrand in der freien Natur. Ich hatte mir vor unserem Urlaub aus einem alten Zelt selbst einen Schlafsack genäht. Der war wasserdicht und wenn es regnete, zog ich ihn über den Kopf und hörte die Regentropfen. Am Tag wanderten wir sechs Stunden lang über sanfte Berghänge. Auf einer Bergkuppe angekommen, breitete sich unter uns das Tal aus. Dort weidete auf der grünen Wiese eine große Herde weißer Lipizzaner. Wir liefen den Hang hinunter, um uns die Ställe aus der Nähe anzuschauen. Die Gebäude waren weiß gekalkt mit grünen Toren. Die Pferde beschnupperten uns, wir waren am Ziel angelangt.

Auf der ganzen Reise mussten wir meist nur eine halbe Stunde warten, bis ein Auto uns mitnahm. Nur auf der Rückreise in die DDR warteten wir 15 km von der Grenze entfernt fünf Stunden lang, dann endlich hielt ein Auto und wir durften einsteigen und mit nach Karl-Marx- Stadt zurückfahren. Wir fielen als »Tramper« auch in dieser Zeit etwas aus der Norm.

Später gründete jeder von uns eine Familie, wir schrieben und besuchten uns.

◆ Unterwegs im Norden ...

An freien Tagen oder im Urlaub war ich oft unterwegs, meist mit Rucksack und Wanderschuhen. Ich fuhr im Zug oder trampte, wo es keine Verbindung gab oder wenn ich gerade Geld sparen wollte.

Es war Winter und minus 25 Grad kalt, ich fuhr mit der Eisenbahn Richtung Norden. Ich wollte einen Freund in Bornhof bei Waren an der Müritz besuchen. Es war schon dunkel und weil ich erst nach dem »Dienst« losgefahren bin, war es inzwischen schon 23.00 Uhr. Ich schlief ein und schreckte hoch, ich muss aussteigen, dachte ich. Ich schaute nach draußen und sah die Backsteinziegel eines Bahnhofsgebäudes, schnappte meinen Rucksack und zog mein Wolltuch enger um die Schultern, draußen war es kalt. Der Zug fuhr weiter, ich dachte, ich wäre in Waren, und wollte auf mein Bahngleis, wo der Triebwagen zurück nach Bornhof abfuhr. Plötzlich erschrak ich, als ich bemerkte, dass ich in Neustrelitz ausgestiegen bin. Der letzte Zug war abgefahren und heute würde kein weiterer Zug mehr gehen, erst am nächsten Morgen wieder. Sollte ich auf dem kalten Bahnhof bis zum nächsten Morgen warten? Ich überlegte und dachte, es könne ja nicht allzu weit sein bis Bornhof, vielleicht konnte ich laufen? Ja, wenn ich immer auf den Gleisen entlang in die richtige Richtung lief, konnte ich Bornhof gar nicht verfehlen, also lief ich los. Die Bahngleise verliefen schier endlos in der eisigen Winternacht, rechts und links der Gleise lag der verschneite Wald. Ich hatte einen grünen Lodenwollmantel an, mein Tuch band ich um den Kopf und bald bildeten sich daran durch die Atemluft kleine Eiskristalle. Meine Hände steckten in warmen mit Fell gefütterten Fausthandschuhen. Ich lief immer weiter, ab und an leuchteten die Signale der Gleise rot, dann ging ich von den Gleisen runter und ließ den Zug vorbeifahren. Ich weiß nicht genau, wie viele Stunden ich gelaufen bin, als ich sehr müde wurde. Mir war gar nicht mehr kalt, ich wollte nur noch schlafen. Wenn ich mich jetzt hinlege, würde ich erfrieren, und weil ich das wusste, lief ich immer weiter. Nur nicht ausruhen, nur nicht hinlegen und einschlafen. Am frühen Morgen erreichte ich eine Bushaltestelle, hier hielt um 6.30 Uhr der Schulbus. Ich war am Ende meiner Kräfte angelangt und der Schulbus nahm mich Gott sei Dank mit in das nächste Dorf nach Bornhof. Dort ging ich in die warme Badewanne und danach habe ich tief und fest neun Stunden geschlafen. Es war eine Grenzerfahrung, die mir zeigte, wie wertvoll das Leben ist.

Eines Tages war ich unterwegs nach Hiddensee, ich stand mit
Regencape und Rucksack auf einem Bahnhof, als ein Kind seine
Mutter fragte: »Was ist denn das?« »Das ist ein Tramper«, sagte
die Mutter.

Der Zug kam gegen Mitternacht in Stralsund an, die Fähre
ging erst am Morgen um 5.00 Uhr, so zog ich durch das nächt-
liche Stralsund. Die Stadt war nur teilweise beleuchtet, ich sah
die Kirchtürme. Ich ging immer weiter aus der Innenstadt heraus Richtung Ostsee, als ich ein vierseitiges Gebäude mit einer
Kirche entdeckte und an eine vier Meter große Holztür kam. Ich
drückte die Klinke herunter und trat in einen Innenhof, welcher
den Blick auf den Himmel freigab. Rechts und links neben dem
Tor erstreckten sich eingeschossige Gebäude mit Außentreppen.
Diese führten nach oben und hier gab es einen Zugang zum
Wohnraum, es musste ein Kloster sein. Sind hier die Nonnen
albern, dachte ich, dass sie sich in die Fenster Gartenzwerge
stellen? Viel später erfuhr ich, dass die Wohnungen im Heilig-
Geist-Kloster in Stralsund zu dieser Zeit schon vermietet waren.

Dem Tor gegenüber stand die Kirche, welche früher das Zen-
trum des Klosters war. Ich fand eine grüne Bank und legte mich
hin, um ein wenig zu dösen. Es waren noch drei Stunden bis
zur Abfahrt, gegen 3.30 Uhr ging ich weiter. In einer Seiten-
straße war die Tür einer Bäckerei angelehnt und aus der Tür fiel
spaltbreit das Licht auf den Bürgersteig, ich grüßte und machte
mich bemerkbar. Der Bäcker trat zur Tür und wartete ab, was
wohl mein Wunsch wäre. »Ich möchte gern ein Brot mit ganzen
Körnern«, sagte ich. Damals gab es ein sehr rustikales Brot aus
ganzen Getreidekörnern, noch rustikaler als das heutige »Korn
an Korn«. Er brachte mir eines zur Tür, in den Laden durfte ich
noch nicht und ich bedankte mich. Es war Ende Oktober um
1980 und Nachsaison. Meist übernachtete ich in Vitte bei einer
alleinstehenden älteren Dame. Sie hatte mehrere Zimmer ohne

Heizung und ohne Ofen, wo sie in der kalten Jahreszeit mit allen verfügbaren Heizgeräten die Saison etwas verlängerte. So waren Heizstäbe im Zimmer, manchmal auch ein Toaster oder Ähnliches. Eines Tages ging ich zum Strand und wen sah ich da sitzen? Die Schwester eines Freundes, welche in Leipzig in einem Buchladen arbeitete. Sie saß da mit wehenden blonden Haaren und lachte mich an, die Welt ist doch klein. Von ihr hatte ich schon des Öfteren gute Bücher geschickt und geschenkt bekommen, Bücher, die in den Buchläden der DDR schnell vergriffen waren.

In einem anderen Jahr schaute ich mir die Backsteinkirchen im Norden an, ich suchte einige Orte heraus und fuhr per Anhalter. In der Nähe von Friedland hatte ich mir noch eine Kirche angeschaut, als es langsam dunkel wurde. Ich lief durch ein Wäldchen und sah ein größeres Bauernhaus. Ich wollte schon fragen, ob ich da übernachten könne, als ich durch ein Fenster einen alten buckligen Mann sah und eine behinderte Frau, ich bekam ein ungutes Gefühl. An der Straße wieder angelangt, hielt ganz wider Erwarten ein Auto und nahm mich mit nach Demmin. Es war nun schon ganz dunkel geworden. In Demmin setzte er mich am Bahnhof ab, dort saß ich nun und es war schon nach 22.00 Uhr. Der letzte Zug Richtung Cottbus und Zittau war abgefahren. So beschloss ich, die Nacht auf dem Bahnhof zu verbringen. Plötzlich sprach mich ein junger Mann an, er hatte lockiges schulterlanges Haar und sah sehr freundlich aus. Er fragte, was ich zu so später Stunde noch auf dem Bahnhof hier wolle. Als er hörte, dass ich keine Bleibe hatte, lud er mich ein. Ich könne bei ihm zu Hause schlafen, seine Mutter habe nichts dagegen, und so ging ich mit ihm mit. Wir liefen sehr lange durch die dunkle Nacht. Da ich mich zu dieser Zeit in Demmin noch nicht auskannte, bekam ich es langsam mit der Angst zu tun. Heute weiß ich, dass wir damals vom Bahnhof bis zum Stadtrand gelaufen sind. Froh, angekommen zu sein, legten wir uns ins Bett, ich wollte nur noch schlafen. Am

Morgen aufgewacht, ging ich zur Mutter in die Küche. Sie hatte schon eingeheizt und bereitete das Frühstück für uns vor. Sie schien sich darüber zu freuen, dass ich da war. »Er wäscht sich noch«, sagte ich, »er braucht aber lange.« »Ja«, meinte sie, »er braucht immer so lange.« Am Morgen um 11.00 Uhr fuhr ich in Richtung Heimat, ich hörte nicht wieder etwas von ihm.

Jahre später traf ich ihn in einem ganz anderen Kontext wieder. Auf einem Foto war zu sehen, wie er früher als Junge ausgesehen hat. »Dir müssen doch die Mädchen hinterhergelaufen sein«, sagte ich. Er erzählte mir die Geschichte von dem Mädchen am Bahnhof und ich erinnerte mich daran, dass ich es gewesen bin. Wie hoch ist die Wahrscheinlichkeit, einen Menschen, der sich so verändert hat, »zufällig« nach dreißig Jahren wieder zu treffen?

Am Waldbrunnen

Wir schrieben das Jahr 1980. Ich wohnte mit einer Freundin in einem Gemeinschaftszimmer in der Einrichtung für behinderte Menschen, in welcher ich zu dieser Zeit gearbeitet habe. Ich wünschte mir wieder ein eignes Zimmer, in dem ich tun und lassen konnte, was ich wollte. Ich fuhr im Ort herum und fragte, wo ein Zimmer frei sein könnte. Die Nachbarn sagten: »Ja dort bei Friedrich*, da ist ein Zimmer frei. Er ist ganz allein, da können Sie mal fragen.« Dann fragte ich ihn und er erzählte mir, dass er Siebenten-Tags-Adventist sei. Er gehöre einer kleinen Gemeinschaft an: »Wir essen kein Fleisch und treffen uns am Samstag, um Sabbat zu feiern und in der Bibel zu lesen.« Früher hatte er in seinem Haus ein kleines Ferienlager für die Kinder dieser Gemeinschaft eingerichtet. Ein Raum und eine Veranda waren an sein Umgebindehaus angebaut und er beherzigte den Grundsatz, »dass nichts haltbarer ist, als ein Provisorium«. Alles, was er irgendwann einmal gefunden hat, wurde verbaut. Sein kleines Fachwerkhaus mit Holzblockstube bot ideale Voraussetzungen für die Kinder. Es lag an einem Berg und im Wald wuchsen viele Anemonen und andere Wildblumen. Die Veranda des Hauses stand auf Pfählen und eine Treppe führte zum Garten. Das Dach hatte er schräg nach oben gebaut, so saß ich abends und sah in den Sternenhimmel. Zu dieser Zeit beschäftigte ich mich mit den Sternbildern und schaute, wo das Himmels-W zu sehen war oder der Große Wagen, der Kleine Wagen und Kassiopeia. Durch die Fensterseite des Anbaus fiel das Licht, die Tür war offen und dennoch kamen nur selten Mücken hinein. Die frische Luft duftete nach Wald und Wiese, die Abende waren noch warm. Wie in einem zweiten Wohnzimmer erholte ich mich dort in meiner Freizeit und schaute auf den Rasen, wo noch Reste alter Spielgeräte standen. Die Kinder aus seinem Ferienlager hatten diese früher genutzt.

Es war unglaublich kreativ, einfach nur so zu sitzen und vor sich hin zu träumen. Ich besaß keinen Fernseher, kein Radio, nur einen Plattenspieler und dieser lief täglich sehr laut mit den schönsten Liedern von den Schallplatten der 80er Jahre, die wir in ausgewählten Musikgeschäften bekamen, zum Beispiel die Gruppe Karat, Barbara Thalheim und George Moustaki.

Meist fuhr ich mit dem Fahrrad auf Arbeit, lag im Winter viel Schnee, glitt ich mit den Skiern über die Felder. Rings um den Ort erstreckte sich ein großer Wald, hier lebte ich verbunden mit dem Jahreszeitenkreislauf in der Natur.

In einem kleinen Wäldchen fand ich Brunnen, welche das Wasser für die Einrichtung speisten. Ich saß also an der Quelle, kann ich sagen, und es war eine sehr schöne Zeit.

Friedrich leitete die Dachrinne zur Bewässerung in seinen Garten. Bei dem rückseitigen Hauseingang war ein Plumpsklo, wie es damals genannt wurde. Das Dach hatte er um den Stamm eines Baumes herumgebaut. Ich fand sehr schön, dass er den Baum stehen ließ, und es erinnerte mich an die Sendung von Fuchs und Elster im DDR-Fernsehen. Über die Veranda gelangte ich direkt in das erste Zimmer, das schon zum Haus gehörte. Dennoch konnte ich durch die Balkenritzen hindurchschauen und sah einige Sterne, wenn ich im Bett lag. Eine schmale Holztür verband den Raum mit einem kleinen Zimmer, wo der Schreibtisch, der Küchenschrank und die Herdplatte standen. Am Schornstein war ein kleiner Ofen angeschlossen, auf welchem ich das Wasser erhitzte. Da ich oben kein fließendes Wasser hatte, musste ich es von unten aus Friedrichs Waschküche holen. Ich trug den Eimer die Stufen hinauf, schüttete das Wasser in einen Topf und stellte diesen auf den kleinen Ofen. Daneben stand eine Waschschüssel, das Gestell dafür ließ ich mir in unserer Dorfschmiede umarbeiten. Zuvor war es ein Blumenständer, so passte die Schüssel jetzt hinein und ich habe mich darin auch regelmäßig gewaschen.

In dem Wohnheim für behinderte Menschen, welches meine Arbeitsstelle war, konnte ich baden. Weil es ja viele Zimmer für junge Mitarbeiter gab, hatte die Einrichtung Badewannen im Keller und diese wurden von ihnen genutzt. Es war immer ein Pförtner da, der mich auch abends hineinließ, und es gab Gemeinschaftswaschmaschinen, in denen ich meine Wäsche gewaschen habe. Das Wohnheim war für uns wie eine kleine Oase in der DDR.

◆ Eine Geschichte von 1981 ...

Die Menschen in dem Ort waren offener und herzlicher als anderswo. In der Kirchgemeinde brauchten sie noch jemanden für die Sammlung von Spenden. Überall standen sie schon mit ihren Büchsen und klapperten. Kein Mensch wusste, wofür sie sammelten. Ach je, dachte ich, sammeln gehen. »Na, da gebt mir mal eine Büchse und ich werde sammeln gehen.« Gern mache ich das nicht. Gibt es denn viele, die das gern tun?

Am nächsten Tag zog ich los mit Büchse und Plakat. Ich kam mir vor wie eine Bettlerin. Als ich vor dem ersten Haus stand, überkam mich ein tüchtiger Bammel. Doch ehe ich überhaupt etwas sagen konnte, fragte Herr Grundwig* mich, ob ich heute malen gehen wolle. Ich wusste erst gar nicht, wie er darauf kam. Dann jedoch merkte ich, dass er es auf meine Plakatrolle abgesehen hatte, welche ich in der Hand hielt. Ich nahm all meinen Mut zusammen und versuchte die Wichtigkeit der Sammlung zu erklären: »Wir sammeln für ein Heim im Erzgebirge, in welchem behinderte Menschen wohnen. Jede Neuanschaffung muss von dem Heim selbst getragen werden. Wenn jeder eine Mark gibt, kommen schon ein paar Millionen zusammen.« »Das ist aber auch nicht richtig, wir haben ja schon eine ganz schöne Summe an SVK und Steuern zu bezahlen. Ich kann mir nicht erklären, wofür das ganze Geld ausgegeben wird«, meinte Herr Grundwig. »Wir wissen ja, dass medizinische Einrichtungen und Geräte eine Unmenge an Geld kosten. Für das Sozialwesen müsste bei weitem mehr Geld eingeplant werden.« Wir unterhielten uns noch eine Weile. Nun muss ich noch sagen, dass er ein sehr stiller und stolzer Mann war. »Es ist nur Streit und Unzufriedenheit zwischen den Menschen«, sagte er. »Jeder jagt nur seinem eigenen Vorteil nach. Ich arbeite nicht gern in Zittau und baue schon seit diesem Frühjahr zu Hause, vielleicht kann ich mich einmal selbständig machen.«

Um das Haus herum jagten sich mehrere Hunde. »Wolfsspitze sind eine alte Rasse, jetzt haben wir schon einen Rüden, zwei Hündinnen und zwei Hundekinder. Eines der Hundekinder hat es immer besonders auf die Katze abgesehen.«

Im Käfig, der in der zukünftigen Gaststube stand, zwitscherte ein Nymphensittich. »Den kann man schon mit einigen Tropfen Bier besoffen machen, dann schwankt er hin und her und kann kaum noch laufen.« Ich dachte, dass er nur noch zu sprechen anfangen müsste. »Später will ich mir noch ein Pferd anschaffen«, sagte er. »Dies ist ein alter Kindertraum von mir, seine Erfüllung liegt jedoch noch in weiter Ferne.«»Und ich kann das Pferd dann reiten«, erwiderte ich lachend.

Seine Frau hatte mir heimlich, damit er es nicht sieht, fünf Mark in die Büchse reingesteckt. Der erste Erfolg verlieh mir Flügel, nun ging ich schon etwas frohgemuter zum Nächsten. Als ich vor dem Haus stand, überlegte ich: Drücke ich nun die Klinke runter oder nicht? Die Büchse ließ ich auf der Straße stehen, es sollte ja eine Straßensammlung sein. Ich gab mir einen Ruck, trat ein und schon stand ich in der Rosinger* Stube, eine einfache Stube mit niedriger Balkendecke. Das Haus war ein Fachwerkbau, die Zimmer, klein und niedrig, wirkten dennoch gemütlich. Der Hausherr bat mich redselig einzutreten. »Ich habe zwei Söhne und eine Tochter«, erzählte er. »Der älteste Sohn fährt zur See, er ist ein vielgereister Mann. Die ganze Welt möchte er sehen, eher will er nicht ruhen und schickt von überall her Karten. Alle viertel bis halben Jahre lässt er sich zu Hause mal sehen. Mit Mädchen hat er nicht viel im Sinn, hin und wieder nimmt er sich, was er braucht ... Mein zweiter Sohn ist Fliesenleger und in der ganzen Umgebung sehr begehrt. Es gibt zwar keine Fliesen, doch weiß der Teufel, woher die Leute diese beziehen. Jedenfalls arbeitet er gut und genau. Er hat ein Mädchen gefunden, die zu ihm passt, schon im Januar wollen sie heiraten. Die Jüngste, meine Tochter, hat Schuhmacher gelernt, die Arbeit gefällt ihr mehr schlecht als recht. Doch Susann* hat einen guten Freund, er arbeitet im Stellwerk in Zittau und heißt Jürgen*. Ich glaube, dass er offen und ehrlich ist.«

Die Leute freuten sich, dass ich mich mal sehen ließ. Und als ich mein Plakat aufrollte, wollten sie alles ganz genau wissen. Ich erzählte wieder, für was ich sammelte, und der Erfolg war der, dass sie mir insgesamt sechs Mark in die Büchse hineinsteckten. Das ist ja wunderbar, wenn es so weitergeht, dachte ich. Doch nun musste ich es mir erst einmal bequem machen. Die Frau holte Bananenlikör und sie erzählte mir, woher dieser kam. Ich kaute Kaugummi und streckte meine Beine aus. Kurz gesagt, es war gemütlich und das Aufstehen wäre mir schwer gefallen, so blieb ich erst einmal sitzen. Nebenbei erfuhr ich, dass Susannes Freund immer von Zittau kam und dass der Älteste in einem Hafen von Vietnam lag, weil sein Schiff repariert wurde. Ein Sohn war bei seiner Freundin in Hirschfelde, beide wollten im Heimatort bleiben und sich ein neues Haus bauen. Ich musste von Friedrich erzählen, der sein Bruder war. Wir unterhielten uns über Politik und über zwischenmenschliche Dinge, über Partnerschaft und den Sinn des Lebens. Richtig beeindruckt war ich von Susannes Freund. Dieser fragte mich, warum ich immer so fröhlich gewesen sei und gesungen habe, wenn er mich sah. »Mit einem Lied geht doch alles viel schneller und besser«, antwortete ich ihm und darüber wunderte er sich. Inzwischen hatte die Frau Mittagessen gekocht, ich musste mitessen und Cola trinken. Nach dem Essen verabschiedete ich mich von der Familie, mittlerweile war es schon halb zwei geworden.

Frischen Mutes steuerte ich das nächste Haus an. Von Familie Schulze* wusste ich nur, dass sie keiner leiden konnte. Früher war der Mann wohl einmal ein Trinker, bis er wegen seiner Zuckerkrankheit damit aufhören musste. Ich fand ihn gut, weil er so gemütlich war. Er hatte mir versprochen, mit mir in die Pilze zu gehen und mir deren Namen beizubringen. Darauf freute ich mich schon lange, aber so bald sollte es wohl nichts damit werden. Seine Eltern haben schon im selben Haus gewohnt, er war sozusagen ein »Eingeborener«. Auch er hatte drei Kinder, von denen schon zwei aus dem Haus gegangen waren. Der Jüngste besuchte mich schon mal nachts um halb zwei, er kam aus der Kneipe und hatte noch keine Lust, nach Hause zu gehen. Ich war gerade mit einer Tonarbeit beschäftigt und arbeitete des Nachts daran. Nachdem ich ihn hereinbat und nicht davonjagte, war er erst mal verblüfft. Er druckste ein wenig herum, dann bot er mir seine Hilfe an, wenn ich mal etwas bräuchte, und schon war er wieder weg. Na und nun brauchte ich mal was, bestimmt hat er auch allerhand Geld, dachte ich. Dann ging ich hinein.

Die Frau machte ein etwas verbissenes Gesicht, ich wollte ihr erklären, worum es ging. Ihr Mann begrüßte mich lächelnd: »Was, Sie haben heute keine Liste? Sie müssen sich eine Liste anlegen, damit man sehen kann, was jeder gibt.« Wahrscheinlich wollten sie wissen, was jeder gegeben hat, damit sie nicht etwa zu viel hineinsteckten? Zumindest waren sie bereit, überhaupt etwas dazuzugeben. Der gemütliche Mann betonte noch einmal, dass es ja für eine gute Sache sei. Sein Sohn war eigenartig kühl und abwesend, ob er wohl damals nur durch den Alkohol so anders war? Jeder Mensch ist einmalig, wir müssen schon viel Gefühl und Tiefe aufbringen, um jeden Einzelnen nur ein wenig verstehen zu können. Sicher hatte er Minderwertigkeitsgefühle seiner Akne im Gesicht wegen. War seine Verschlossenheit vielleicht eine Reaktion auf die Begegnung mit den Menschen seiner Umwelt? Wenn ich ihn doch verstehen könnte, doch bis jetzt war er mir noch ein Rätsel. Nachdem ich mich hier verabschiedet hatte, zog ich weiter.

Kurz vor mir sah ich Frau Meinert* in ihrem Garten arbeiten, schon im Sommer habe ich seine Blütenpracht bewundert. Alle Arten Blumen wuchsen darin, die Mageriten und Himmelsschlüssel liebte ich besonders. Nach einem Kälteeinbruch war es noch einmal warm geworden, sie war dabei, den Garten winterfest zu machen. Endlich mal eine richtige Straßensammlung, dachte ich. Wie würde sie wohl reagieren? Ich zeigte ihr mein Plakat, was sie außerordentlich interessierte. Dies überraschte mich sehr. Wir sollten zwar keine Vorurteile haben, dennoch hatte ich die Frau etwas anders eingeschätzt. Wieder einmal ein Beispiel dafür, wie sehr ich mich doch täuschen konnte. Sie lief gleich in die Küche und kam mit fünf Mark zurück, diese steckte sie in die Büchse. »Ich freue mich, wenn ich etwas für die Kinder tun kann«, sagte sie. Sie hatte ein gutes Herz, aber auch ihre eigenen Ansichten. Sie hielt sehr viel auf Ordnung im und um das Haus herum und redete in der Tat Schlechtes über die Nachbarn. Sie wusste über Nikotin- und Alkoholmissbrauch zu erzählen und erregte sich darüber, dass sie am Haus nichts reparierten und es verkommen ließen. Sie selbst war außerordentlich fleißig, nach ihrer Ansicht waren die anderen eben nicht gewohnt zu arbeiten.

Gleich neben ihrem Haus lebte noch eine Rosinger-Familie, welche mit den anderen nicht verwandt war. Sie hatten Friedrich schon viel geholfen. Die Tochter lernte in einer Sparkasse, der Sohn leistete zu dieser Zeit seinen Wehrdienst. Sie redeten nie über andere und lebten zurückgezogen für Haus und Hof. Gerade hatten sie sich zum Weggehen fertig gemacht, als ich eintraf. Auch sie gaben mir etwas in die Sammelbüchse. Sie lebten lautlos und unbeobachtet, inzwischen war es Nachmittag geworden.

Von Friedrich, bei dem ich wohnte, habe ich bisher wenig erzählt. Er war vor allen Dingen ein überzeugter Siebenten-Tags-Adventist. Er heiligte den Sabbat und aß selbst kein Fleisch. Seine Frau war von russischen Soldaten vergewaltigt worden, während er noch im Krieg war. Sein Sohn starb im Alter von siebzehn Jahren an einer Lungenentzündung. Die Ärzte hatten die Erkrankung zu spät festgestellt. Sein eigenes Elternhaus stand an der Dresdener Elbe. Auf den Elbwiesen davor weideten die Schafe, er hatte mir einmal ein Foto davon gezeigt. Jetzt begegnete er mir auf dem Weg. Obwohl die Adventisten den evangelischen Gemeinden oft spinnefeind waren, steckte auch er etwas in die Büchse.

Neben ihm wohnte die Familie Walter*, sie baten mich in ihre kleine Holzstube hinein. Die Fenster waren trotz Tageslicht mit Gardinen verhangen. Einmal hörte ich in der Nacht, wie seine Frau schrie, ich wollte Herrn Schulze zu Hilfe rufen. Dieser fragte, warum er sich denn da einmischen sollte. Während mir so meine eigenen Gedanken durch den Kopf gingen, erzählte er: »Früher war ich Christ und in einer christlichen Gemeinde. Dies hat sich durch meine Ehe zerschlagen. Ich wollte in Moritzburg als Schmied anfangen. Weil ich ein festes Mädchen hatte, blieb ich hier.« Sie boten mir einen Schnaps an, den ich nicht trinken wollte. »Zwei meiner Brüder sind gestorben«, erzählte er weiter. »Meine Mutter war sehr arm, trotzdem haben wir früher abends zusammengesessen. Wir haben Karten gespielt oder Hausmusik gemacht. Im Gegensatz zu früher ist es ärmlich bei uns geworden, wir schauen nur noch fern. Ich habe sogar einmal versucht Mundharmonika zu spielen.« Ihre Kinder spielten, es war sehr schön, sie dabei zu betrachten. Früher kamen sie hin und wieder auf meine Veranda, dann musste ich ihnen auf der Flöte oder Gitarre etwas vorspielen und ihnen Lieder vorsingen. Friedrich sah es nicht gern, er meinte, sie würden stehlen. »Meine Frau hat sich schon einmal von mir getrennt und mit einem anderen Mann zusammengelebt, später kamen wir wieder zusammen.« Es wurde erzählt, dass jedes ihrer vier Kinder einen anderen Vater hätte. Und auch er habe mehrere Kinder bei anderen Frauen, wurde in der Nachbarschaft gesagt. Da ich noch immer nicht bei allen Familien war, verabschiedete ich mich bald. Der Abend dämmerte bereits, als ich über die Wiesen schritt. Der Wald begann sich im Nebel zu verstecken. Ich ging durch die sogenannten Anstaltssträucher hindurch den Weg, der sich bis zu den Christophhäusern emporschob, und bog wieder rechts ab. Über einen recht steinigen Weg kam ich auf dem Großeberg an. Dort traf ich einen alten Mann. Er erzählte mir, dass er im Ferienheim arbeite. »Die Erna* ist eine gute Frau und auf dem Großeberg lebe es sich wunderbar«, meinte er. Er erzählte auch, warum die Christophhäuser so heißen. Früher hatte dort eine Familie gewohnt, die Christoph hieß. »Noch weiter liegt die Zeit zurück, als das Ferienheim noch eine Gaststätte war.« Er erzählte von früher und dabei ging der Mond auf, wunderbar hell und kreisrund. Längliche Wolken schoben sich davor und verdeckten ihn bald. Die Welt wurde still. Die Häuser schmiegten sich an die Erde und die Lichter leuchteten warm und einladend. Der Wind streichelte mich und raunte stille Lieder durch die Dunkelheit.

Bei Hoffmanns* brannte noch Licht. Ihr Pony Moritz stand schon im Stall neben einer Ziege. Die Ziege sah aus, als wollte sie gerade lachen, Ziegen sind lustige Tiere. Er verstand gleich, was ich wollte, und gab etwas in die Büchse. Wir unterhielten uns über den Tod von Herrn Müller* und über die Geldsammlung für behinderte Kinder. »Mein Sohn arbeitet auf dem Bau im Wohnheim. Du müsstest ihn da gesehen haben«, meinte er. Nun wusste ich also, wo Herr Hoffmann wohnte, denn er hatte nebenan im elterlichen Haus gebaut.

Bis zu Erna waren es noch zehn Schritte. Ein Hahn mit seinen zwei Hennen saß auf der Nähmaschine. »Meine Katze ist krank«, klagte sie. »Sie frisst nichts mehr.«

Auch sie gab etwas und wollte wissen, warum sich Herr Müller aufgehängt hat. Beim Abschied bat sie mich, sie wieder zu besuchen. »Ich freue mich immer so sehr, wenn mal eine Menschenseele vorbeikommt.«

So wanderte ich langsam heimwärts. Ich hatte schon keine Lust mehr, noch bei Familie Seidel* zu klingeln. Als ich dann doch hineinging, spendete er gleich etwas. »Wenn Sie für einen Krieg sammeln würden, hätte ich Ihnen nichts gegeben«, sagte er. »Ich war mehrere Jahre in russischer Gefangenschaft. Dort musste ich als Brigadier arbeiten. Als ich einmal um Brot bettelte, gaben mir die Leute nichts. Ich fragte daraufhin den Posten, warum mir die Familie nichts gegeben hat. Er antwortete mir darauf, dass hier die Menschen streng gläubig wären. In jeder Bauernstube hing ein altmodisches Kruzifix am Spiegel. Als ich das nächste Mal zu einer anderen Familie ging, bekreuzigte ich mich davor. Der Mann ging in den Stall, um seine Kuh zu melken. Seine Frau brach ihr letztes Stück Brot in drei Teile und beide aßen mit mir. Ein anderes Mal hatte eine Frau mich gesehen, wie ich die Straße entlangmarschierte, sie legte ein Stück Brot auf den Weg. Als ich es an mich nahm, bemerkte es ein Posten und schlug mich dafür. Da kam die Frau zurück und erzählte ihm ein paar Takte. Ich selbst sagte noch danke für die Schläge und dass ich hier nicht als Feind arbeite, sondern als Freund. Der Posten wurde dafür bestraft und hätte sich am liebsten im Erdboden verkrochen. Nach dem Krieg lebte ich in einer Mietwohnung, immer musste ich mich nach anderen Leuten richten. Deshalb habe ich mir etwas Eigenes geschaffen, in meinem Haus kann ich tun und lassen, was ich will.«

Als ich heimging, musste ich wieder daran denken, dass die Menschen hier in der Abgeschiedenheit anders waren. Der Mond schien durch die Wolken, weit hinten leuchteten die Lichter vom Dorf. An Friedrichs Haus stand eine Birke, sie war für mich ein Zeichen der Heimat.

Ehe und Familie

Seit 1978 arbeitete in einer christlichen Einrichtung für behinderte Menschen und begann 1980 meine Ausbildung als Heilerziehungspflegerin. Seit langem liebte ich einen Theologiestudenten, dieser schrieb mir eines Tages, dass er eine Frau kennen gelernt habe. Ein anderer Freund kam auch nicht mehr, in dieser Zeit lernte ich meinen Ehemann kennen.

Meine erste Schwangerschaft war für mich wie ein Wunder, bald konnte ich die Bewegungen der Arme und Beine des Kindes spüren. Ich hatte einen Mann, den ich liebte und bei dem ich dachte, dass er mich liebt. So heirateten wir 1984 in der Kirche in Oberoderwitz. Wir wohnten auf dem Land in einem winzigen Ort in der Oberlausitz und arbeiteten beide als Heilerziehungspfleger in der dortigen Einrichtung für Menschen mit Behinderung. Auch mein damaliger Mann Noel* versorgte behinderte Kinder, wusch, windelte und fütterte sie. Er hatte in jedem Fall die Voraussetzungen, ein guter Vater für seine Kinder zu sein. Er freute sich auf das Kind. Im Heim waren Erkrankungen aufgetreten, die den Verdacht auf Röteln nahelegten. Ich wusste nicht, ob ich diese Krankheit als Kind schon gehabt habe. Der Arzt wollte kein Risiko eingehen und ich bekam in jeden Oberschenkel drei Spritzen mit einem Antiserum. Danach kam der Befund, dass ich schon vorher Antikörper im Blut hatte.

Vor der Geburt haben wir sehr viel an unserer Wohnung renovieren müssen. Diese befand sich in einem alten Gutshaus mit dahinterliegendem Stall und Scheune. Die Räume im Haus teilten sich in jeweils vier Zimmer im unteren und oberen Stockwerk auf. Wir bekamen zwei davon im Obergeschoss des Hauses. Unsere Wohnstube und das Schlafzimmer von je 25 qm mussten noch hergerichtet werden. Im jedem Raum gab es zwei Außenwände und dazwischen lag eine große Diele. Auf jeder Seite war ein Schornstein eingebaut und wir schlossen zwei Dauerbrandöfen an. Sie sahen aus wie kleine Kaminöfen mit eisernem Brennraum, Kacheln speicherten die Wärme. Neue Fenster bekamen wir nicht so schnell, denn der Tischler musste diese erst bauen, deshalb haben wir die alten Fenster nochmal gestrichen.

Ich weiß nur noch, dass wir sogar auf dem Moped zur Entbindung in die Klinik nach Zittau gefahren sind. Es war eine sehr schwere Geburt, trotzdem ich vorher warm geduscht hatte, gingen nachher die Wehen im Kreissaal zurück. Ich konnte mich ganz schwer und eigentlich gar nicht fallen lassen, damit auch die Geburt nicht geschehen lassen. Viel später wusste ich, dass es damals mit meiner gesamten psychischen Verfassung zusammenhing. Es dauerte sehr lange, mein Mann hielt mich am Rücken, die Hebammen drückten auf dem Bauch herum und immer wieder wollte ich nur noch schlafen, war müde und erschöpft. Nach gefühlten sieben oder acht Stunden war Sarah* da. Leider wurde sie sofort abgenabelt und schrie, sie wurde gebadet und gewickelt. Ehe ich das Kind zu sehen bekam und an die Brust anlegen konnte, war schon eine Menge passiert.

Zum Glück war ich auf einer Station mit »Rooming-in«, das heißt, mein Kind konnte tagsüber mit im Raum bei mir sein. Nachts wurden die Kinderbetten in einem anderen Raum zusammengeschoben, die Mütter sollten sich erholen und schlafen können. Zuerst hatte ich einen Milchstau und die Schwestern drückten und sagten: »Das wird nichts, das wird nichts. Wir füttern zu.« Und ich sagte: »Doch, das wird etwas und ich möchte nicht, dass zugefüttert wird.« Sie hatten eben etwas mehr Arbeit, weil sie mich jeden Tag unterstützen und die Brust massieren mussten, bis Sarah endlich allein Milch ziehen konnte. Und nach und nach ging es immer besser. In der Nacht wachte ich auf, weil ich Sarah nebenan im Raum schreien hörte. Meine Brust war zum Platzen voll, wir sollten ja nachts nicht stillen. Und ich sagte zur Schwester: »Ich möchte mein Kind, meine Brust ist zum Platzen voll und mein Kind schreit.« Und die Schwester sagte: »Woher wollen Sie denn wissen, dass es Ihr

Kind ist? Das kann auch ein ganz anderes Baby sein.« Und sie ging in den Nebenraum schauen und es war tatsächlich Sarah, sie weinte. Die Schwester brachte sie mir und ich konnte sie anlegen. Mein Milchstau verschwand, was auch für mich eine Erleichterung war, und Sarah wurde ruhig und schlief gut ein. Eine Woche blieb ich noch in der Klinik, dann hatte auch ich das Gefühl, dass ich es gut schaffen kann, das Kind zu versorgen.

Ich stillte Sarah neun Monate lang, des Nachts schlief sie schlecht, war oft munter und schrie. Ich massierte ihren Bauch meist mit Kümmelöl, weil ich dachte, sie hätte Blähungen. Es störte mich nicht so sehr, dass ich das Wasser in dieser Zeit nach oben tragen musste. Auf einem Dauerbrandofen erhitzte ich es für das Bad und schüttete es in die Badewanne. Nach dem Baden musste das Wasser wieder in einen Eimer und von der ersten Etage nach unten getragen werden. Schlimmer war es, bei minus 24 Grad in der Außenwaschküche die Windeln mit bloßen Händen im kalten Wasser zu spülen und dann in die Schleuder zu legen.

Im ersten halben Jahr habe ich Sarah nachts zu mir in das Bett geholt. Als sie größer wurde, steckte ich sie in einen Strampelsack und band sie mit einem Babygurt am Bett fest. Es war sehr kalt in den Räumen, wenn nachts nicht geheizt wurde. Später erzählte mir die Erzieherin aus dem Säuglingsheim, dass sie mich nachts am Bett festgebunden haben, damit ich unter der Bettdecke blieb. Unbewusst wiederholte ich die Vorgehensweise so, wie es mir selbst ergangen war. Beim Mittagsschlaf sah ich einmal, wie ich als Baby in einem Fahrradkorb weggefahren wurde.

Während dieser Zeit bauten wir die Wohnung fertig aus. Die Fenster wurden jetzt in allen Räumen durch neue ersetzt, oben bekamen wir nach einem Jahr Holzkastenfenster direkt vom Tischler. In der unteren Etage befand sich ein ebenso großer Raum, welcher zu Küche und Bad umgebaut wurde. Es sollte schnell gehen, so versuchten wir fertige Verbundfenster über einen Handel zu bekommen. Dort mussten wir circa acht Wochen lang jeden Tag anrufen, ob diese schon angekommen sind, oder ob es noch länger dauern würde. Weil der Sockel des Hauses am erdberührten Bereich nicht abgedichtet war, zog die Nässe hinein, in der unteren Etage waren die Wände klatschnass. Wir sägten in der Ziegelfuge Meter für Meter und versuchten zu isolieren, um der Feuchtigkeit entgegenzuwirken. Wasserleitungen wurden in der Küche verlegt, ein Bad eingebaut und für das Abwasser eine Zweikammer-Klärgrube mit Sickerschacht im Außenbereich installiert.

Unser Kind saß dabei oft in der Baby-Wippe und schaute zu. Wenn der Opa da war, schob er in dieser Zeit den Kinderwagen mit seiner Enkeltochter an der frischen Luft die Feldwege entlang. Da ich in der Elternzeit nicht arbeiten musste, hatte ich Zeit für unsere Tochter, ich sang viel und spielte mit ihr.

Das zweite Kind kam 1986 zur Welt und war ein Junge. Bei Manuel* war alles ganz anders, ich fuhr allein in die Klinik, Noel war nicht da. Er kam schnell auf die Welt, innerhalb weniger Stunden hatte ich ihn geboren. Die Presswehen waren sehr stark und er schien sich bei der Geburt etwas verletzt zu haben. Nun hieß es kochen, waschen, Haushalt und zwei Kinder zusammen zu versorgen. In der Nacht stillte ich ihn und er schlief nach sechs Monaten durch. Am Morgen ab fünf Uhr schrie er und war durch nichts zu beruhigen. Er weinte, obwohl er satt war, und ich denke heute, dass er durch die Geburt Probleme mit den Halswirbeln hatte. Leider kannte ich damals noch niemanden, der so etwas behandeln konnte. Es war mein zweites Kind und ich war schon in dieser Zeit sehr erschöpft.

Ich liebte die Kinder, unsere Tochter war jetzt eineinhalb Jahre alt und bald konnte sie laufen. Über die Fürsorge für das neugeborene Kind kam sie jetzt sicherlich etwas zu kurz. Als Mutter war es mir zu dieser Zeit nicht so bewusst, da ich nun alles in gleicher Zeit bewältigen musste. Nach dem Frühstück wurde die Küche aufgeräumt und die Wäsche gewaschen, das

Mittagessen kochte ich selbst. Unsere Tochter wollte sich in den Räumen ungehindert bewegen, doch um bestimmte Tätigkeiten verrichten zu können, stellte ich sie ab und an in ein sogenanntes Laufgitter. Beide Kinder schliefen mittags eine Stunde und nach einer kleinen Vesper ging es zum täglichen Spaziergang an die frische Luft, oft zum Kuhstall des Ortes. Das Melken mit der Melkmaschine weckte das besondere Interesse der Kinder. Die Zeit verging wie im Flug und am Abend saß ich mit Noel am Tisch in der Küche und wir erzählten uns die Begebenheiten des Tages. Die Abendsonne schien in die Fenster und es schien alles friedlich. Gelegentlich gab es Streit durch fehlenden Nachtschlaf und damit verbundener Überforderung. Auch fühlte ich mich oft einsam und konnte tagsüber mit niemanden über meine Sorgen sprechen. Später lernte ich im Ort eine Frau kennen, mit welcher ich mich ab und an traf, unsere Kinder waren im selben Alter.

Mein Mann fuhr nun jeden Morgen mit dem Moped auf Arbeit und meist konnte ich den neu erworbenen Trabant nutzen, welchen sein Vater bestellt und meine Eltern bezahlt hatten. Durch einen Ehekredit finanzierten wir Waschmaschine, Kühlschrank und Herd, und mit jedem Kind wurde uns ein Teil des Kredites erlassen. Ich wollte nicht so schnell wieder ein drittes Kind bekommen und vereinbarte einen Termin bei meiner Frauenärztin, um mir nun endlich die Pille verschreiben zu lassen. Ich schlief nicht mit meinem Ehemann aus Angst, gleich wieder schwanger zu werden. In der Stillzeit war es kein Problem, das regelten die Hormone, doch nun hatte ich abgestillt. Noel drängte und ich willigte ein, vier Wochen später merkte ich, dass ich wieder schwanger war.

Es war das Jahr 1987, zunächst lief alles wie gewohnt. Ich wurde wieder dicker und dicker und fühlte mich schwanger gut, oft besser als sonst. Der Geburtstermin rückte näher und wieder wurde die bemalte Wiege aus Holz aufgestellt. Diese hatte uns auch bei den beiden Kindern zuvor schon gute Dienste geleistet.

Meist sind die Kinder durch das Wiegen nachts eingeschlafen. Die Geburt verlief gut und wir bekamen wieder eine Tochter. Ich war überbetriebsam, versorgte Kinder und Haushalt und in der freien Zeit nähte ich Weihnachtsgeschenke. Bis sich plötzlich Anfang des neuen Jahres alles veränderte, ich schaffte nichts mehr und war nur noch müde. Ich empfand alles als Überforderung, auch das Leben selbst. Die einfachsten Aufgaben, zum Beispiel Kindersachen nach Größen sortieren, fielen mir schwer. Es gab Streit und ich blieb morgens schon im Bett. Ich lebte damals wie in einem Kino, in dem mehrere Filme gleichzeitig abliefen. Wenn die Kinder des Nachts über die Diele gelaufen kamen, hörte ich plötzlich andere Kinder schreien und konnte dies nicht zuordnen. Ich hatte das Gefühl, verrückt zu werden und zu versagen, gelähmt und unfähig zu sein, mein Tagwerk zu beginnen.

Noel war dem nicht gewachsen, er meinte nur: »Wenn du normal wärst, würdest du auch mit fünf Kindern klarkommen.« Ich war also nicht normal und ich war nicht so, wie er es sich gewünscht hätte. Ich fragte meine Freundin: »Werde ich jetzt asozial?« Sie meinte, »asozial sein« käme von innen. Das dritte Kind erinnerte mich an etwas, aber an was nur?

Es war, als ob ich in einen Abgrund stürze, und ich sah alles nur noch grau in grau, ich konnte nichts mehr tun. Auch alle gut gemeinten Ratschläge, dass alles doch immer leichter würde, je älter die Kinder waren, halfen mir nicht weiter. Ich dachte, dass ich asozial würde, so wie es unsere Mutter schon immer prophezeit hatte. Es stürzte wie eine Lawine über mich herein. Ich spürte keinen Antrieb mehr, wusste nicht, wie ich die Kinder versorgen sollte, und auch nicht, wie ich daran für mich oder für uns hätte etwas ändern können. Ich wusste nicht, wo es herkam, und spürte nur, dass ich es nicht aushalten konnte. Es kann an der Erschöpfung liegen, sagte die Ärztin und sie meinte, dass ich eine Therapie brauche.

Psychotherapie

Ich hatte das Gefühl, dass durch ein Vakuum ein Teil meiner Gehirnzellen weggedrückt wurden. Es machte mich handlungsunfähig, dazu kamen die ständigen Vorwürfe. Es tat mir unendlich leid, als meine Tochter ein Blümchen für mich mitbrachte und mein damaliger Ehemann sagte:»Siehst du, die Kinder lieben dich...« Ja, es tut mir auch heute noch leid, die Liebe der Kinder verraten und sie so enttäuscht zu haben. Ich musste erst einmal etwas für mich tun, weil nichts mehr möglich war, und ging drei Monate in eine Psychiatrieeinrichtung, wo sie wortwörtlich nicht wussten, was sie mit mir anfangen sollten. Wir sprachen mit einer Freundin und sie erzählte, dass sie zu einer Psychotherapie gewesen sei. Ich meldete mich dort an und es dauerte noch zwei Jahre, ehe ich einen Termin bekam, so lang war die Warteliste. Bei der Anmeldung sagte mir schon eine Frau, dass sehr viele mit einer solchen Vergangenheit zu ihnen kamen. Ein Therapeut fragte mich in der ersten Woche, ob ich denn wüsste, was es bedeute, im Säuglingsheim gewesen zu sein. Ich wusste es nicht. An dieser Stelle hatte ich ein Vakuum, konzentrierte ich mich darauf, kamen wie aus einer Blase nicht auszuhaltende Empfindungen.

Die Psychotherapie war so aufgebaut, dass wir anfangs drei Wochen um einen Sack herumsaßen und überlegten, was wir damit anfangen sollten. Wir wussten nicht, für wen oder was der Sack stand, und befolgten die Anweisungen der Therapeuten. Ein Bildhauer und ich waren diejenigen, welche sich am längsten mit dem Sack beschäftigt haben, die anderen spielten schon mit Bällen. Wir schleppten den Sack im Kreis herum oder warfen uns diesen zu. Die Therapeuten sagten, dass der Sack länger bei uns blieb als in allen bisherigen Gruppen. Nach drei Wochen kam dieser nicht mehr in die Runde, wir hatten jetzt sehr viel Zeit.

Der Raum war im Souterrain und es gab nur wenig Licht durch die ebenerdigen Fenster, welche sich über uns befanden.

Wir hörten in dieser Zeit kein Radio, schauten kein Fernsehen und durften auch nicht rausgehen. In den Therapiestunden gab es nur uns selbst in diesem Raum, wir waren in unseren Geschichten gefangen. Eine Stunde sollten wir uns darin bewegen und auf unsere Empfindungen achten. In dieser Stunde fasste ich Gegenstände im Raum an, die Wand, eine Lampe und ich spürte, dass die Gegenstände mich berührten und mich liebten. Ich hatte mich also als Säugling am Bett berührt und gespürt, das Bett und andere Gegenstände berühren und lieben mich. Das ist meine Überlebensstrategie gewesen, weil ich keine menschliche Berührung bekam, und so habe ich überlebt. Ich sah, wie auf einem Bett zwei tote Kinder lagen, fast durchsichtig, und es kam der »Schwarze Mann«, der die Kinder abholte, umgeben von energetisch schwarzer Farbe, seiner Aura.

In einer Sitzung lag eine Turnmatte auf dem Boden und wir durften mit einem Gummischläger auf die Matte eindreschen. Dabei habe ich gespürt, wie viel Wut in mir war und aus mir herauswollte.

Später fiel uns auch Schönes ein. So haben wir viele Spiele zusammen gemacht, bei denen wir körperliche Nähe erlebten. Wir setzten uns direkt auf dem Fußboden hintereinander. Der Letzte hat mit dem Finger etwas bei seinem Vordermann auf den Rücken gezeichnet, jetzt musste wiederum jeder bei seinem Vordermann auf den Rücken zeichnen, was er gespürt hat. Der Erste gab wieder, was damit gemeint war, und der Letzte das, was bei ihm angekommen ist. So ähnlich wie bei »Stiller Post«, jedoch ohne dass geredet wurde. Wir durften in diesen Stunden nicht sprechen. Es wurde gesagt, wir können in der Gruppe machen, was wir wollen, jedoch ohne miteinander zu reden.

Die Therapie ging acht Wochen lang. Zum Anfang war es eher ein gegeneinander, sich den Ball zu- und wieder zurückwerfen, dann kamen die Spiele mit dem Schreiben und Zeichnen. Alles führte unsere Gruppe immer weiter zusammen. Am Ende der Therapie lagen wir ganz oft einfach nur dicht beieinander und haben uns gegenseitig körperliche Berührung gegeben, natürlich angezogen. Getragen von der Gruppe sind wir an verdrängte Informationen und Erinnerungen herangekommen. Diese haben sich oft sofort gezeigt oder erschienen später in unseren Träumen. Wir wurden von den Therapeuten dazu angehalten, unsere Träume aufzuschreiben. Eine Frau gab uns Yogastunden, vermittelte uns eine Übungsreihe und gab uns eine Anleitung für zu Hause mit auf den Weg.

Die Abende durften wir selbst in der Gruppe gestalten. Nach dem Abendbrot haben wir uns verschiedene Themen ausgesucht und Naturmaterial in der Kreativwerkstatt gefunden. Aus Holz und Draht bauten wir Instrumente, einige haben Saiteninstrumente gebaut und andere Rasseln. Zwei von uns füllten Gläser verschiedener Größen und Formen mit Wasser. An diesem Abend gaben wir ein wunderbares Konzert. Die Gruppe improvisierte miteinander, ein Zusammenspiel von harmonischen Klängen ließ eine wundersame Atmosphäre entstehen.

Da wir auch einen Bühnenbildner dabeihatten, kam die Idee, selbst Handpuppen zu bauen. Er zeigte uns die Technik aus Pappmaché, eingeweichten Zeitungen mit Gips und Tapetenleim, die Köpfe der Puppen zu formen. Diese wurden fest und danach erst geschliffen, wo es notwendig war. Aus Textilresten nähten wir die Kleider. Ich baute mein Krokodil mit einem langen Maul und wickelte eine Binde darum. Der Hintergrund war, dass ich oft sehr laut wurde und Worte aus meinem Inneren sprudelten, die ich nicht mehr wollte, und verschloss »meinem Krokodil« das Maul. Es war auch ein Anliegen für diese Therapie, dass ich im Frieden mit mir und anderen Menschen leben wollte. Als die Puppen fertig waren, spielten wir offenes Theater. Wir konnten zur Bühne gehen, mit unserer Handpuppe spielen und uns in die Geschichte einbringen, einer ging vom Spiel weg, ein anderer kam hinzu, so wie es für jeden passte.

Die Gruppe bestand aus interessanten Menschen, welche zur Wendezeit 1989 aus ihren Bahnen geworfen wurden. Es kam so viel aus dem Unterbewusstsein nach oben, dass ich eine Woche lang nur weinen musste und kaum die Mahlzeiten zu mir nehmen konnte.

Ich kann mich noch daran erinnern, wie einer sagte: »Ich bin nicht der, für den du mich hältst!« Einige Wochen später schenkte mir meine Erzieherin aus dem Säuglingsheim ein Foto, auf welchem sie zusammen mit ihrem Mann zu sehen war, und dieser sah ihm zum Verwechseln ähnlich.

An einem anderen Abend bewegten wir uns nach Anleitung zu einem Tanz, es ging um den Atem in Verbindung mit der Bewegung. Später war es möglich, zu einer Trommelmusik wild im Kreis zu tanzen, endlich spürten wir uns selbst.

Wir sind in den gesamten acht Wochen nur zweimal aus dem Therapiekeller hinausgegangen. Der Grundsatz lautete, dass die ganze Gruppe damit einverstanden sein musste. Ich kann mich erinnern, dass wir einen langen Spaziergang über die Wiesen gemacht haben. An einem anderen Tag gingen wir ins Kino. Wir sahen uns eine Geschichte an, in welcher die Kinder die Feindschaft ihrer Familien überwanden und sich anfreundeten.

Nach diesen acht Wochen kam ich wie aus einer anderen Welt nach Hause. Alles war auf den Kopf gestellt. Ich konnte mich nicht mehr an die Namen der Personen erinnern, denen ich auf der Straße begegnet bin, stattdessen an viele Begebenheiten aus dem Säuglingsheim. Ich hatte so mit den Erinnerungen, welche nach oben gestiegen waren, zu tun, dass die Realität davon verdrängt wurde, und es dauerte eine geraume Zeit, ehe sich das wieder normalisiert hatte.

Später habe ich oft mit meinen Fäusten in Kissen eingeschlagen und danach geweint, die Wut war das Tor zum Schmerz. Und die Heilung erfolgte nicht über die Wut, sondern über den Schmerz. Jede Träne musste geweint werden, das habe ich mir auch in den Folgejahren gesagt und so habe ich sehr lange, fast ein ganzes Jahr lang jeden Abend geweint.

Zehn Jahre habe ich konsequent meine Träume aufgeschrieben. Das Traumbuch und ein Stift lagen neben meinem Bett, und immer wenn ich einen Traum hatte, habe ich die Tischlampe angeschaltet und sofort meinen Traum niedergeschrieben, auch wenn es mitten in der Nacht war. Diese Träume haben mir sehr viel offenbart, ich bin dadurch immer näher an die Probleme herangerückt. Erinnerungen kamen hoch und wurden in das Bewusstsein zurückführt. Dabei war vor allem das Gefühl, welches ich dabei erlebte von größter Bedeutung.

Zeit der Trennung

Als ich aus der Klinik kam, arbeitete ich in der Werkstatt für Behinderte in Teilzeit. Ich entwarf Taschen aus Sisal, welche auf Vorrichtungen für Fußmatten gewebt wurden. Einer von den Arbeitern lernte sehr schnell, wie er die Teile einer Tasche mit Hilfe einer Vorlage mit Sisalfäden zusammenflechten konnte. In einem Werkstattladen in Dresden wurden sie sehr gut verkauft.

Mein Mann und ich, wir verstanden uns nicht mehr. Ich konnte ihm nicht in die Augen sehen, er konnte mich nicht verstehen und ich ihn nicht. Ich hatte Aggressionen in mir, die sich leider in extremen Stresssituationen ihren Weg suchten und sich verselbständigten. Auch eines unserer Kinder bekam sie zu spüren. An einem Samstag, wir hatten die Kinder gebadet, die Schlafanzüge angezogen und die Kinder in das Bett gebracht. Es war noch hell draußen. Gegen 20.00 Uhr sah ich nach den Kindern, unsere Jüngste hatte die Ofentür geöffnet und die Asche im gesamten Zimmer verteilt. Ich geriet außer mir, schimpfte und wurde handgreiflich. Ich weiß, dass es nicht hätte passieren dürfen. Ich hatte selbst so etwas erlebt und wurde jetzt zum Akteur. Ich hasste mich, wenn ich so war.

Ich hätte einfach nur Luft holen und Noel bitten können, dass er sich darum kümmert. In dem Moment, wo mir das passierte, hielt ich mich selbst nicht mehr für fähig, die Kinder weiter zu versorgen. Noel verstärkte das Gefühl. Er fragte:»Was soll aus den Kindern werden, wenn sie nach der Trennung bei dir leben?« Ich sah nur einen Ausweg, ich musste meinen Mann verlassen, damit ich frei wurde, frei von den Vorwürfen, die mir gemacht wurden, und frei von seiner Ablehnung. Doch damit verzichtete ich auch auf das schönste Geschenk, auf die bedingungslose Liebe unserer Kinder. Ich wollte etwas ändern, doch ich wusste nicht wie.

In der ersten Woche der Therapie lernte ich eine Töpferin kennen. Ich brauchte Freiraum und Zeit für mich zum Nachdenken und so fuhr ich mit dem Zug Richtung Ostsee. Sie wollte mich mit einem Freund bekannt machen, er hatte die Bach-Blüten und vielleicht konnte er mir helfen? Ich lernte ihn kennen und er stellte mir eine Mischung aus den Blüten zusammen, ich wurde ausgeglichener. Er war Maler und Fotograf und seine Aufmerksamkeit tat mir gut. Eines Tages kam er in mein Bett und ich wurde von ihm schwanger. Die Trennung stand schon im Raum und es war sicher mein Unterbewusstsein, das eine Schwangerschaft herbeiwünschte. Ich wäre nach der Scheidung ganz allein gewesen. Ich hatte genau das wiederholt, was meine Mutter vor meiner Geburt mit meinem Vater erlebte.

Ich liebte meine Kinder, doch konnte ich ihre Versorgung jetzt sicherstellen? Die Frau auf dem Jugendamt sagte, dass sie so etwas noch nicht erlebt habe. Sie hätten auch mir die Kinder zugesprochen, nur einer Kindertrennung würden sie nicht zustimmen. Die Entscheidung lag bei uns und es könne auch nur einer das Sorgerecht behalten, meinten sie. Eine große Unsicherheit nach der Wende warf die Frage auf, wie das neue Recht überhaupt anzuwenden sei. Von einem gemeinsamen Sorgerecht wussten sie nichts, sie sahen auch nicht, dass jeder hätte mit zwei Kindern leben können. Mein Sohn wollte zu dieser Zeit bei mir wohnen, er durfte nicht und es wurde auch später nicht mehr darüber gesprochen.

Wir reichten die Scheidung ein und Noel hatte alle auf seiner Seite. Selbst mein Rechtsanwalt unterstützte seine Anliegen und gab mir kaum eine Chance, etwas für mich zu entscheiden. Bei der Verhandlung war es die Richterin, welche mir beistand. Sie entschied, dass ich zusätzlich zu meinem Federbett auch eines der Steppbetten behalten durfte. Sie sagte: »Die Mutter ist schließlich schwanger und wir müssen auch an das Kind denken.« Der Vater wollte das Sorgerecht für die Kinder, wir haben mehrmals darüber gesprochen und er hatte sich dafür entschieden. Er sagte zu mir: »Ich möchte die Kinder, und wenn die Kinder bei dir bleiben, dann helfe ich dir nicht mehr.« Ich durfte auf seine Hilfe nicht mehr zählen und er war sich sehr sicher, dass er alles schaffen würde.

Ich suchte mir hochschwanger eine Wohnung in Zittau auf der Bergstraße, diese war schon fertig tapeziert. Ein Pärchen ist kurz nach der Wende in den Westen gegangen und ließ hier alles stehen und liegen. Als ich auszog, nahm ich nicht einmal meine privaten Bilder mit, die mir ein befreundeter Maler geschenkt hat. Ich suchte mir zwei kleine Schränke aus und Noel sagte, ich würde das Schönste mitnehmen. Als ich meine Schallplatten eingepackt habe, auf denen noch mein Geburtsname stand, sagte er, ich würde alles mitnehmen. Dabei war ihm nicht aufgefallen, dass ich diese vor unserer Ehe gekauft hatte. Er ließe sich die Familie und die Wohnungseinrichtung nicht auseinanderreißen, meinte er.

Ich wurde von allen Seiten schief angeguckt, besonders Frauen feindeten mich vielfach an. Jede Frau urteilte aus ihrer Perspektive, aus dem Hintergrund ihrer eigenen Lebensgeschichte heraus. Sie hatten nicht das Leben, das ich gelebt habe. Unsere Trennung ist nicht einfach passiert, es sind Vorgänge gewesen, die auf Grund meiner eigenen Geschichte ihren Lauf genommen haben und bei denen ich keinen anderen Ausweg gesehen habe. Es war mir verständlich, dass sie es nicht begreifen konnten.

Auch dass die Meinung vorherrschte, eine Mutter muss bei den Kindern bleiben. Es gab auch Väter, die ihre Kinder sehr liebten und darunter litten, wenn der Kontakt zu ihnen abgebrochen wurde. Eine Frau erregte sich besonders und es war genau die Frau, welche später ebenfalls ihre Kinder nach der Trennung bei ihrem Mann ließ. Vielleicht war es das, was sie selbst tun wollte und später auch getan hat?

Unsere Männer waren dazu in der Lage, Kinder zu versorgen. Sie hatten in ihrer Ausbildung zum Heilerziehungspfleger alles gelernt. In der Einrichtung windelten sie Kinder und fütterten sie. Sie haben Wäsche gewaschen, aufgehängt und Windeln gelegt, in der Wohnung geputzt und Essen gekocht. Selbst die Nachbarn fragten, was ich denn wolle, ich hatte doch schon einen Mann, der alles tat.

Die Kinder liebten mich bedingungslos und ich würde auch heute noch nicht sagen, dass es richtig war, dass ich weggegangen bin. Ich sah zu dieser Zeit für mich keine andere Möglichkeit. Ich hielt es nicht aus, in dieser Ablehnung zu verbleiben, die ich täglich zu spüren bekam und mit dem Kind eines anderen Mannes schwanger zu sein.

In meiner psychischen Verfassung sah ich mich nicht in der Lage, vier Kinder allein zu versorgen. Eine Freundin sagte, sie verstehe Noel. Er möchte kein Kind zu mir geben, er würde ja ein Kind verlieren. Ich fragte darauf, was denn mit mir sei. Ich würde alle drei Kinder verlieren. Wenn zwei Kinder bei ihm und eines bei mir hätte wohnen können? Vielleicht wäre es später möglich gewesen, dass die jüngste der drei bei mir wohnt? Selbst die Erziehungsberatungsstelle hielt dies für möglich. Es sollte doch den Wünschen der Kinder entsprochen werden.

Meine Tochter Sarah hatte während des Spiels ein Haus gebaut. Sie sagte: »Ich sperre jetzt die Geister ein. Die Geister kennen nur Mama und mich, weil ich ihnen das gesagt habe.«

Auch mein Sohn malte ein Bild, bei welchem Geister aus dem Bauch herauskamen.

Die Kinder haben gemerkt, dass da etwas gewesen ist. Nur was genau, wusste weder ich, noch konnte mir das ein anderer sagen.

Allein und schwanger war eine Situation, in welcher ich mir sehr verloren vorkam. Ich hatte gehofft, dass der Vater des vierten Kindes sich zu mir bekennen würde. Ich besuchte ihn und er meinte, dass es für ihn nicht stimme und er es sich nicht vorstellen kann, noch einmal Vater zu werden.

Nach der Trennung von den Kindern habe ich acht Wochen lang nur geweint, ich war schwanger und meine Kinder fehlten mir. Manchmal kurz vor dem Einschlafen sah ich ein Bild, wo sich vier oder fünf Hunde auf mich stürzten, und schreckte wieder auf. Bis zur Entbindung war noch einiges zu tun. Eine Spüle und ein Schrankbad mussten eingebaut werden. Mir wurde ein Mann empfohlen, der die Klempnerei machen könnte. Mit ihm freundete ich mich an und ab da wurde es leichter.

Meine Ehe war vor der Schwangerschaft schon zerstritten, mein Mann konnte nichts Schönes mehr an mir finden. Ich fand mich ja selbst nicht schön und auch meine nächste Beziehung hielt nur zwei Jahre, weil ich die körperliche Nähe zu ihm nicht aushielt.

◆ Nicht definierbare Folgen ...

Heute begegnen mir die drei größeren Kinder auf Abstand oder abwartend. Einerseits bemühten sich mein Sohn und die zweitjüngste Tochter, den Kontakt zu mir aufrechtzuerhalten, andererseits versuchten wir, dem Thema »Scheidung« aus dem Weg zu gehen und die daraus resultierenden Folgen nicht anzusprechen.

Die älteste Tochter machte mir Vorwürfe. Ich begann zu überlegen, wann, wo und was könnte sie meinen. Wenn sie des Nachts schrie, hatte ich sie in unser Bett geholt, an der Brust angelegt, damit sie sich beruhigen konnte. Ich fand es schön zu stillen. Wenn ich es heute erzähle, schauen mich die Kinder schon ganz erschrocken an. Wie nah durfte ich einem Kind sein und wann hatte ich die Grenze überschritten?

Unsere Generation wurde sehr selten gestillt. Ich wurde 1960 geboren und bekam Babynahrung aus der Flasche. Ich wusste, dass Kinder Nähe brauchten für ihre geistige, körperliche und, heute würde ich sagen, auch für ihre seelische Entwicklung. Stillen war das Beste, weil ein Kind alle Abwehrkräfte über die Milch bekam, die es brauchte, um gesund zu bleiben. Mein eigener Mangel hatte sich umgekehrt, ich wollte bei den Kindern alles richtig machen. Auch wirkten sich meine Erlebnisse in der Säuglingszeit unbewusst auf das Miteinander aus.

Oft haben wir alle in einem Bett zusammen geschlafen oder unsere Kinder kamen des Nachts oder am Morgen zu mir. Sie selbst haben die Nähe gesucht und die Frage zu Nähe und Distanz wurde Thema, als sie größer wurden.

Es war möglich, dass mein Bedürfnis nach angstfreier Nähe hier eine Rolle spielte. Vielleicht war es unbewusst zu nah, vielleicht auch näher als bei anderen Familien? Wie konnte ich das genau einschätzen? Der Instinkt, kleine Kinder zu kuscheln, in den Arm zu nehmen und beschützen zu wollen, war ganz natürlich. Ich konnte mich bei den Kindern eher fallen lassen und weinen. Das zeigte Dissonanzen auf, die in meiner eigenen psychischen Persönlichkeit begründet lagen. Aus meinen posttraumatischen Belastungsstörungen ergaben sich nicht definierbare Folgen.

Für jede Mutter in so einer Lage sind die Folgen schwer einschätzbar. Wer gesund aufgewachsen ist, hat auch ein gesundes Empfinden. In meiner Kindheit gab es schwere Differenzen. In den ersten drei Jahren hatte ich keinen Körperkontakt und keine Beziehung zu Vater oder Mutter. Das hat sich im Umgang mit meinen Kindern wiederum auf sie ausgewirkt.

Ich sah, dass ich vieles falsch gemacht habe, nur konnte hier von Schuld keine Rede sein. In einigen Sprachen gibt es keinen Begriff für Schuld und stattdessen ist dort von »Karma« die Rede. Wenn ich überhaupt von einem Begriff wie Schuld sprechen kann, musste ich ja fragen, wo diese angefangen hat. Wo hatte die Schuld angefangen? Dann konnte ich immer weiter und weiter zurückgehen bis zu der Geschichte von Adam und Eva und warum sie aus dem Paradies verstoßen wurden. Welcher Religion ich auch immer angehöre, jede Religion beschreibt eine Geschichte, die den Anbeginn der Menschheit darstellt. Dort hatte es begonnen ...!

Nach der Scheidung durfte ich ab und an noch eine Woche bei den Kindern in unserer früheren Wohnung sein. Später besuchten sie mich jedes zweite Wochenende.

»Wie konnte sie dies nur tun?« Es war eine Art Flucht vor der Ausweglosigkeit, auch eine Flucht vor meinen eigenen Verhaltensweisen. Wenn keiner da war, konnte ich keinem wehtun. Auch habe ich mir vorgestellt, wie eine Trennung von den Kindern für Noel wäre. Er hätte es nicht verkraftet, wollte kämpfen und gerichtliche Auseinandersetzungen wären die Folgen gewesen, alles in Begleitung meiner eigenen Unsicherheit. Würde ich den Alltag schwanger mit drei kleinen Kindern schaffen? Und später mit vier Kindern ohne seine Hilfe? Und ohne die Hilfe einer Mutter oder Schwester?

◆ Warum gibt es Suizide ...

Das ist eine Frage, die viele Menschen beschäftigt. Warum kamen Menschen in die Situation, sich das Leben nehmen zu wollen, wo das Leben doch so schön war ...?

Eine frühere Freundin von Noel hatte psychische Probleme. Als sie gerade in einer Therapieeinrichtung war, nahm sie sich das Leben. Auch ich hatte immer wieder Suizidgedanken. Es lag nahe, dass die Seele seiner vorher gegangenen Freundin noch immer bei mir war, ich nehme an bis zu der Zeit meiner Bewusstwerdung und energetischen Arbeit.

Auch verzieh die Gesellschaft so schnell keiner Mutter, wenn diese ihre Kinder beim Vater ließ und ging. Nur der Tod der Mutter war eine Entschuldigung dafür, den Tod konnte keiner ändern. Die Konstellation der Sterne und die Energie des Tages waren schwierig. Ich war nahe daran, den Gedanken in die Tat umzusetzen. Meine kleine jüngste Tochter schlief in der Wohnung und ich habe es einfach nicht geschafft, ihr das anzutun. Sie wäre die erste gewesen, die mich am Morgen gefunden hätte. Kurz darauf am Wochenende brachte mir mein Sohn einen kleinen Zettel mit, auf dem geschrieben stand, was er geträumt hatte.»Ich träumte: Meine Mutti starb (aber nicht an Altersschwäche) und ich weinte die ganze Nacht, Datum: 29.03.1995.« Das zeigt, wie nahe wir gedanklich mit unseren Kindern verbunden sind und wie sehr er darunter litt.

Die Erkenntnisse über mein Leben, über das Kinderheim gewann ich ja nicht an einem einzigen Tag. Es sind Erfahrungen, die ich über mehrere Jahre, sogar Jahrzehnte gesammelt habe. Meine Mutter und mein Stiefvater haben darüber niemals gesprochen. Sie haben meiner drei Jahre älteren Schwester und mir nie gesagt, dass wir in einem Säuglingsheim waren. Unsere Mutter äußerte nur ein einziges Mal, dass sie uns als Kinder nicht gerecht geworden ist. Ich erfuhr es von unserer Nachbarin, als ich achtzehn Jahre alt war. Sie sagte zu mir: »Du bist doch gar nicht zu Hause gewesen und gleich in das Heim gekommen. Weißt du das gar nicht?«

Nach der Psychotherapie und der Trennung besuchte ich eine Erzieherin, welche zu der Zeit, als ich im Säuglingsheim war, dort gearbeitet hat. Sie zeigte mir Fotos, auf denen ich erst einmal schauen musste: Wer war ich denn auf diesem Foto? Es saßen Kinder auf Töpfen und dahinter hingen eine Reihe Handtücher an Haken. Es sah genauso aus wie in der Einrichtung für behinderte Menschen, in der ich gearbeitet habe. Ich erkannte, dass ich unter den gleichen Umständen als Säugling bis zum Kleinkindalter groß geworden bin.

Ich erinnerte mich an die Erlebnisse, bei welchen ich oft das Gefühl hatte, in einem doppelten Film zu sein. Wenn mich der blinde Junge auf Station berührte oder manche Kinder auf den Tisch schlugen, hatte ich ein dumpfes, ein holografisches Erinnern mit mehreren Gefühlsmomenten. Ich hörte es, es war dunkel, es war unangenehm und gleichzeitig bekannt. Nichts davon konnte ich zeitlich zuordnen, alles war zugleich da und so viele Jahre später erzählte es mir die Erzieherin. Ich fragte sie, ob ein blinder Junge in diesem Säuglingsheim gewesen ist. »Ja«, sagte sie, »da war ein blinder Junge.« Sie sagte, dass Kinder gestorben sind, ein Kind hat sich nur noch schlängelnd im Bett bewegt. Es konnte die Beine nicht mehr aufstützen und hatte »Nierenschwund«. Seine Nieren wurden zerstört und ich dachte an ein Erlebnis bei der Therapie. Wir lagen alle beisammen und ich fühlte, als würden mir die Nieren abfallen. Sie taten so weh und mit mehreren Empfindungen zugleich dieser Schmerz und das »Sich-nicht-fallen-lassen-Können«, dabei auch das Gefühl »ich muss jetzt sterben«. Was ich dort nachempfunden habe, das Kind aus dem Säuglingsheim musste dieses so erlebt haben, es konnte keine »Störung« dazwischen schalten und ist gestorben.

Einige Zeit nach dem Besuch bekam ich morgens beim Aufwachen eine Vision. Ich sah, wie ich als Kind an einem der Handtuchhalter ein Schildchen abgerissen habe und die Erzieherin sagte: »Das macht nichts, er kommt sowieso nicht wieder.« Ich hatte Angst, weil ich glaubte daran schuld zu sein. »Weil ich das Schild am Handtuchhaken abgerissen habe, kommt dieses Kind nicht wieder«, ein Gefühlstrauma. »Ich war schuld an dem Tod dieses Kindes.«

Bei einer Sitzung in der Therapie wurde eine bestimmte Spannung im Körper erzeugt, das Unterbewusstsein wurde angesprochen, verdrängte Empfindungen und Gefühle in Bilder umzuwandeln und zu sehen. Ich sah viele Kreuze und ich spürte die Angst: Ich bin die Nächste, die stirbt! Es war ein Gefühl, das ich aus dieser Zeit mitgenommen habe.

Kapitel III – Beruf und Berufung

◆ Der Weg zu mir selbst ...

Ich habe beschlossen alles aufzuschreiben, was ich erlebt habe, gelebt, erkannt und gebannt ... das reimt sich und tatsächlich sind einige Geschichten dabei aus meinen früheren und jetzigen Leben, welche Fluch ähnlich waren und gebannt wurden. Es war immer noch sehr schwierig für mich als Frau, Zeit für das Nachdenken und Schreiben zu finden und mir zu nehmen. Ich hoffe, dass daraus bald ein »Zeit für mich verwenden« wird und sich »das Blatt wendet«. Ich kam gerade vom Einkaufen und hatte eine aktuelle Überweisung für eine Venendiagnostik von meiner Hausärztin abgeholt. Die Wäsche lag gewaschen in der Maschine und musste aufgehängt werden und der Geschirr-spüler war auch fertig. Den Müll hatte ich heute Morgen schon geleert und ich bemerkte, dass ich den Müll fast immer selbst zu den Mülltonnen brachte, es war Montag und die Woche ging los.

Kurz und gut, es ist schon herauszuhören, dass wir Frauen es nicht leicht haben, wirklich unseren Bestimmungen nachzu-gehen. Mein Lebenspartner erwirtschaftete immer noch den Löwenanteil unseres gemeinsamen Verdienstes und musste 40 Stunden in der Woche arbeiten. Entsprach die Arbeit wirklich seiner Begabung, machte sie ihm Spaß? Vielleicht nicht immer, doch rief sie in ihm eine Art Befriedigung hervor. Er fühlte, dass er die Aufgaben erkannt und gut gemacht hat.

Bei den energetischen Massagen, welche ich gab, verspürte ich eine Berufung. Ich war während der Arbeit und auch danach mit allen positiven Wegbegleitern verbunden und zutiefst zu-frieden. Als Kanal für hohe spirituelle Energien, welche sich für die behandelten Menschen als Wärmeempfindungen oder auch in leichten Schwindel bemerkbar machten, nahm ich die For-men und Farben der Energien mit geschlossenen Augen wahr. Manche Menschen sahen auch selbst Farben oder sogar Bilder und sie alle hatten den Wunsch, sich nach der Behandlung besser zu fühlen als vorher.

Wie meine spirituelle Entwicklung begann

Ich wohnte in Zittau auf der Bergstraße, war schwanger und hatte mich gerade von meinem Ehemann getrennt und meine drei Kinder verlassen. Das heißt, ich bin aus der gemeinsamen Wohnung ausgezogen und habe bei der Scheidung dem Wunsch meines damaligen Mannes zugestimmt, dass er das Sorgerecht für die gemeinsamen Kinder bekommt.

Alles begann 1992, als ich diese wundersame Frau traf. Ich war verzweifelt nach dieser Trennung, ich hatte meine Kinder verloren und konnte sie nicht mehr jeden Tag von Morgen bis Abend begleiten, wie es in einer Familie sein sollte. Die Familie war auseinandergebrochen und statt Liebe war Hass und Enttäuschung das Resultat.

Ich traf Regina* auf einem Markt in Zittau, sie blickte geheimnisvoll auf mich, als ich mich mit ihr unterhielt, als ob sie etwas mehr als nur meinen Körper anschaute. Sie lud mich ein, sie zu besuchen, und eines Tages kurz entschlossen ging ich um 22.30 Uhr los, mit dem Gedanken jetzt oder nie. Ihr Wohnort lag nicht weit von meinem entfernt, ich holte das Rad aus dem Keller, fuhr die Bergstraße hinunter und bog noch zweimal ab. Schon zuvor hatte ich mich gefragt, wer wohl in dieses schöne, mit wildem Wein bewachsene und wie verwunschen aussehende Haus einmal hineinziehen würde, es war genau das Haus. Also hatte ich schon bevor sie einzog eine Vorahnung, dass dieser Ort einmal bedeutsam für mich werden könnte. Um das Haus gab es ein kleines eingezäuntes Grundstück und am Tor stellte ich mein Fahrrad ab. Ich klopfte an der Tür und es dauerte eine kleine Weile, bevor Regina zur Tür herausschaute. Ich muss wohl einen jämmerlichen Eindruck gemacht haben, denn sie wirkte gleich geschäftig und ließ mich trotz der späten Stunde sofort ein, wir gingen in die erste Etage hinauf. Obwohl die Wohnung noch nicht fertig renoviert war, wirkte alles wie in einer mystischen wundersamen Geschichte auf mich. Sie erzählte, dass die Wände schwarz gewesen wären, und sie musste mit ihren Helfern zusammen alles herunterkratzen, die Wände waren noch nicht gestrichen. Es standen wunderschöne Möbel darin, jedes Stück sorgsam ausgesucht, die Couch und Sessel mit Rattan-Gestell und Kissen in gedecktem Grün, der Teppich mit schönem dezentem Blumen- und Blätterdekor, Bilder von indischen Menschen im Alter und ein indischer Wandteppich. Sie legte noch ein Stück Holz im Kaminofen auf, welcher die einzige Heizquelle auf der ganzen Etage war. Die Durchgänge vom Vorraum zum Hauptraum waren mit schweren Decken abgehangen, um die Wärme zu halten. Es gab kleine Höhenunterschiede im Fußboden, eine Art Podeste, wo es mal eine Stufe hinauf oder herunter ging. Ein großer alter Roseneibisch trieb aus. Kleine neue Fenster mit Fensterkreuz und eine niedrige Decke machten die Räume urgemütlich, die Energie war ruhig und klar.

Wir setzten uns und ich erzählte von mir, von meiner Familie und der Trennung. Mein viertes Kind, welches einen anderen Vater hatte, war nach der Scheidung auf die Welt gekommen. Sie hörte sich alles an und wir redeten bis 3.00 Uhr morgens. Als ich aus der Tür heraustrat, wurde es schon langsam wieder hell. Doch mein Fahrrad war weg, ich ging am nächsten Tag zur Polizei und wollte es melden. Sie sagten mir, dass sie es mitgenommen haben, weil es nicht angeschlossen war. Die Polizei hatte also mein Fahrrad geklaut, ach nein, in Gewahrsam genommen, meine ich.

Was mir von den sehr langen Gesprächen in Erinnerung blieb, ist die Aussage, dass ich Vegetarier werden muss: »Fleisch geht gar nicht«, sagte Regina. So wurde ich 1994 Vegetarier und es fiel mir überhaupt nicht schwer, ganz im Gegenteil, das lästig lange Zubereiten und Kochen von Fleisch fiel jetzt weg. Seit dieser Zeit trafen wir uns regelmäßig und verbrachten ganze Tage zusammen.

Sie erzählte mir von Geistern, welche durch Wände kamen. Ich bestimmte Blütenessenzen für sie und stellte ihr eine Mischung zusammen. Sie sorgte für Essen und deckte einen runden Tisch. Es standen immer Blumen darauf und neben den schönen Tassen und Tellern lag jeweils eine Serviette mit besonderem Muster, alles war sehr liebevoll hergerichtet.

Wir besuchten 1994 im Frauenzentrum in Zittau zusammen das erste Massage-Seminar. Eine Ärztin hatte sich Kenntnisse zur ganzheitlichen Massage angeeignet und vermittelte uns nun ihr Wissen in unserer Frauengruppe. Ich spürte, dass ich mich ganz auf die Massage-Techniken einlassen konnte, die Konzentration auf mich und den Körper des anderen führte zu einer allumfassenden Ruhe und Zufriedenheit. Die Energie durchströmte mich von oben über den Scheitel und floss über meine Hände in den liegenden Körper. Ich fühlte mich eins mit mir und dem Universum und spürte, dass dies meine Bestimmung ist, wenn ich andere berühren und damit Energie übertragen kann.

Regina bestärkte mich in der Idee, mit 34 Jahren zu studieren. So informierte ich mich und erfuhr, dass ich dank einer Sonderregelung noch Bafög bekommen konnte. Ich bewarb mich und bekam die Zusage für ein Direktstudium in Görlitz an der Fachhochschule für Sozialwesen. Im Herbst 1995 zogen wir von Zittau nach Görlitz, in eine Wohnung im Hinterhof der Berliner Straße, und wir richteten uns ein. Im Kinderzimmer gab es mehrere Schlafmöglichkeiten für alle vier Kinder.

Schon während unserer Ehe lud Noel ab und zu Praktikantinnen zum Abendessen bei uns ein. Er begegnete ihnen besonders freundlich und betonte, dass es nur Kolleginnen seien. Zwei Jahre nach unserer Scheidung wurde eine davon seine Freundin und nach drei weiteren Jahren heirateten sie. Es kehrte auch für unsere Kinder Ruhe ein, sie waren ausgeglichener und in der Schule hatten sie gute bis sehr gute Leistungen. In die gemeinsame Wohnung fuhr ich seltener. Bei einem Anruf von mir fragte Noel erst seine Frau, ob ich meine Kinder besuchen dürfe. Meist kamen sie jetzt nach Görlitz und wir verbrachten die Wochenenden zusammen. An der Küche angrenzend, gab ein Balkon uns die Möglichkeit, draußen zu frühstücken, hier war es ruhig und die Vögel zwitscherten. Die Geschwister spielten zusammen und wir gingen oft in den Tierpark. Wir lebten ohne Fernseher und sahen uns Filme lieber im Kino an. Das jährliche Straßentheater-Festival war für uns ein Highlight, die ganze Stadt war voll mit Theatergruppen. Sie traten in den unglaublichsten Kostümen auf, und wenn es dunkel wurde, begann die Feuershow. Auf einem großen Abenteuerspielplatz in Einsiedel besuchten wir das erste Folk Festival. Auf mehreren Bühnen spielten Musiker, und meine Kinder waren ständig verschwunden. Durch unterirdische Gänge gelangten sie in Höhlen und über Seile auf hohe Rutschen. Die zweitjüngere Tochter beichtete mir später, dass sie absichtlich weggelaufen sei, immer wenn sie mich gesehen hat. Ich fand sie erst nachts in der ersten Reihe bei dem Auftritt der Folkband »Wacholder« wieder.

Neben Hausaufgaben kreierten wir mit Ton Weihnachtsgeschenke. Es tat weh, wenn sie nach dem Wochenende wieder nach Hause fuhren, doch das Leben musste weitergehen.

Nebenbei arbeitete ich in einem Familienentlastenden Dienst mit Kindern und bekam Unterhaltsvorschuss vom Jugendamt. Alles zusammen ermöglichte mir ein unabhängiges Leben in der Studienzeit.

Der eine oder andere Freund kam in Görlitz schon mal zur Massage. Ich nahm den Ikea-Schreibtisch und stellte ihn auf die gewünschte Höhe ein. Darauf legte ich die Matte des Futons, es hatte jetzt die Höhe, die ich brauchte. Nachdem ich meine Diplomarbeit geschrieben und auch verteidigt habe, wollte ich natürlich selbst das ganze Massage-Seminar in Berlin besuchen.

Intensiv fühlen lernen

Ich erkannte damals schon, dass das Leben ein Spiegel unserer inneren Bewusstwerdung ist. Die Erlebnisse zwischen dem Tag meiner Geburt und dem dritten Lebensjahr überlagerten sich mit den Folgejahren. Mit 20 Jahren wusste ich genau, dass ich im Säuglingsheim war, und erst mit 33 Jahren, was es für mich bedeutete. Dann erst konnte ich die Umstände analysieren und Empfindungen aus dieser Zeit hochholen, fünf Jahre später fand ich einen Kontakt zu diesen Empfindungen. Über die Beschäftigung mit der Bach-Blüten-Theorie erkannte ich, dass es Wut war, die in mir hochkam, und ich zu viel von anderen forderte. Vorher wusste ich nicht, welche Empfindungen wo zuzuordnen sind. Erst mit Hilfe eines Pendels konnte ich den Bezug zu mir herstellen.

Ich manipuliere mit Pendeln nichts, Voraussetzung ist eine absolut neutrale Haltung im Inneren und eine Verbindung zum Licht. Ich fragte, ob ich die Schwingungsmuster der einzelnen Bach-Blüten brauche. Dadurch konnte ich feststellen, welche Gefühle ich in verschiedenen Situationen beobachtete. Dass ich Menschen nicht bedingungslos liebte und alles nur dunkel gesehen habe, erkannte ich jetzt. Nur welche der vielen Bach-Blüten sollte ich zuerst einnehmen und welche später? In einem Urlaub lernte ich eine Frau kennen und durch sie fand ich in Büchern Anleitungen dazu.

Durch das Harmonisieren der alten Muster konnte ich neues Verhalten erlernen. Durch die Einnahme der Bach-Blüten hat sich wirklich sehr viel verändert. Nicht nur ich wurde liebevoller, ich habe auch andere Menschen liebevoller erlebt. Wenn ich in einen Markt ging und ein Mann einen Einkaufswagen schob, dachte ich, dass er jetzt liebevoll schaut. Vorher hatte ich die Menschen und ihre Blicke als bedrohlich wahrgenommen.

Dies zeigt, dass ich als Mensch eine Erfahrung zu einer Zeit mache, jedoch die Erkenntnisse zu dieser Erfahrung sich zeitlich überlagern. Es werden also zu anderen Zeiten verschiedene Erkenntnisse zu einer Erfahrung gesammelt.

◆ Ganzheitliche Massage ...

Im Herbst 1998 besuchte ich ein Festival für ganzheitliche Massage in Berlin. Ich lernte bei dem Meister, welcher diese Massage aus seinen Erfahrungen heraus entwickelte. Seine Kenntnisse sammelte er zuvor in Indien und Kalifornien. Er stellte ein ganz neues und eigenes Übungsprogramm zusammen, in welches er unterschiedliche Techniken integrierte.

In vorangegangenen Ausführungen berichtete ich von dem Beginn meiner Geschichte und der eigenen Bewusstwerdung, jetzt sollte alles auf feinstofflichen Ebenen offenbar werden.

In den fünfzehn langen Wochenenden des Festivals in Berlin wurde ich von einem Massagepartner behandelt, den ich erst dort kennen gelernt habe. Er gab Ayurvedische Massagen und war mehrmals in Indien, dort bekam er den Namen der »Erleuchtete«. Durch seine wunderbar sensiblen Hände kamen die lichten Energien wie von selbst hindurch und ich spürte sie über dem ganzen Körper in wohltuender Weise. Dort begann es, dass ich während der Behandlung vor meinem inneren geistigen Auge Bilder sah. Ich sah eine Backsteinkirche mit Anbauten und Pfeilern ringsherum, in Mecklenburg Vorpommern hatte ich zuvor bei meinen Reisen 1980 solche Kirchen gesehen. Es war ein Erlebnis, wie in einem Film, ich konnte alles ganz genau erkennen, die Bäume in der Umgebung und den Backsteinbau. Die Kirche hatte eine Holztür und der Fußboden war aus Stein. Ich ging hinein und ein Mann war in der Mitte der Kirche aufgebahrt, sein Kopf war rasiert und ich ging um ihn herum. Ich überlegte, was dies mit mir zu tun haben könnte. Es waren auch andere Menschen in dem Raum und in der Mitte der Aufgebahrte. Ich wusste jedoch nicht, was es für mich bedeutete. Als die Massage zu Ende war, kam ich wieder in die Zeit der

Gegenwart zurück, es war offenbar meine erste Reise in eine vergangene Zeit.

Ich denke, es ist ganz natürlich, in eine vergangene Zeit zu reisen, zum Beispiel wenn wir uns an frühere Zeiten unserer Kindheit erinnern. Ich glaube daran, dass ich schon zu früheren Zeiten mehrere Inkarnationen erlebt habe. Überall gibt es Informationen, die für uns wesentlich sind und aus vergangenen Zeiten herrühren. Um die Harmonisierung und den Ausgleich von Traumata aus vergangenen Zeiten geht es immer wieder. Die energetische Arbeit hat nichts mit Magie zu tun, es wird nicht manipuliert oder etwas verändert. Ich habe nur wahrgenommen, welche Bilder oder welcher Film bei mir ablief, wo dieser herkam oder aus welcher Zeit er stammte, wusste ich nicht. Ich hatte aber das Gefühl, dass diese Information sehr wichtig für mich ist. Im Verlauf der weiteren Erzählung wird noch deutlich, wo dieses Erlebnis hinführt. Zu meiner Geschichte, welche ich hier auf meinem Lebensweg lösen konnte, die nicht nur mich selbst betrifft, sondern auch für andere Menschen wichtig ist.

Und erst ganz am Ende habe ich erfahren, was es mit dieser Kirche auf sich hatte, mit dieser Vision, welche ich ganz am Anfang meiner Bewusstwerdung dort im Massage-Seminar gesehen habe.

• Besuch der Naturheilklinik …

Als ich die Massage-Ausbildung abgeschlossen hatte, stand natürlich die Frage im Raum, wie es weiterging. Ich saß da in Görlitz, hatte das Studium und die staatliche Anerkennung absolviert und mich für eine Arbeitsstelle als Sozialpädagogin beworben. Ich bekam die Stelle nicht, weil ich nicht rechtzeitig am Arbeitsort sein konnte. Der Kindergarten öffnete erst 6.30 Uhr, ich erreichte den Zug erst später und konnte somit nicht pünktlich 6.50 Uhr beginnen.

Ich wurde in eine Maßnahme zur Unterstützung der Arbeitsaufnahme des Arbeitsamtes gesteckt und bekam Sozialhilfe. Meine jüngste Tochter Elisabeth* ging mittlerweile in die Schule und fühlte sich in der ersten Klasse nicht wohl. Die Unterrichtsform wurde ihrer Kreativität nicht gerecht. Sie war es gewohnt, mit Stiften, Pinsel, Buntpapier und Schere ohne Vorgaben frei zu gestalten. Nach den ersten Schulbesuchen reagierte ihre Haut. Sie hatte offene Stellen an den Beinen, die starken Juckreiz verursachten. Wir besuchten einen Arzt in Görlitz, welcher nach einem ganzheitlichen Konzept in seiner Praxis arbeitete. Mit einem Tensor spürte er körperliche und energetische Blockaden auf und behandelte diese. Es wurde eine Neurodermitis diagnostiziert. Er stellte uns eine Überweisung aus und schickte uns in die Naturheilklinik nach Leutersdorf.

Im Januar 1999 fuhren wir von einem Besuch in Berlin direkt nach Thüringen. Wir suchten uns jemanden, der ein Mitfahrticket hatte, bezahlten einen Teil und schlossen uns der Fahrgemeinschaft an. Die letzte Strecke von Erfurt nach Leutersdorf fuhren wir mit einem Triebwagen. Dort wurden wir abgeholt und auf den Berg hinaufgebracht, auf dem ein wunderschönes kleines Fachwerkschlösschen stand. Die dunklen Balken hoben sich ab von den strahlend weißen Wänden, das Schloss hatte kleine Türmchen und war ganz und gar von thüringischem dunklem Fichtenwald eingeschlossen. Als wir zum Eingang hereinkamen, strahlte das Haus eine angenehme Ruhe aus.

Ein tschechischer Professor leitete die Klinik und zu Beginn der Behandlungswochen wurden Tests durchgeführt. Bei einem Stuhltest wurde deutlich, dass mir verschiedene Bakterien im Darm fehlten, welche dort eigentlich vorhanden sein müssten. Auch war ein Bakterium da, welches dort nicht sein sollte. Dies machte eine Darmsanierung erforderlich. Ursprünglich war ich als Begleitperson für meine Jüngste mitgefahren, nun wurde ich ebenfalls als Patientin integriert. Der Darm wurde mit einem Einlauf vollständig geleert und ich aß danach eine

Woche lang Gemüsesuppe mit Brokkoli und Quinoa. So konnte der Darm sich reinigen und die Darmflora wieder aufbauen. Tagsüber besuchten wir Gruppenangebote wie Entspannungstechniken, Visualisierungsreisen und Körperübungen. Mit einer Ernährungswissenschaftlerin probierten wir in Kochkursen verschiedene Rezepte aus. Am Abend gab es fortlaufend Vorträge zum Beispiel über die Schädlichkeit von Amalgam, was Quecksilber beinhaltet. Über den Abrieb gelangt das Quecksilber in den Körper und kann sich dort verkapseln. Bei mir wurde festgestellt, dass sich die fünffache Menge von Quecksilber im Speichel befand. Es gibt Menschen, die das Quecksilber besser abbauen und ausleiten können. Ich gehörte zu denjenigen, wo es im Körper verblieb.

Nach diesen fünf Wochen kamen wir wieder zurück und die Situation in Görlitz war immer noch dieselbe. Elisabeth war schon in eine »Werkstattklasse« mit einem anderen Lernkonzept eingeschult worden. Die Unterrichtsinhalte wurden in kleineren Gruppen vermittelt, nur die Unterrichtsform war nicht so viel anders gestaltet. Ihre Lehrerin hatte Bilder mit Situationen des täglichen Lebens kopiert und die Kinder malten diese aus. Ich bemerkte, dass das Ausgedruckte viel zu kleinflächig und zu eingegrenzt für diese Altersgruppe war. Die Lehrerin der ersten Klasse meinte zwar, weil meine jüngste Tochter alles mitmachen würde, käme sie wunderbar zurecht.

Zu Hause hatte ich ihr nur einen Zeichenblock hingelegt, Bleistifte, eine Schere und Buntpapier und sie hat schon die schönsten Collagen zusammengestellt, gemalt, geklebt und war so kreativ, frei kreativ. Dieses Eingrenzende, das lag ihr gar nicht, und ich sah es noch immer an ihrer Haut. Es war besser geworden, wir hatten auch andere Salben bekommen, die Neurodermitis war jedoch nicht generell verschwunden und ich entschuldigte sie oft vom Unterricht.

Das Jahr begann in der Naturheilklinik und stellte in dieser Etappe noch mal etwas ganz Besonderes für mich dar. Durch die Ernährungsberatung, mit deren Hilfe wir unsere Ernährung komplett umstellten, begann ich mit Produkten wie Buchweizen und Dinkel ganz anders zu kochen. Entspannungsgeschichten, Meditationstechniken und Visualisierungsübungen, die ich gelernt habe, schlossen sich sehr gut an meine Massage-Ausbildung an. Und meine ganze Sichtweise auf das Leben veränderte sich, auf die Ernährung, auf den Körper, und fügte sich in unsere Lebensweise positiv ein. Dies entwickelte sich zu einer ganzheitlichen Sichtweise, mit der ausgerüstet ich nun in mein zukünftiges Leben eintreten konnte.

◆ Umzug nach Rügen ...

Gleichzeitig bewarb ich mich in einer Einrichtung auf Rügen, wo ich in eine Wohn- und Arbeitsgemeinschaft gehen wollte. Zwei Monate nach unserer Rückkehr konnte ich dort ein Praktikum absolvieren, es war natürlich wunderschön an der Ostsee.

Wir kannten die Kreideküste schon vom Urlaub, den wir ein Jahr vorher in Ralswiek verbrachten. Nun wanderte ich am Wochenende mit einer Gruppe Jugendlicher mit Handicaps von Sassnitz zum Königsstuhl und sie mussten sich schon anstrengen, die acht Kilometer zu Fuß zu marschieren. Zuerst ging es am Steilufer entlang, die Kreidefelsen leuchteten weiß im Sonnenlicht, das Meer lag türkisblau und reichte bis in weite Ferne. Und immer, wenn uns ein Hang die Sicht versperrte und wir herumgelaufen waren, erschloss sich uns ein neues, wunderbares Panorama. Kleine Buchten mit angeschwemmten Wurzeln, viele rund geschliffene Steine verschiedener Größen, Möwen und Enten schwammen im Wasser, in dem sich die Sonnenstrahlen spiegelten. Später stiegen wir eine Treppe zur Steilküste hinauf und nun ging es sich leichter. Ein Junge wollte schon aufgeben, es waren nur noch drei Kilometer und nach einigem Zureden schafften es alle bis zum Königsstuhl, auf dessen Plattform wir die wunderbare Aussicht genossen. Im türkisfarbenen Meer lagen weiße Kreideansammlungen, dort erschien das Wasser jetzt jadegrün. In der kleinen Gaststätte gab es die schönsten Eisbecher mit Erdbeeren und Schlagsahne und die gute Laune nahm überhand. Wir fuhren mit dem Bus durch den Wald zurück nach Sassnitz. In der Einrichtung wieder angekommen, erzählten alle aufgeregt, wie weit wir gelaufen sind und was sie dabei erlebt hatten.

Meine jüngste Tochter ging probeweise fünf Wochen in die Waldorfschule. Wir besuchten auch eine Montessori-Schule und kamen beide zu dem Schluss, dass die Waldorfschule eher für sie geeignet sei. Sie fühlte sich dort wohler und wir fanden vieles wieder, was mir auch früher schon etwas bedeutet hat. Im Handarbeits- und Werkunterricht arbeiteten sie mit Naturmaterialien. Die Kinder lernten Gedichte von Rilke und Goethe, die auch ich gern gelesen habe. Interesse für Edelsteine und die Bedeutung von Farben fanden Eingang, und ich bekam das Gefühl, dass die Walddorfschule eine ganzheitliche Sicht auf das Leben, auf die Lernbedingungen und die Lernstrukturen hat.

Und so bekam ich zwar die Arbeitsstelle in der Wohngemeinschaft nicht, dennoch beschlossen wir, auf die Insel Rügen zu ziehen. Dies war einerseits für meine Tochter gut, sie konnte in der Ostsee baden, Salzwasser war sehr gut für alle Hauterkrankungen. Sie hatte sich in der Waldorfschule wohlgefühlt und für mich eröffnete sich die Chance, im Massage-Bereich in einem der Wellnesshotels eine Arbeit zu bekommen. Ich bin über Land gefahren und habe eine Wohnung gesucht. Für mich war klar, auch wenn ich diese Arbeit nicht bekomme, wir gehen nach Rügen.

Ursprünglich befanden sich vier Wohnungen in dem quadratischen zweistöckigen Haus in dem ehemaligen Kloster St. Jürgen in Rambin. Im oberen Geschoss fanden wir eine kleine 30 qm große Wohnung mit einer Küche, einem Wohnzimmer mit Kachelofen und einer daran angrenzenden Schlafkammer.

Der Zug des Kachelofens ging durch die Küche hindurch in den Schornstein und so musste in der Küche nicht oft geheizt werden. Mit einer Freundin von Regina renovierte ich, sie kannte sich im Tapezieren aus. Am besten würde in den Klebstoff etwas Holzkleber mit hineingegeben und dann hielte alles ewig, sagte sie. Ich war nicht der große Tapezierer und sie beherrschte die Technik perfekt. Als alles fertig war, legten wir auf dem Boden die Bastmatten aus. Wir stellten die Holzregale für das Spielzeug auf. Das Ikea-Futon war unsere Sitzgelegenheit und ließ sich bei Bedarf ausklappen. In der Schlafkammer bauten wir ein Hochbett, und ein Freund half mir die Balken, auf welchen die Bretter auflagen, fest in der Wand zu verankern, darunter stand ein Kleiderschrank.

In der Küche bot ein sehr schönes altes Holzfenster mit ausgesparten Blumenornamenten im Rundbogen Ausblick auf die alten Linden. Eine alte Küchenmaschine, oder auch Küchenhexe genannt, habe ich nur ein einziges Mal genutzt, als es sehr kalt war. Ich hatte einen Elektroherd angeschlossen, auf dem ich kochen konnte. Eine Freundin aus der Frauengruppe schenkte mir schon in Zittau ein schönes altes Holzbuffet. Durch Abschleifen habe ich die Farbe entfernt, sodass das Holz wieder zu sehen war. Dazu hatte ich noch weiße Fliesen mit kobaltblauen Mosaiksteinchen an die Wände angebracht. Es war kuschlig, gemütlich und klein. In der Mitte stand ein alter Jugendstil-Holztisch. Wenn ich am Tisch saß, konnte ich gleich im Sitzen etwas aus dem Küchen- oder dem Kühlschrank herausnehmen. Es gab keine weiten Wege. Wir fanden auf dem Boden einen alten Schrank für die Diele, welcher in einem Grauton gestrichen war. Dieser hatte nur eine Tür und wir bauten mehrere Fächer hinein, so konnten wir unsere Schuhe dort abstellen. Die Toilette teilten wir uns mit unserem Nachbarn, ein Bad hatten wir nicht, nur ein Waschbecken.

Es verging ein halbes Jahr, bis unser Nachbar aus dem Kloster auszog, er suchte sich eine Wohnung in Samtens. Ich mietete jetzt seine Wohnung auf derselben Etage, in seine Küche baute ich ein Bad mit Warmwasserboiler ein. Sein Wohnzimmer wurde mein Zimmer und die Kammer mein Schlafzimmer, die andere Seite der Wohnung bekam meine jüngste Tochter.

In dieser Zeit war ich zunächst arbeitslos. Meine Tochter ging jetzt in die Waldorfschule, sie unterrichteten nach anthroposophischen Grundlagen. In jedem Klassenzimmer waren die Wände in einer anderen Farbe mit einer Wischtechnik gestaltet, dies förderte die Entwicklung der Kinder. Die Farben richteten sich nach dem Alter, erst kam rot, dann orange und in den höheren Klassen ging es in die kühleren Farbtöne hinein, in grün, blau und violett. Es stand ein wunderschöner Blumenstrauß auf dem Tisch und dabei lagen Edelsteine dekorativ angeordnet. Ich arbeitete inzwischen selbst mit Edelsteinen und hatte deren Kraft schon kennen gelernt. Es hing ein schönes Bild mit selbst gefertigtem Holzrahmen an der Wand.

Die Schule war im ersten Jahr noch in einem kleinen Schloss, weit von unserem Wohnort entfernt. Eine Frau hatte sich mit einer Buslinie selbständig gemacht, welche die Kinder aus allen Richtungen einsammelte und sie in die Schule brachte. Elisabeth wurde dort in der zweiten Klasse eingeschult und es gab einen schönen Brauch. In einem Nebengebäude aus Holz war der Saal für die Feierlichkeiten, dort wurde ein Rosentor aufgebaut. Die Kinder, welche neu eingeschult wurden, gingen hindurch und so waren sie für die Schule initiiert. Sie kam in eine Klasse mit zwölf Mitschülern und fand dort auch gleich eine Freundin. Ich brachte Elisabeth nun jeden Morgen nach Altefähr zum Bus.

Die Mutter ihrer Freundin wurde meine Freundin, so lernte ich Antonia* kennen. Sie hatte schöne lange schwarze Haare und leuchtende Augen und war so lebendig und lachte gern. Dies sprach mich sofort an, ihren freien Lebensstil erlebte ich später bei meinen Besuchen in der Kommune.

◆ Hilfe durch Freunde ...

Schon bei meinem ersten Besuch lernte ich einen Mann bei einem Gottesdienst in einer Kirche kennen, er hatte das Gebet von Franz von Assisi »Mache mich zu einem Werkzeug deines Friedens« vorgelesen und beeindruckte mich vom ersten Augenblick an. Auch ich las dieses Gebet bei einer Zeltplatzmission in der Kirche vor vielen Menschen, wir waren seelenverwandt. Eines Tages begegnete mir Ella*, die Frau eines Biobauern. Unsere Kinder spielten schön zusammen und so trafen wir uns öfter und konnten beim Kaffee über Gott und die Welt reden. Sie erzählte, dass sie einen Bekannten habe, und lud mich ein, mit zu seinem Geburtstag zu kommen. Es war im Oktober 1999, schon dunkel und ich kannte den Weg nicht. Nach ihrer Beschreibung musste es abseits liegen und nur ein Sandweg führte zu seinem Haus. Ich klopfte und trat ein, er begrüßte mich und ich erkannte ihn als den Mann, den ich in der Kirche gesehen hatte. Ich kann mich erinnern, dass es in seinem Haus sehr anheimelnd war, und überall leuchteten Kerzen.

Er wurde auf Rügen an diesem Ort geboren, erzählte er. Sein jüngster Bruder hatte zusammen mit seiner Frau und zwei Kindern eine Wohnung im reetgedeckten Haus bei den Eltern und der mittlere Bruder wohnte mit seiner Familie nur zehn Gehminuten von ihm entfernt in einem Bauernhaus.

Über dem Tisch hing eine Art viereckiger Kranz, auf dem er die Kerzen gerade anzündete und dabei sagte: »Mein Beleuchter hat heute Urlaub, da muss ich alles alleine machen.« Die Küche war mit alten Möbeln ausgestattet, eine Bauernbank aus Holz und Bauernstühle, am Fenster stand ein altes Buffet. Der Raum war durch Balken geteilt und in diese Balken waren Regalbretter eingebaut, auf denen verschiedene Kräuteröle standen, auch Töpfertassen in verschiedenen Variationen waren dabei.

Ein offenes Feuer flackerte unter einem alten Kaminabzug. So wie früher war die Abzugshaube für den Rauch in diesem Haus erhalten geblieben. Selbstgebaute Küchenmöbel hatte er dunkelbraun lasiert. Überall standen Blumen und Kerzenleuchter und an die Küche grenzte ein kleines Speisezimmer, wo die Tür geöffnet war. Am Fenster hing eine handgewebte Gardine, wie ich später erfuhr, von einer Weberin selbst hergestellt. Hier standen mindestens fünf Kuchen an der Seite, die er selbst gebacken und zubereitet hat. Dort saßen auch Ella und die anderen, sie erzählten, und so lernte ich Johann* live in seinem zu Hause kennen.

Er schmückte zu Weihnachten die Kirchen und band Adventskränze, zum Weihnachtsabend gab er jedem Gottesdienst-Besucher persönlich die Hand.

Im Juni lud er uns zum Sonnenwendfeuer ein, das Grundstück war mit Bergahorn und wilden Kirschen bewachsen, um ein kleines Feuchtgebiet mit Schilf standen viele Brombeerhecken. Es kam seine Familie und dazu gehörten seine beiden Brüder mit ihren Frauen und Kindern, die Eltern waren heute nicht dabei. Ich hatte die Gitarre und eine Töpferin ihr kleines Akkordeon mitgebracht, wir spielten abwechselnd. Die Flammen schlugen hoch in den Himmel und bald ging der Mond auf. Zu diesem Mann habe ich seitdem Kontakt gehalten. Auf der Diele meiner Wohnung in Rambin war ein Fachwerk zu sehen, was jedoch bis zur Hälfte mit einem Ölsockel bedeckt war, den ich mit einer Heißluftpistole und Spachtel von Balken und Wand ablöste. Johann half mir dabei, die Wände abzuwaschen und neu zu streichen. Wir wählten wieder ein Blau, so wie es ursprünglich mal gewesen sein musste.

Als ich meinen Traumjob bekommen sollte, fragte ich ihn, ob er meine Tochter betreuen könne, wenn ich spät arbeitete. Er willigte ein und ich brachte sie am Nachmittag, nachdem sie von der Schule gekommen ist, zu ihm und fuhr auf Arbeit. Um Mitternacht kam ich wieder und schlief mit im Haus. Ich fühlte mich geschützt, es war einer da.

Eines Tages wachte ich mit Schmerzen am ganzen Körper auf, was war das? Es tat weh, als wenn mich einer nach Strich und Faden verprügelt hätte. Erst jetzt wurde mir bewusst, dass es die Schmerzen waren, die ich als Kind und als Jugendliche abgespalten und verdrängt hatte, diese waren wieder in mein Bewusstsein getreten.

Energie von Jesus und Maria

Am Ende des Jahres bekam ich eine Arbeitsstelle als Masseurin in einem Wellness- und Erlebnishotel in Stralsund. Ich begann eine Massage, indem ich die Hände auflegte und im Geiste sprach, Jesus und Mutter Maria, ihr seid da, jetzt macht mal. Daraufhin ist die Energie geflossen, sodass die Menschen diese auch gemerkt haben, eine lichte Energie, die wohltuend erlebt wurde. Sie nahmen sie als leichtes Kribbeln oder als ein Wärmegefühl war.

Jeder Gast, der ein wenig aus dem Rahmen fiel, wurde von den Kollegen bei mir eingeschrieben. Eines Tages kam ein Mann, welcher schon bei der ersten Begegnung nach Alkohol roch. Bei der Massage spürte ich keine noch so winzigen Verspannungen oder Blockaden, alles drang ungefiltert in sein Bewusstsein. Vielleicht konnte er deshalb die Welt nicht ohne Alkohol aushalten?

Ein Männerpaar war zusammen im Wellnesshotel abgestiegen. Er klagte über unsensible Äußerungen seines Partners und fühlte sich unverstanden. Gleichzeitig wurde gerade bei diesen Lebensgemeinschaften eine so große Liebesfähigkeit deutlich, ihre Liebe musste trotz Vorbehalte der Gesellschaft Bestand haben.

Eines Tages kam ein Mann zu mir, welcher aus Kroatien stammte. Bei seiner Massage sah ich sehr viel Licht, plötzlich erschienen drei in Gebetshaltung gebeugte Frauen-Silhouetten am Horizont und ich wusste, sie beteten für ihn zu Hause. Seine

Verwandten beteten für ihn und hier bei mir kam die Energie herunter und ging in ihn hinein. Er hatte einen zerschnittenen Fuß. Bei der Arbeit auf den Dächern hatte er sich an Metallplatten eine Verletzung zugezogen und wurde nur notoperiert. Selbst ich konnte sehen, dass er zeit seines Lebens Probleme damit haben wird. Er war so begeistert von mir, von der Massage und dem, was ich gesehen hatte. »Am Sonntag komme ich mit Blumen und dann heiraten wir«, sagte er. Weil ich ihn ja das erste Mal sah und gar nicht kannte, antwortete ich ihm, dass ich ihn nicht heiraten kann. Er reagierte enttäuscht, auch spürte ich seinen gekränkten Stolz.

Viele empfanden meine Massage als etwas Besonderes und bald hatte es sich herumgesprochen. Unseren Chef hatte ich davon überzeugt, dass wir uns weiterbilden müssen.

Ich besuchte zwei Seminare, im ersten Seminar ging es um Bach-Blüten, im zweiten lernten wir die Wirkung verschiedener Aromaöle und Edelsteine kennen. Die für mich wichtigste Bachblüte, das Eisenkraut, war die einzige, die in meinem Set noch verschlossen war. Mein Unterbewusstsein hatte dafür gesorgt, einmal verdrängte Informationen nicht wieder an die Oberfläche gelangen zu lassen.

Zurückgekehrt wollte ich mein neu erworbenes Wissen sogleich an mir anwenden. In meinem Zimmer in Rambin stellte ich meine Liege auf, ich legte die Edelsteine darauf und mich selber dazu. Ich hatte eine Lampe mit verschiedenen Farbfiltern gekauft und nahm Farblichtbäder. Ich spürte, wie die Energien in mir wirkten, und eines Nachts war ich so auf der Liege eingeschlafen. Ich träumte, dass wir fünf Mädchen im Wald von Männern überfallen und missbraucht wurden. Ich sah Bäume und lief ziellos im Wald, wir waren erst neun oder zehn Jahre alt. Am nächsten Tag telefonierte ich mit Regina aus Zittau. Sie erzählte mir, sie habe einen ähnlichen Traum gehabt. Sie sei als Kind durch den Wald gelaufen und wurde von Männern verfolgt und überfallen. Sie war eines der Mädchen in meinem Traum und es wurde deutlich, dass wir als Kinder in einem früheren Leben im Wald missbraucht worden sind. Durch diesen Missbrauch kehrte sich vieles um, unsere hellen Eigenschaften gingen auf die, die uns missbraucht hatten, über und ihre dunklen Eigenschaften kamen zu uns, sie mussten von uns transformiert werden. Dadurch konnte das Dunkle mit der Zeit aufgehoben werden. Die Ursache für diese Umkehrung lag in einem Sekret, was sich durch Angst bildet und über die Sexualität weitergegeben wurde.

Von dieser Zeit an, konnte ich es mir tagsüber aussuchen, ob ich in diesem oder in einer Erinnerung aus früheren Leben sein wollte. Es war nur ein kleiner Schritt und ich sah ...!

So sah ich auch das Anwesen von Johann, es war früher ein Dreiseithof. Das Wohnhaus stand an der gleichen Stelle wie heute, links davon ein Stallgebäude und gegenüber eine Scheune. Ich war ein Knecht des Gutsbesitzers, eine Kutsche fuhr in den Hof hinein. Aus der Kutsche stieg die Tochter des Gutsbesitzers. Ich sah deutlich ihre Locken und die Spitzen an ihrem langen Kleid, sie wollte mich sehen. Da überraschte uns ihr Vater, meine Knöchel wurden taub, es kribbelte überall und ich spürte den Schmerz. Meine Füße wurden zusammengebunden und mein Körper an ein Pferd gehangen. Ich wurde ausgeschleift, das Pferd zog mich hinter sich her.

Einen Freund sah ich bei einer Behandlung auf einem Schlachtfeld liegen und er starb. Ich hielt seine Hand und diese wurde langsam kälter. Als ich seine Hand öffnete, lag darin ein strahlendes Kreuz, es schmolz auf ein gleichschenkliges Kreuz zusammen. Eines Tages wiederholten wir die Massage, ich sah ein Krokodil und er war ein kleiner Junge am Strand eines großen Flusses. Seine Haut war dunkel und er hatte schwarzes Haar. Mit den Augen des Krokodils schaute ich über das Wasser, näherte mich dem Jungen und schon war er verschwunden. War ich das Krokodil und hatte den Jungen gefressen? Warum erlebte ich es so intensiv, als wäre ich selbst das Krokodil gewesen? Er sagte mir, dass er vor einigen Jahren ein großes Holzkrokodil gekauft habe, sein Unterbewusstsein hatte das Thema schon aufgegriffen.

Wie, wo und wann begegne ich Menschen wieder

Eines Tages erlebte ich eine Seelenwanderung. Ich fühlte mich nicht so gut und ließ die Badewanne ein. In das Wasser legte ich Edelsteine, gab Totes-Meer-Salz hinein und badete ausgiebig. Ich sah mich in einer hellen Röhre, wie in einem Tunnel. Ich ging immer weiter, bis ich in eine Höhle kam, welche von orangefarbenem Licht erfüllt war. Es drängten sich viele Menschen, ich schaute und sagte: »Dich kenne ich und dich und dich auch.«

Plötzlich sah ich einen übergroßen Lichtkörper im Hintergrund der Höhle, dessen feine Netzfäden aus weißem Licht leuchteten. Viele Menschen durften die Höhle verlassen und folgten mir durch den Tunnel zurück.

Wieder aus der Trance aufgewacht, stieg ich aus der Wanne. Ich trocknete mich ab und legte mich hin, um nachzuruhen. Zuvor stellte ich die Farblichtlampe an die Liege. Ich machte die Augen zu und sah Regina und mich wie in einem Bilderalbum, wo wir uns früher schon begegnet sind: als Schwestern, als Freundinnen, als Pferd und Fohlen ... und in dem roten Lichtschein liefen viele Menschen, lauter Liebespaare, welche durch ihren Lichtkörper erlöst und jetzt frei waren.

Ich wurde ganz oft gefragt, wie das nun mit den früheren Leben wäre. Wie konnte ich Partner oder Familie aus früheren Inkarnationen wieder treffen? Wie konnte das sein? Ich war ja nicht immer am selben Ort, wie kam es dazu? Ich erzählte dann gern die Geschichte von Josephine*. Ich hatte sie durch eine Annonce in Görlitz kennen gelernt. Ich wollte gern Klavier spielen lernen und sie bot Klavierunterricht an. Ich fragte sie, ob wir das im Austausch machen könnten. Sie meinte, sie habe oft Migräne, und wir vereinbarten, dass sie für den Unterricht von mir Massage bekam. Immer wenn sie da war, bekam sie Migräne und ich Kopfschmerzen. Seit 1989 übte ich mich im Yoga, eine dieser Übungen war die Kerze oder Unterarmstand genannt. Als ich eines Tages in dieser Position war, sah ich ein Bild. Ich fühlte mich als ein kleines Kind und über mir sah ich eine Kinderfrau mit einem Tuch um den Kopf, welches in ihr Gesicht hing, sie erhob eine Axt über mir.

Ich pendelte aus, dass ich in dieser Zeit die Tochter meiner Klavierlehrerin war, und sie hatte meine Kinderfrau angewiesen, mich umzubringen. Ein Yogalehrer sagte mir, dass der Unterarmstand die Rückführungsübung sei. Demnach waren es Bilder aus früheren Leben, doch konnte ich ihr einfach sagen: »Du hast mich in früherem Leben umbringen lassen«? Sie hätte es vielleicht nicht geglaubt, so ließ ich die Sache erst einmal auf sich beruhen. Nach dem Umzug von Görlitz nach Rambin auf Rügen dachte ich gar nicht mehr an sie. Ich hegte auch nicht den Gedanken, dass ich sie dort wieder treffen könnte, ich war ja jetzt weit weg von Görlitz. Im Jahr 1999 bin ich dorthin gezogen, es war Juni und meine neue Nachbarin hatte an dem Tag Geburtstag, deshalb habe ich mir den Tag gut gemerkt. Im Herbst meldete sich Josephine. Ihr Mann gab in Stralsund Seminare, wo Kursteilnehmer Englisch lernten. Sie waren beide selbständig, und weil es so viele Teilnehmer waren, bekam auch sie als Kursleiterin einen Sprachkurs. Sie wollte mich besuchen und wieder eine Massage bei mir buchen. Es war Herbst, ich hatte Kürbissuppe gekocht und wir unterhielten uns und danach gab ich ihr eine Massage. Im Herbst des darauf folgenden Jahres 2000 besuchte sie mich noch einmal. Ich hatte Holundersuppe gekocht und sie erzählte mir: »Oh, weißt du, Maria, ich war bei einer Polin bei einer Behandlung. Und sie hat mir gesagt, ich habe mal ganz hoch gestanden und bin ganz tief gefallen, weil ich mein eigenes Kind habe umbringen lassen.« Ich dachte: Oh Gott, oh Gott, und sagte ihr, dass ich es schon seit fünf Jahren wusste und ich dieses Kind gewesen bin. »Gib mir mal einen Schnaps«, meinte sie. »Das gibt es doch gar nicht.« Ich erzählte ihr, dass ich es auch gesehen hatte. Ihre Kleider und ihre Haltung zeigten, dass sie in diesem Leben eine höhere Position bekleidet haben musste. Ich sah nur, wie sie auf einem Platz stand und ringsherum die Menge anfing, Steine zu werfen.

Nach unserem Gespräch massierte ich sie, während sie auf dem Rücken liegend sagte: »Ich sehe ein Messer, ich sehe ein Messer.« Und ich schaute auf ihr Gesicht und hatte das Gefühl, in die Augen einer Toten zu sehen. Ich habe gesehen, wie ich sie umgebracht hatte in einem Leben davor. Ich pendelte aus, dass sie zu dieser Zeit eine Priesterin war. In früheren Zeiten waren noch rituelle Opferungen möglich, in einem Ritus hatte ich sie mit dem Messer erstochen und wollte dann ihr priesterliches Amt einnehmen. Da sah ich, dass erst ich sie umgebracht hatte, in einem späteren Leben war ich ihr Kind, und weil sie es nicht ausgehalten hat, ließ sie mich umbringen. Sie geriet in einen solchen Ausnahmezustand, weil ich, ihre frühere Mörderin, nun ihr Kind war.

Seit dieser Zeit haben wir uns nicht wieder gesehen. Ich war noch einmal in Görlitz und schaute an der alten Adresse, dort habe ich ihren Namen nicht mehr an einer Klingel oder einem Briefkasten gefunden. Daran konnte ich sehen, wie solche Auflösungen möglich waren.

Auch an Orte wurde ich zurückgeführt. Eine Mutter bat mich ihrer Tochter zu helfen, sie hatte oft Migräne. Ich packte am Vorabend schon die Massageliege in das Auto und die Sachen zusammen, die ich benötigte. In meiner schönen Klosterküche bekam ich die Eingebung, dass sie gegessen wurde. Das konnte doch nicht sein, oder? Stand ich jetzt neben mir und war vollständig abgehoben? Am nächsten Tag fuhr ich 40 Kilometer bis Greifswald und von da Richtung Neubrandenburg zu dem kleinen abgelegenen Ort. Ich fuhr zu einem Backsteinhaus mit Nebengebäude auf einem großen Grundstück.

Ich war früher schon einmal hier, als im Haus alte Dielen neu verlegt wurden, fiel mir ein. Ich sollte das Haus reinigen und schauen, was hier passiert war. Ich zündete eine Räucherkohle an und legte Weihrauch darauf, dann ging ich durch die Räume. Besonders in den Ecken räucherte ich und ging durch das Haus, es waren noch keine Türen eingebaut, bis ich in einen kleinen Raum mit Beton-Fußboden kam. Ich spürte, dass hier Blut geflossen war, und fragte, welche Bestimmung dieser Raum früher hatte. Er sagte, es wäre die Waschküche gewesen, und ich sagte ihm, dass in diesem Raum früher geschlachtet wurde.

Nun war ich heute wieder dorthin unterwegs, als ich am Haus ankam, schaute ich und sah plötzlich, wie das Haus früher ausgesehen hat. Einen Hansegiebel, den es heute nicht mehr gab, und die Info, dass ich hier schon einmal im Vorleben unterwegs gewesen bin. Gleichzeitig entstand ein Bild von einem weißen größeren Gebäude mit einem Turm und mir wurde gesagt, dass ich dort mit Regina gelebt habe. Dabei wurde mir der hohe weiße Turm besonders deutlich gezeigt.

Ich stellte die Massageliege auf und behandelte die Tochter, sie war gerade neunzehn Jahre alt. Im Zimmer war mir aufgefallen, dass an der Wand ein Poster hing. Darauf sah ich einen Menschen, wie dieser halb ohne Haut und Muskeln mit den inneren Organen aussah, er trug seine Haut auf dem Unterarm. Sie hatte sich also mit dem Thema schon beschäftigt, und als ich am Bein entlangstrich, sah ich, wie die Haut abgezogen worden war. Es gab eine Hungersnot in ihrer Familie, sie wurde geopfert. Es erstand ein Bild eines Tierkörpers, an den Beinen hängend und der Torso im Schritt aufgeschlitzt, plötzlich waren es viele geschlachtete Körper, die aneinandergereiht aufgehängt waren. An den Schultern hielt ich einen Torso in den Händen, einen Torso ohne Kopf in Farbe, wie auf einem Foto. Ich war geschockt und hoffte, dass die Verletzung durch die hohe Energie, welche durch uns hindurchging, behoben wurde. Ich sprach mit dem Mädchen darüber, sie musste es ja für sich verarbeiten, es war ihre Geschichte. Auch wenn ihrer Mutter es nicht gleich verstanden hat, ihr wäre es lieber gewesen, wenn ich erst mit ihr gesprochen hätte.

Eines Tages sah ich vor meinem geistigen Auge auf der alten Landstraße Richtung Klempenow eine Kutsche, Regina begleitete die zum Tode Verurteilten auf ihrem letzten Weg. Ein weißes Haus mit einem runden Dach stand auf einem Berg, es war ihr Pavillon. Ein Mann brachte mir Regina, er trug sie auf seinen Armen und sie war tot. Ich musste etwas damit zu tun gehabt haben. Bei ihrer Seebestattung wurde der Sarg im Wasser versenkt. Einige Männer schwammen noch mit in das Meer, um zu sehen, ob der Sarg auch sicher auf dem Grund landete.

War ich selbst der Fürst? Er hatte den Befehl gegeben, Manuela*zu hängen, weil sie eine »Kindsmörderin« war. Stattdessen hatte der Henker mit ihr einen Plan geschmiedet und Regina umgebracht. Manuela hing nackt in einem Netz und wurde herausgeholt. Der Fürst rächte sich an ihr und dem Henker, über dem Bild mit zwei Galgen zog eine Wolke über das herrschaftliche Wappen und verdeckte es ganz bis zur völligen

Finsternis. Die Rache hatte zum Unglück und zur Vernichtung seiner Herrschaft geführt.

◆ Massage am Strand ...

Ich mietete mich in einer kleinen Pension in Sellin ein, in einem Apartment mit Dusche und Waschbecken arbeitete ich selbständig. Eines Tages meldete sich eine Frau an, welche schon einige Zeit Regelblutungen hatte, die nicht aufhören wollten, ich gab ihr Massagen und sie kam wieder. Ich überprüfte mit einem Pendel, ob die Schwingung des Öls oder Steins zu ihr passte.

Radiästhesie ist ein Feststellen von Schwingungen und in welchem Bezug dazu andere Energien stehen. War es eine Plus- oder eine Minus-Energie, eine hohe oder eine niedrige. Es geht um Energieerhöhung, um Auflösung negativer und einen Zuwachs an positiver Energie und ein Ausräumen von Blockaden in Körper, Seele und Geist. Wir werden durchlässiger für die göttlichen Energien, und diese Durchlässigkeit führt dazu, dass immer höhere Lichtenergien durch uns als Kanal hindurchgehen und auf den Behandelten übertragen werden.

Mit der Zeit näherte ich mich dem Zustand des universalen Bewusstseins, bei welchem Fragen auch ohne Hilfsinstrument beantwortet wurden. Bei dieser Frau bekam ich plötzlich die Information, dass sie mich als Kind hat abtreiben lassen, bin ich das wirklich gewesen? Ich denke »ja«, und auf diese Information hin, sah ich mich auf der anderen Seite so, als würde ich nicht mehr hier im irdischen Körper gefangen sein. Ich empfand mich sehr viel größer und schaute mit erweitertem Blickwinkel vom Himmel auf die Erde. Ich sah sie mit einem brennenden Holzbündel auf dem Rücken und meine Seele dachte: Was machen sie nur mit dieser Frau? Ich war doch schon hier auf der anderen Seite und meiner Seele ging es gut. Nach diesem Erlebnis kam die Frau einige Zeit nicht mehr und als ich ihr zufällig begegnete, fragte ich sie, wie es ihr ging. Sie erzählte mir, dass die Blutungen aufgehört haben und ihre Mensis sich normalisiert hat. Ihre Seele war an das Traumata aus früheren Leben gestoßen und konnte sich dessen nicht bewusst werden, mit Hilfe der energetischen Behandlung ist dies dann erfolgt.

Ich erinnerte mich an einen Mann, welcher ganz zufällig in meine Praxis kam. Er wollte eine Massage, und schon als ich begann, sah ich im Genick den »Davidstern« (Bauer, Dümotz & Golowin, 2006, S. 40). Es ging die gesamte Zeit der Behandlung um Erlebnisse in einem Konzentrationslager. Eine runde Ofentür ging auf und es fielen viele halbverkohlte Körper heraus. Ich erzählte es ihm danach, er sagte nichts dazu, nur dass ihm die Behandlung gutgetan habe. Nach zwei Tagen kam er wieder und meinte, er habe seit Jahren das erste Mal schmerzfrei durchgeschlafen. Ärzte hatten ihm gesagt, dass er keine Schutzhülle mehr um die Nerven in der Wirbelsäule habe.

Nach wie vor meldeten sich nur wenige Gäste bei mir an und vor allem im Sommer blieben die Massage-Kunden weg. So entschied ich mich dorthin zu gehen, wo die Urlauber waren, und ging zum Nordstrand. Dort gab es eine kleine Gaststätte und daneben lag eine Wiese mit einigen Sträuchern bewachsen am Hang. Der Gastwirt sagte zu mir, dass er der Eigentümer sei, und ich fragte, ob ich einen kleinen Pavillon daraufstellen und Massage anbieten dürfe. Er war einverstanden und so kam ich mit vier runden Holzpfählen, welche ich in die Erde eingrub. Das Gestänge des Pavillons steckte ich daneben in die Erde und band es daran fest, das Sonnendach war drei mal drei Meter groß und viereckig. Die Seitenwände verkleidete ich mit Schilfmatten und einem Leinenvorhang. Ich ließ diesen über Nacht stehen und fuhr am Tag mit dem Auto dorthin und packte meine Liege aus. Ich hatte einen Wassersack und eine Schüssel dabei, sodass ich mir auch die Hände waschen konnte. Ich verteilte Flyer am Strand und hier und da meldete sich einer und kam zur Massage. Der Strand lag in einer kleinen geschützten Bucht, der Sand war weiß, der Sommer herrlich mit blauem Himmel und die Sonne schien von morgens bis abends.

Eine Frau kam und erzählte, dass sie aus Italien stamme. Fast am Ende der Behandlung, als ich den Nacken in meinen Händen hielt, sah ich plötzlich in Grau-Weiß zwei Hände, die sie gewürgt haben, und bekam zeitgleich die Info dazu, dass sie im früheren Leben so gestorben ist. Ich erzählte es ihr und sie sagte: »Ach, deshalb hatte ich als Kind immer Luftnot, ich bekam als Kind oft Atemnot. Keiner konnte sich erklären, wo die Ursache lag.« Mit dem Älterwerden verlor es sich vollständig. Dort begann es auch, dass in dem Moment, wo ich das ursächliche Ereignis sah, die damit verbundenen Schwierigkeiten verschwanden. Ich hatte schon so viele Engel und Seelenbegleiter bei mir, dass ich die eindeutige Info bekam. Es war eine Erinnerung der Seele an das Traumata in früherem Leben und wurde damit aufgelöst.

Ich behandelte sie in einem anderen Hotel und dort sahen wir, dass sie Anteile von einer anderen Frau zurückbekam. Sie selbst meinte, dass sie bei einer Freundin die Brust schlaff hängen gesehen habe, als ob da etwas fehle.

Eines Tages meldete sich eine Frau am Strand und vor meinem inneren Auge lief ein Film ab. Sie befand sich an einer Küstenlinie, einer Steilküste am Meer, und ich sah, wie ihr Körper verbrannte und dabei die Knochen auseinanderfielen. So etwas konnte ich mir in meiner Phantasie kaum vorstellen, ich schaute weder Horrorfilme noch Science-Fiction. Die Energie war während der gesamten Behandlung sehr hoch und ich fragte, ob sie etwas davon gemerkt habe. Sie spürte nichts davon und erlebte die Zeit als sehr wohltuend. Es war ein Ereignis, an das sich ihre Seele erinnerte, und ich sah es.

Alkoholismus und Manipulationen

In dieser Zeit um 2001 lernte ich einen Mann kennen, Robert*
war Alkoholiker und ich wollte es zu Anfang nicht wahrhaben.
Ich fühlte mich von ihm angezogen und irgendwann merkte
ich, dass er zu viel trank. Er versuchte einmal drei Wochen lang
ohne Alkohol auszukommen, fiel jedoch immer wieder in die
alten Verhaltensmuster zurück. Wenn er trank, fuhr ich nach
Hause in meine eigene Wohnung. Das verbesserte auch meine
psychische Situation nicht. Es gab Nächte, da konnte ich nicht
schlafen, die psychische Anspannung war zu groß. Eines Nachts
hatte ich das Gefühl, dass etwas in meine Scheide hineinkam
und wieder herausging. Ich hielt noch immer den Kontakt zu
Regina in Zittau und fragte sie, ob es sein kann, dass dunkle
Dämonen mit mir schliefen. Und sie meinte:»Ja natürlich, so
etwas gibt es auch.« Ich hatte dies nicht gewollt und konnte mich
nicht davon abgrenzen, und was in diesem ehemaligen Kloster
in Rambin los war, wurde mir erst viel später bewusst.

Als ich vierzehn Jahre später Ann-Katharina traf, eröffnete
sich mir ein ganz anderer Blick auf diese Dinge. Sie erzählte
mir von»gebundenen Seelen« und an diesem Ort war früher
ein Spital für Leprakranke.

Für mich war es ein schöner Ort, ein Haus mit großen Fenstern
und Blumenornamenten. Die Räume, klein mit Kachelöfen, waren sehr kalt im Winter, wenn der Wind durch die undichten
Fenster wehte. Dann kam es schon vor, dass ich eines Tages zu
Weihnachten Decken vor die Türen hängen musste, um den
Raum warm zu bekommen. Energetisch gesehen konnte ich es
mir damals nicht erklären, warum es mir dort so schlecht ging.

Bei einer Haar- und Zellanalyse wurde festgestellt, dass
meine Hypophyse so gut wie kein Melatonin produzierte, es
wurde nur Serotonin ausgeschüttet. In meinem Körper gab es
eine Ansammlung von Lösungsmitteln, die ich nicht entgif-
tete, und über Nacht wurde mir eine Menge Energie entzogen.

Mit einer Entgiftungskur für Leber und Darm, die mir von einem Therapeuten empfohlen wurde, gewann ich wieder an Vitalität.

Ich wünschte mir natürlich, dass mein Partner den Alkohol aufgab. Nach langem Überreden durfte ich Robert* mit einer energetischen Massage behandeln. Ich baute die Liege in meinem Zimmer auf, es war schon nach 21.00 Uhr.

Es riss wie ein dünner Vorhang entzwei und ich sah ihn ganz deutlich mit Kristallspitzen über dem Rücken daliegen. Die Spitzen zeigten nach unten, als ob sie von oben auf seinen Rücken heruntergelassen wären, an den Hüftgelenken rechts und links liefen Spinnen heraus, in den Beinen saßen blutspuckende Schlangen.

Am nächsten Tag kam der junge Mann zu mir, welcher im Nachbarhaus wohnte und fragte, was ich denn am gestrigen Abend gemacht habe. »Ich dachte, hier wären nur Engel, gestern habe ich einen Teufel gesehen, es hat sich ein großes Loch aufgetan«, sagte er vorwurfsvoll. Er schloss Freundschaft mit einem Maler, und wenn er auf den Hof kam, konnte ich es spüren.

Robert hatte eine Freundin, sie trank sehr viel Wein und wahrscheinlich war auch sie schon abhängig. Ich gab die Frage nach oben, was denn mit ihr gewesen sei und warum sie denn trinke. Mit vielen Apparaturen, wie Röntgenapparate über sich, sah ich sie liegen mit Schläuchen, die durch ihren Magen und ihren Körper gelegt worden sind. Ich bekam die Info, dass Schwefel und Phosphor durch sie hindurchgeleitet und Versuche gemacht wurden. Ebenso bei Robert, bei ihm sah der Körper am Ende nur noch aus wie eine Alufolie.

Die Zerstörung führte zu Angst und dadurch bildete sich ein Sekret im Körper, welches über die Sexualität weitergegeben dazu führte, dass das Karma regelrecht vertauscht wurde. Ihre Ahnen versprachen ihnen, sie auf diese Weise von einer Inkarnation zur nächsten mitzunehmen. Jetzt war jedoch die Zeit gekommen, wieder selbst Verantwortung für sich zu übernehmen.

Robert erzählte von Freunden, welche früher in die Gruft eines Fürsten eingestiegen waren, und meist hatten sie etwas mitgenommen, alle hatten Suizidversuche hinter sich. Ich arbeitete inzwischen wieder als Masseurin in einem der renommiertesten Bäder auf Rügen, als sich plötzlich der »dunkle Fürst« zwischen die Behandlung schob, so wurde es mir von oben mitgeteilt. Ich sollte mit Licht seinen Kopf wieder mit dem Körper verbinden, es ging alles sehr schnell, und erst später dachte ich, dass eine Behandlung mit Licht wo auch immer nur Gutes bewirken kann.

Im Herbst lernte ich wieder einen Mann kennen, er kam mit einem alten Mercedes und blieb über Nacht. Am Morgen, es war der 4. Oktober 2002, wachte ich von einem röhrenden Motorgeräusch auf dem Hof auf, ich dachte nur, wer wohl hier draußen so lange hin und her fuhr. Etwas später stand ich auf und frühstückte. Als ich zur Arbeit losfahren wollte, sah ich, dass mein Auto auf der linken Seite zerbeult war. Jemand musste mehrmals hineingefahren sein und es lag noch eine abgebrochene Ecke da. Mein Besucher meinte, so habe das Auto seiner Exfrau auch ausgesehen. Etwas musste ihn begleitet haben, was den Fahrer des anderen Autos womöglich wütend gemacht hat.

In dieser Zeit besuchte mich Regina aus Zittau, sie brachte ein befreundetes Ehepaar mit, den Mann sollte ich behandeln. Sie wollten gern wissen, was im früheren Leben mit ihm geschehen war. Am Ende der Behandlung sah ich plötzlich einen Echsenschwanz an seinem Steiß, die erste menschliche Inkarnation ist nicht geglückt, so bekam ich die Info.

Wer das liest, kann nun meinen, dass ich vielleicht doch etwas verrückt bin. Ich erzählte die Geschichte einer Heilpraktikerin, welche sofort sagte, dass sie mich mit einem Freund bekannt machen will. Dieser hatte schon ähnliche Geschichten erzählt und sollte aus diesem Grund in die Psychiatrie gesteckt werden. Ich traf ihn und er erzählte, dass er Menschen mit einem Echsen-Arm gesehen hat, er bekam die Info, dass Inkarnationen manipuliert wurden.

Die Bilder versetzten mich in einen Schockzustand, den ich nicht mehr aushielt. Warum wurde mir alles so deutlich gezeigt, damit ich es glaubte? Ich wollte es nicht mehr, sprach es aus und ein Jahr ohne innere Bilder verging.

Eine Frau suchte Hilfe bei mir. »Nun wäre es doch wieder schön, etwas zu sehen«, sagte ich. »Vielleicht in Ansätzen und etwas schonender ...?« Ein Fass rollte den Hang hinunter, über sie hinweg und drückte ihren Körper platt. Die Ursache ihrer Schmerzen lag in Traumata eines früheren Lebens. Sie brachte ihren Mann mit, durch die Verbindung ihrer Energien beeinflussten sie sich gegenseitig.

In dieser Zeit besuchte ich ein Seminar für Homöopathie und experimentierte mit Kieselerde. Im Kloster brach ein energetisches Gewitter los, waren dort die Seelen der Kranken erlöst worden und hatte sie etwas damit zu tun?

Von oben kam eine Info von meinen Seelenbegleitern und ich

fertigte entsprechend eine Tabelle an, in der oberen Hälfte von links nach rechts + 1 bis + 24, in der unteren Hälfte von rechts nach links von – 1 bis – 24, die Plus- und Minus-Zahlen standen sich genau gegenüber.

Darüber konnte ich pendeln, auf welchen Energie Ebenen bestimmte Vorgänge lagen. Erlebnisse aus früheren Leben fand ich auf – 13, konnten sie gelöst und harmonisiert werden, kam die Person über die vertikale Mittellinie auf + 13, also ein enormer Sprung. Auch die Energien von bestimmten Krankheiten ließen sich feststellen, so lagen zum Beispiel Krebserkrankungen schon einige Zeit bevor die Krankheit ausgebrochen war bei – 10.

Fragte ich nun ab, wie diese oder jene Behandlung sich in der Zukunft auswirken würde, zeigte das Pendel die zu erwartende Änderung an. Voraussetzung beim Pendeln ist eine neutrale, nach »oben« ausgerichtete Haltung. Ich frage dabei und bekomme eine Antwort, das Pendel ist nur das Hilfsmittel, welches die Antwort anzeigt.

2002 wurden weite Gebiete an der Elbe überschwemmt, sie lagen auf – 13, bei Sturm hier im Norden sogar auf – 24. Das zeigt, dass Wasser und Sturm bemüht waren, den Energiemangel auf der Erde aufzufüllen, und damit einen Energieausgleich herbeiführten.

◆ Suche nach Lebensraum ...

Mein Cousin war inzwischen zu mir gezogen. Ich erfuhr, dass er in Görlitz ganz in meiner Nähe in einer Wohngemeinschaft gelebt hat. In der Wendezeit wurde die Nationale Volksarmee (NVA) aufgelöst, er kaufte Restbestände auf. Nach der Armeezeit eröffnete er zwei Geschäfte, seine ersten Angebote waren grüne Jacken und Netze. Er ergänzte sein Sortiment mit fester, derber und dicht gewebter Kleidung aus Baumwolle oder Leinen. Seine Hosen und Hemden gefielen Männern als auch Frauen und bald reichte der Platz nicht mehr aus. Als er seinen zweiten Laden eröffnete, lernte er ein sehr junges und hübsches Mädchen kennen, ihr Vater war gegen diese Verbindung.

Schon damals hatte er spirituelle Begabungen. Sein kleiner Hund folgte ihm auf Schritt und Tritt und früh, wenn er zur Arbeit ging, flog ein Adler und setzte sich gegenüber der Ladentür auf einen Baum. Er hatte noch eine Feder von ihm. Seine Geschäfte liefen gut, er ist vom Sternzeichen her Waage und diese Menschen können gut mit den schönen Dingen des Lebens umgehen. Er trennte sich von seiner jüngeren Freundin, als er ein Foto von ihr mit einem anderen Mann fand.

Nun spürte er die Erschöpfung nach den Anstrengungen der letzten Jahre. Zufällig traf er eines Tages eine rumänische Frau, die sich für Geld anbot, und er beschloss, sie aus dem »Frauengefängnis der Zuhälter« zu befreien. Er wollte sie zurück zu ihrer Familie bringen und fuhr mit seinem neuen roten Cabriolet los. Zuvor hatte er beschlossen, seine Läden zu verkaufen. Ein Bekannter sollte diese weiterbetreiben und ihm dafür 35.000 Mark überweisen, dies vermerkten sie auf einem abgerissenen Zettel ohne Vertrag und Siegel. Als er in Rumänien war, wurde seine Karte eingezogen, er bekam kein Geld mehr und wusste nicht, was geschehen war.

Sein Auto ging kaputt, er zog von Dorf zu Dorf und versuchte überall etwas zu arbeiten. Er war so veranlagt, aus allem das Beste zu machen, und sehr optimistisch. Damit es überhaupt weitergehen konnte, musste er eine positive Grundhaltung einnehmen. In den Bergdörfern wurde er sehr gut aufgenommen, Mütter boten ihm an, ihre Töchter zu heiraten. Er zeigte den Menschen, wie sie ihre Häuser durch einen einfachen Anstrich verschönern konnten. So verdiente er sich das Geld für die Rückreise und war drei Monate unterwegs, ehe er zurückkam.

Als er wieder da war, sah er, dass einer der Läden vollständig ausgeräumt war. Da ja nur sein Bekannter die Schlüssel hatte, konnte nur er es gewesen sein. Er meldete es der Polizei und bat um Unterstützung, er wollte sich seinen zweiten Laden zurückholen. Zumindest würden sie den zweiten Laden bewachen, hoffte er, damit dieser nicht auch noch ausgeräumt wurde. Wem er die Schlüssel übergeben hatte, konnte er weder durch einen Vertrag noch durch eine Unterschrift nachweisen. Die Polizei verweigerte ihm die Hilfe und er wurde als Spinner angesehen. In der darauf folgenden Nacht wurde auch sein zweiter Laden ausgeräumt.

Seine Wohnung fand er völlig verwüstet mit Hakenkreuzen an den Wänden, alle seine Unterlagen waren verbrannt. Es war zu vermuten, dass es die Zuhälter waren. Er hatte ja eine Prostituierte nach Rumänien zurückgebracht. Er zog in eine kleine Wohnung und beantragte Sozialhilfe. Sie schrieb, dass ihre Familie nun kein Geld mehr hatte, und er fühlte sich schuldig. Oft stand ein junger Mann vor der Tür, der ihn dafür zur Rechenschaft ziehen wollte, und von dem wenigen schickte er der Familie regelmäßig Geld.

Es kamen Briefe von Inkassounternehmen mit Geldforderungen, er öffnete keinen einzigen und steckte sie nur in einen Plastikbeutel hinein. Er versuchte sein Leben so gut zu gestalten, wie es eben ging.

In dieser Zeit lebte ich allein auf Rügen und ich kam auf die Idee, ihn anzurufen. Ich fragte, ob er mich besuchen möchte. Wir waren uns vom Charakter her sehr ähnlich. Und durch diese Ähnlichkeit und unsere Dickköpfigkeit, die wir beide hatten, gerieten wir immer wieder aneinander. Trotz allem beschlossen wir, dass er seine Wohnung auflöste und zunächst mit allen Kisten und Schränken bei mir einzog. Dort wurde er weiterhin bedrängt, ich bot ihm die Gelegenheit, wegzugehen und hier oben etwas Neues anzufangen. Wir fühlten beide, dass es so vorgesehen war.

Einige Monate lebten wir so im Kloster, ich arbeitete in einer Rehabilitationsklinik in Greifswald. Eine meiner Freundinnen war inzwischen weggezogen, zu anderen hatten wir wenig

Kontakt und wir fühlten uns immer einsamer auf Rügen. So entschlossen wir uns, die Insel zu verlassen. Wir spielten mit dem Gedanken, ein Haus zu kaufen. Ich hatte keine Ersparnisse und er nur Schulden. Da auf Rügen die Immobilien sehr teuer waren, hielten wir im Landesinneren Ausschau. Auf unsere Anfrage hin bekamen wir eine Anzeige zu dem Verkauf einer Doppelhaushälfte in einem kleinen Ort in der Nähe von Greifswald. Meine Freundin Antonia wohnte nur einige Kilometer entfernt in einer alternativen Kommune und einige Mitbewohner kannte ich schon. Nachdem wir uns verschiedene Häuser angeschaut hatten, kamen wir auf dieses Angebot zurück.

Im Frühjahr 2004 vereinbarten wir einen Termin und fuhren mit unserer alten dunkelroten »Ameise« dorthin, den kleinen Bus hatte mein Cousin inzwischen billig erstanden. Eine Doppelhaushälfte mit einem größeren Nebengebäude stand parallel zur Straße. Es war Frühling, rechts und links vom Eingang wuchs wilder Wein an der Hauswand und die Blattspitzen zeigten sich in zartem Grün. Der Eingangsbereich war mit einem Überdach versehen, eine alte dunkelbraune Eingangstür aus Holz wurde geöffnet und ein Ehepaar der Erbengemeinschaft lud uns freundlich zu einem Rundgang ein, das Haus war leer. Es war ein altes Haus, das noch während des Zweiten Weltkrieges erbaut wurde, eine sogenannte »Schnitterkaserne«. Sie diente den Landarbeitern als Unterkunft und auf dem Boden wurde Getreide gelagert. Im unteren Teil des Hauses gab es eine Küche und zwei Räume. Hier war ein Ausgussbecken mit fließend kaltem Wasser installiert, auch lag die Küche Richtung Norden und wirkte feucht und dunkel. Von dort gelangten wir in das frühere Wohnzimmer an der Straßenseite und durch diesen Raum in den zweiten mit Ausblick zum Garten. »Die Fenster sind erst in den letzten Jahren eingebaut worden«, erzählte uns der Nachbar später, »der Besitzer hat in der Lotterie gewonnen. Davon konnte er die neuen Fenster kaufen und einsetzen lassen.« Im zweiten Zimmer sahen wir etwas Feuchtigkeit in den

Wänden, der Nachbar meinte, es könnte am wenigen Lüften liegen. Bei ihm in der anderen Hälfte hätten sie dort noch keine Feuchtigkeit bemerkt. Wir gingen durch die Räume zurück und kamen über eine Stiege in die obere Etage. Der Dachraum war offen, auf den alten, teils kaputten Dielen standen zwei alte Schränke und ein Toilettenbecken. Der Vorgänger wollte es immer einbauen, ist jedoch nicht mehr dazu gekommen. Seine Freundin hat ihn vor dem Hühnerauslauf liegend zur Dämmerstunde tot aufgefunden. Sie erbte die Lebensversicherung und das Haus bekam die Erbengemeinschaft, welche sich aus der Frau und den Kindern seines Bruders zusammensetzte, denn er selbst war kinderlos geblieben. Die Lebenspartnerin des Vorbesitzers trug einen meiner Vornamen »Maria« und so nahm die Namenstradition ihren Lauf.

Später fand ich eine Reihe von Blumen im Garten, welche der Mutter Gottes zugeordnet wurden. Meine Vorgängerin hatte viele dieser Blumen gepflanzt, sodass es hier das ganze Jahr hindurch blühte. Das Grundstück unterteilte sich in einen Hof mit Nebengebäuden, einer Wiese mit Obstbäumen und einem Nutzgarten. Früher erntete der Besitzer hier die größten Mohrrüben. Es gab mehrere Sorten Apfelbäume, Ontario hatte die größten Blüten im Frühjahr und der Supermanga schmeckte am besten. Der Gravensteiner Apfel musste vier Wochen gelagert werden, ehe dieser seinen süßen Geschmack voll entfaltete. Blaupflaumen trugen manches Jahr Trauben von Früchten an ihren Ästen.

An das Grundstück schloss sich ein kleiner Wald mit Eichen, Bergahorn und Haselnusssträuchern an. Der Hof wurde von einer Garage und einem Gartenhaus begrenzt und gegenüber vom Eingang lag der Stall. Hier standen noch einige »Buchten«, welche wir später herausrissen. In der ehemaligen »Futterküche« wurde das Werkzeug untergebracht. Das »Plumpsklo« im Nebengebäude ersetzten wir durch eine Wasserspültoilette im Haus. Wir legten Wasser- und Abwasserleitungen und bauten eine Badewanne ein. Zeitweise mussten wir beim Zu-Bett-Gehen über die ausgehobenen Gräben im Fußboden steigen und beim Anziehen am Morgen darauf achten, dass die Hosen nicht im Sandstaub schleiften. Innerhalb der nächsten zwei Jahre dämmten wir das Dach von innen mit Gipskartonplatten, wir arbeiteten meist bis spät in den Abend hinein. In dieser Zeit behandelte ich nicht, die innere und äußere Ruhe, welche ich dafür brauchte, gab es hier nicht.

Mit meinem Cousin hatte ich mich mittlerweile zerstritten und er zog aus, nun musste ich den Ausbau allein fertigstellen lassen. Im Dachraum ließ ich die originalen Balken stehen. Ich fand Menschen, die mir halfen, Wände einzuziehen und Dielen zu verlegen. Es wurden Dachfenster eingesetzt und Regale eingebaut. In der Mitte des hohen Raumes stand ein großes Bücherregal und unter der Dachschräge eine Sitzecke. Auf einem dunkelblauen Wollteppich vor dem Regal praktizierte ich meine Übungen. Die Giebelfenster eröffneten täglich den Blick auf die Sonnenuntergänge im Westen. Abends kam meine Katze mit ins Bett, legte sich auf meinen Bauch und schnurrte, so kam ich zur Ruhe und fühlte mich nicht allein.

Nachdem meine jüngste Tochter zu ihrem Freund und später in eine Wohngemeinschaft gezogen ist, lebte ich in den folgenden zehn Jahren allein auf dem Grundstück. Ich erkannte in dieser Zeit, dass das weiße Schloss mit dem Turm, das ich vor einigen Jahren in einer Vision sah, im Nachbarort stand. Obwohl es renoviert war, fand sich lange kein Käufer dafür. Bei einer energetischen Reinigung schoss eine dunkle Wolke heraus, einige Monate später wurde es verkauft.

Eine Freundin erzählte mir, dass sie bei einer Heilpraktikerin in Greifswald gewesen ist und dort ihre Familiengeschichte aufarbeiten konnte. Ich nutzte die Zeit und ging selbst zur Hypnose. Ich erzählte schon ganz am Anfang, dass ich bei der ersten Sitzung an eine vorgeburtliche Erinnerung gelangen konnte. Dieses Mal leitete sie mich wieder in Trance, ich wollte zwanghaft wach bleiben und hören, was sie sprach. Es dauerte nicht lange und ich bekam von dem, was sie sagte, nichts mehr bewusst mit. Ich befand mich plötzlich in einem Urwald und sah hohe Bäume und Büsche voller Blätter. Ich eilte durch den Wald und kam an einer runden Tür an, diese sah aus wie die Tür von einem Raumschiff. Als ich sie öffnete und hindurchging, fand ich mich auf einer Kraterlandschaft wieder. Da wuchs überhaupt nichts, es war alles kahl und leer, nur Felsen, wie das Gestein auf einem Mond. Ich schaute mich um und als sie sagte, ich solle zurückkehren, überzog sich alles mit Gold. Die ganze Kraterlandschaft war vergoldet und leuchtete. Dann kehrte ich wieder zu meinem Alltagsbewusstsein zurück. Sie führte mich zu meinem »Rückzugsraum« und meinte, dass die Kraterlandschaft zeige, dass ich unlebendig sei. Ich sah den Urwald als meinen Raum und verstand ihre Deutung nicht. Auf der Kraterlandschaft fand ich mich in einem anderen Leben wieder, Gold öffnete Herz und Intuition.

Es war eine Freundin, welche mich dazu drängte, wieder mit den Massagen zu beginnen. »Du kannst das«, sagte sie und dass sie meine beste Kundin sein werde. Ihr Mann hatte vor sieben Jahren einen Unfall und in der ersten Behandlung ging es um die Spiegelung der Ereignisse in ihrem Energiekörper.

Eines Tages sah ich ein Bild einer Musikband in unserer kostenlosen Zeitung und ein junger Mann erschien mir so licht. »Ob er auch mal zu mir zur Behandlung kommt?«, fragte ich mich. Es war Sonntag, ich lernte seine Mutter kennen und drei Tage später am Mittwoch stand er vor meiner Tür. Von dem Zeitpunkt an kamen immer mehr Menschen zu mir zur Massage.

Kapitel IV – Reise durch andere Dimensionen

◆ Was ist Wahrheit ...

Es ist wichtig, die Schubkästen in unserem Gehirn einfach aus-
zuschütten, zu leeren und das Sortieren der göttlichen Instanz
zu überlassen. Weil alle Wahrheiten nur kleine Mosaiksteinchen zu einer großen allumfassenden Wahrheit sind. Unser
menschliches Gehirn ist viel zu klein, um alle Zusammenhänge
zu begreifen. Ich kann einen Satz schreiben und zehn Menschen verstehen
diesen auf unterschiedliche Weise. Jeder Mensch nimmt das, was
er hört oder liest, anders auf. Jeder verarbeitet dieses Wissen für
sich und oft wird es ganz anders wiedergegeben. Das heißt, dass
der Leser es so interpretiert, wie es seiner Wahrheit entspricht.

Eine Seele beschäftigt, was mit ihrem Körper aus früheren Leben geschehen ist

Es gibt unzählige Beispiele dafür, dass eine Seele sich noch
Gedanken um den verlassenen Körper und dessen Überreste
macht, auch wenn sie schon in einer neuen Inkarnation ist.
Bei einer Frau sah ich deren Körper auf dem Grund eines Ge-
wässers, es lag der Körper eines Jungen darauf. Ich konnte mit
meinem Geist in diese Zeit und an diesen Ort zurückgehen und
hob den Stein etwas hoch, unter welchem der Fuß des Jungen
festhing. Daraufhin schwamm der Junge zur Oberfläche. Ich
fragte die Seele, was noch wichtig für sie sei, und da sah ich, dass
die Gebeine ihres damaligen Körpers am Grunde des Sees noch
zu sehen waren. Es wurde Sand darüber getan und die Gebeine
damit zugedeckt.

Ich sage vorsichtig »Es wurde«, denn an dieser Stelle möchte ich all meinen spirituellen Begleitern danken, welche immer eng mit mir zusammenarbeiten. Ich bleibe ja Mensch, auch wenn ich in andere Dimensionen Einblick nehmen darf. Funde belegten, dass es Kannibalismus in Mitteleuropa gegeben hat. Während sie die Knochen zählten und nummerierten, sah ich in mehreren Behandlungen Körper oder Teile davon rituell geschmückt auf einer langen Tafel oder einzeln dekoriert. Bei einer Frau hielt ich die Halswirbelsäule, sie begann sich schnell zu drehen, wie um eine Achse herum, und ich sah, wie aus ihren Knochen eine wunderschöne Halskette gefertigt wurde.

Der leblose Körper einer Frau, eingewickelt in eine Folie, schwamm im Meer. Ein Schiff fuhr nahe heran und zog sie heraus. Es wurde mir gezeigt, dass ein Hai in ihren Bauch gebissen hatte. Es muss ein früheres Leben gewesen sein, meinte ich. Sie war sehr erstaunt und erzählte, dass ihr Mann sie gefragt habe, ob sie mit zum Baden in die Kiesgrube käme. Darauf habe sie gesagt, dass dort doch nur Fische und Leichen herumschwimmen würden. Hier wurde deutlich, wie ein solches Erleben die Seele heute noch beeinflusst hat.

Ein anderer Körper wurde in einem früheren Leben in vier Teile auseinandergerissen. Leider fanden sie damals nur Teile von ihrem Oberkörper, der Unterkörper blieb verschwunden. Dies war ein Ereignis, was ihre Seele im heutigen Leben noch beschäftigte. Es war schwierig, verloren gegangene Teile energetisch wieder an den Körper anzusetzen. Sie war einen für sie als Mensch unnatürlichen Tod gestorben. Ich musste auf die Suche gehen, um ihren Unterkörper zu finden und wieder mit ihrem Körper zu verbinden.

Einmal sah ich, dass die Menschen früher mehr über Inkarnationen gewusst haben als wir in unserer heutigen Zeit. Sie haben bei einem Mensch den verlorenen Arm wieder angenäht und ihn dann im Ganzen beerdigt, diese Schnittstelle war sehr viel einfacher zu schließen.

Bei einem Mann sah ich sogar noch Dinosaurier, so weit reichte die Geschichte seiner Seele zurück. Sein Hals war abgeschnürt und ich überlegte, was sie wohl damit gemacht hatten. Er kam wieder und sah selbst bei einer späteren Behandlung, dass der Kopf auf diese Weise abgerissen wurde.

Ich behandelte an einem benachbarten Ort und sah, dass ein Mann mittleren Alters zweimal mit einem Schwert durchtrennt wurde. Ich bekam die Info, dass er deshalb in diesem Leben kleiner war, im früheren Leben war er ein Recke. Und dieses Stück fehlte oder wurde fehlerhaft ausgebildet, dadurch war er in diesem Leben nicht so groß. Auch schien seine Manneskraft nach unten wegzufallen, ich sah ihn als Gelehrten mit einer Schriftrolle unter dem Arm einen Säulengang entlang schreiten. Ein Freund stammte ursprünglich aus Afrika. Er hatte eine dunkle Hautfarbe und ich nahm den starken Energiemangel wahr, den ich auffüllte. Bei ihm sah ich einen Geist auf seiner Schulter. Das Erstaunliche war, dass dieser Geist auch schwarz war, ein Geist aus Afrika mit schwarzer Hautfarbe, knochig und spindeldürr.

◆ Traumata werden weitergegeben ...

Bei einer Behandlung öffnete sich der Körper am Rücken, es war ein unbeschreibliches Trauma, dabei war dies nicht bei ihm geschehen. Bei seinem Vater war kurz nach dessen Tod der Rücken geöffnet worden, erzählte mir nach der Behandlung seine Frau. Ihr Mann war nicht damit einverstanden und nahm dieses Trauma an seinem eigenen Körper wahr. Hier überlagern sich Erlebnisse, die eine Generation gemacht hat, es kann die nächste oder auch die übernächste Generation sein, die das erst fühlte. Es ist schwierig, sich diese Zusammenhänge vorzustellen.

Diese zeitlichen Überlagerungen gab es bei Generationskonflikten und Problemen auch. Eine Generation macht eine Erfahrung, die Erkenntnisse zu dieser Erfahrung, die holografischen Erinnerungen, warum diese Erfahrungen gemacht wurden und was dazu führte, können sich viele Generationen lang überlagern. Es können in späteren Generationen noch Gefühle von Erlebnissen da sein, welche ihre Vorfahren gemacht haben. So ist es auch mit Orten, was ein Ort erfahren hat, konnte viele Jahrzehnte, ja sogar Jahrtausende dort an der Stelle abgespeichert sein.

◆ Amara die große Mutter ...

Besonders interessant wurde es, wenn Menschen mit einer sehr hohen Energie zu mir zur Behandlung kamen. Amara* und ich, wir behandelten uns über ein Jahr alle vier Wochen, es gab eine Vielzahl von Bildern und Geschichten aus vielen zurückliegenden Inkarnationen zu sehen. Als sie mir ihre Hände auflegte, sahen wir beide sehr deutlich, wie mein Körper in einem Glaskasten zu Staub zerfiel. Bin ich vertrocknet oder mumifiziert worden? Mir wird kalt beim Schreiben, obwohl das Zimmer geheizt ist.

In einem früheren Leben wurde Amara bei lebendigem Leib in ein Wasserloch geworfen, aus welchem sie nicht wieder herauskommen konnte. Das Wasserloch war von hohen Felsen umgeben. Plötzlich erstand eine übergroße und sehr dicke Schlange mit Stacheln. Eine andere Frau, welche sie zu mir zur Behandlung geschickt hatte, lebte im früheren Leben im asiatischen Raum. Ich sah es an den Gebäuden mit geschwungenen Dächern und angrenzenden Gewässern deutlich. Sie ging dort spazieren, als die Schlange aus dem Wasser auftauchte, und wurde von diesem Ungeheuer mit dem Stacheln berührt. Sie starb und lag tot im See. Es kam die Info dass alle, welche an diesen Stacheln gestorben sind, der dunklen Magie verfielen.

In meinen vorhergehenden Ausführungen habe ich die Manipulationen und Versuche, welche an Urvölkern von sich intellektuell überlegen wähnenden Menschen gemacht wurden, beschrieben. Jetzt im Zusammenhang mit der Behandlung übermittelten mir unsere Seelenbegleiter, dass sie »Die große

Mutter« war, das Oberhaupt der damaligen Sippe der Ureinwohner. Es wurde mir gezeigt, dass selbst die Seelen, welche die Überfahrt vom Leben zum Tod begleiten, nun ihre Ruder abgeben dürfen und erleichtert darüber waren.

Sie selbst wurde in früheren Inkarnationen rituell gegessen und ich erfuhr, dass dies mit ihrem Einverständnis geschehen war. Ich sah ihren Körper kunstvoll rechts und links entlang der Wirbelsäule mit heiligen Kräutern geschmückt und bekam die Info, dass es jetzt sehr schwierig war, alle Seelenanteile in diesem Leben wiederzuerlangen. Die Menschen hatten sich ihren Körper einverleibt und ich bat darum, dass alle Seelenanteile wieder vollständig zu ihr zurückgebracht werden, daraufhin wurde die ganze Aura von lila Licht durchdrungen.

◆ Schlangen ...

Eines Tages kam ein Vater mit seiner 13-jährigen Tochter zu mir und er bat mich, sie und ihn zu behandeln. Während der Massage sah ich eine riesengroße Schlange, sie kam aus der Wirbelsäule und wurde immer größer. Sie hatte schwarze Muster auf dem Rücken, dann ging sie aus dem Körper heraus. Das Mädchen fragte später, ob es die Schlange mit dem schwarzen Muster auf dem Rücken gewesen sei. Sie hatte diese ebenso gesehen, und als sie beide gegangen waren, reinigte ich mein Haus. Da stieg eine riesengroße Schlange über dem Haus auf und sie war so riesig wie das Hausdach, langsam verschwand sie.

Einige Jahre später meldete sich der Vater noch einmal bei mir. Er kam mit seinen zwei Söhnen, von denen der Jüngere eine Behandlung bekam. Er hatte sehr viele Ängste und brauchte einen Edelstein für sein Halschakra. Ich sah, wie er von weißem Schleim bedeckt war, und bekam die Info, dass er von einer Schlange gefressen wurde. Er sollte noch fünfzehn weitere Wesen erlösen.

Wieder zwei Jahre später kam der Mann mit seiner Frau und den beiden Söhnen. Es bekamen die Mutter und der ältere Sohn eine Massage. Der ältere Sohn war schon als Kind Diabetiker und hatte eine Insulinpumpe. Ich sah, dass seine Gliedmaßen gebrochen waren und in einem Rad feststeckten, er brauchte sehr viel Energie. Bei ihrer Mutter sah ich deutlich einen Beratungskreis der Alten am Feuer. Sie sollte andere Schlangen transformieren, leider ist das wohl nicht ganz geglückt. Als Schlange hat sie stattdessen andere Lebewesen gefressen. Auch der Körper des älteren Sohnes war von dem weißen Schleim überzogen, der andere Lebewesen zersetzt. Gleichzeitig kam die Info, dass die Aufgabe der Transformation der Schlangen jetzt abgeschlossen ist, und es zeigt, dass auch früher schon spirituelle Aufgaben gestellt wurden. Der Zeitraum, in welchem die Aufgabe gelöst werden konnte, blieb offen.

Zweimal sah ich eine Schlange, welche sich deutlich von den dunkelmagischen Schlangen unterschied. Sie sah ganz anders aus als die Schlangen der Unterwelt, sehr beweglich, sehr aktiv, sehr energiegeladen. Sie kam die Wirbelsäule hinauf und zischte. Ihr Kopf war klein und ihre Farben erschienen bunt in Gold- und Grüntönen. Diese Schlange wird im Indischen häufig dargestellt. Es ist die Schlange, welche die Energie vom Wurzelchakra aus über den ganzen Körper verteilt. Bei denen, die ihre Kraft nutzen dürfen und sie sich voll entfalten kann, führt sie zur Erneuerung.

Zellgedächtnis des Körpers und Bewusstsein

Jede Zelle speichert holografische Erinnerungen. Bei einem Mann sah ich an der Stelle des Hüftkopfes etwas, was wie eine kleine Rolle aussah. Er sagte: »Ja, die Gelenkpfanne ist ausgefräst worden.« Bei einer Operation wurde der Hüftkopf am Oberschenkelknochen erneuert. Es musste das Gerät gewesen sein, mit welchem die Ärzte daran gearbeitet haben. Ich erinnerte mich, wie meine Seele durch erlebtes Trauma aus dem

Körper hinausging. So konnte ich mir vorstellen, wie solche Erfahrungen gemacht, von der Seele gesehen und in der Aura abgespeichert wurden. Die Seele mit den Zellen zusammen gibt diese Erinnerungen in holografischer Weise wieder und ich kann bei der Behandlung diese wiederum sehen. In dem Moment, wo ich es »gesehen« hatte, war das Trauma gelöst, die Schmerzen ließen nach, Körper und Seele beruhigten sich.

Eine ältere Frau kam sehr verzweifelt zu mir. Nach einer Versteifung ihrer Lendenwirbelsäule litt sie unter großen Schmerzen. Sie konnte kaum eine halbe Stunde im Auto mitfahren, ihr Mann musste zwischendurch anhalten, sie aussteigen und sich die Füße vertreten. Durch verschiedene Dehnungen erfuhr sie anfangs Erleichterung. Im Verlauf der nächsten Behandlungen legte ich meine Hände an die Wirbelsäule. In der Region, wo die Wirbelsäule versteift wurde, sah ich plötzlich ein Bild, die Zange, mit der die Versteifung festgetackert wurde. Diese Zange hatte ein klein wenig die Nervenbahnen gedrückt, der Knochen und das angrenzende Gewebe nahm dieses Trauma auf.

Sie erlebte als Kind in Demmin, wie viele Erwachsene zum Kriegsende in die Peene gegangen sind und sich das Leben genommen haben. Sie sah die Leichen herumschwimmen und bekam dadurch ein psychisches Trauma. Ich konnte ihr das sagen, bis dahin erkannte sie nicht, dass dies ein Trauma war und dass sich solche verdrängten Erlebnisse später als Schmerzen im Körper zeigen konnten. Sich in das Bewusstsein zu holen, was sie als Kind schon Furchtbares erleben musste, und darüber weinen, wäre die Erlösung. Für sie war es wichtig, ein Mitgefühl für sich selbst zu entwickeln und dadurch das Erlebte aus den Zellen zu lösen, um die Seele wieder aufatmen zu lassen.

◆ Zeit der Teufelchen ...

Bei meinen Besuchern im Herbst und Winter 2014 kam ich häufig mit kleinen Teufelchen in Kontakt. Sie wurden bei Massage und Energiearbeit meist am Ende der Behandlung sehr aktiv und oft am Kopf sichtbar, es kam sozusagen ein Kopf aus dem Kopf heraus nebulös und grau in grau sichtbar. Es wand sich aus dem Körper und der Mund bewegte sich, als ob sie mich anbrüllen wollten. Dabei kamen sie ganz dicht an mich heran. Ich sagte mir, nur keine Angst zeigen, sie leben von der Angst, hatte Regina oft gesagt. Ich bin der Fels in der Brandung, alles zieht an mir vorbei.

Die erste Zeit dachte ich, dass dies ein Dämon war, den ich austreiben könnte. Doch leider kam es aus der Frau heraus, ging in mich hinein und wieder in sie zurück. Und da merkte ich, dass dies ein energetisches Wesen sein musste, was zu demjenigen selbst gehörte. Wie lange dieses Wesen schon bei ihr war, wusste ich nicht. Zu dieser Zeit war bei jedem zweiten ein solches zu sehen. Hatte ich es »gesehen«, vergingen circa ein bis drei Wochen, bis sie gänzlich verschwunden waren. In dieser Zeit mussten meine Besucher besonders in ihren Autos sehr vorsichtig fahren, denn es kam häufig zu kleineren Unfällen mit Blechschaden. Eine Frau warnte ich, sie solle ihr Auto in der nächsten Woche besser stehen lassen, denn sie war Rentnerin. Sie beschloss jedoch, zusammen mit drei Freundinnen einkaufen zu fahren. Sie fuhren los und als sie schon 20 km gefahren waren, nahm ihnen ein Auto die Vorfahrt. Zum Glück war nichts passiert, sie hatten einmal mehr an der Kreuzung geschaut. Doch leider kamen sie nicht mehr weit, denn das Auto blieb einfach von allein stehen und sie mussten sich abschleppen lassen.

◆ Der Geist aus dem Rosenstrauch ...

Eine Frau hatte Veränderungen im Blut und fühlte sich dadurch oft nicht so leistungsfähig. Ich behandelte sie mehrmals, bis meine Hände eines Tages unterhalb des Kopfes an den Schläfen ruhten, die Zeit schien stillzustehen. Mehrere Räder unterschiedlicher Größen begannen sich auf verschiedenen Achsen zu drehen. Es sah aus wie ein Uhrwerk und sie drehten sich in unterschiedliche Richtungen. Ein Wesen am Hinterkopf mit großen Ohren schaute mich an, ihr wurde schlecht. Sie konnte es sich auch nicht erklären und meinte:»Du hast doch gar nicht viel gemacht?« Als ich an ihren linken Arm kam, sah ich plötzlich eine Art Geist, wolkenartig und schwarz, in dem Augen zu sehen waren, und ihr wurde plötzlich sehr kalt. Sie erzählte mir, dass sie sich an einem Dorn eines Rosenstrauches gestochen und seitdem diese Blutkrankheit hatte.

Es blieb ein Rätsel, warum dies nun gerade nach dem Stich am Rosendorn eingetreten ist. Kam es durch diesen wolkenartigen Geist? Eines Tages sah ich bei ihrer Behandlung im Wald aufgestapelte Baumstämme, sie gerieten ins Rollen. Ein Vetter von ihr war so um das Leben gekommen. In Trance spürte ich, dass eine entfernte Verwandte von ihrer Familie vergessen wurde. Ganzheitliche Behandlungen zeigten, dass alle diese Ereignisse Spuren in ihrem Körper und ihrer Seele hinterließen.

◆ Steinwesen ...

Als ich selbst behandelt wurde und Amara ihre Hände auf meinen Bauch legte, sahen wir beide eine Gestalt in meinem Bauch liegen. Ich dachte erst, es wäre ein Fötus. Aber die Füße waren zu groß. Es sah aus wie eine Art Steinwesen, als es bei einer späteren Behandlung herauskam. Sie erzählte, dass es des Nachts noch ihren Sohn belästigte.

Schon früher habe ich bei einer jungen Frau gesehen, dass sie in Steinen gelebt hat. Wir waren an einer Küste unterwegs, sie lernte Geduld und Stärke mit der Zeit von Jahrhunderten zu verbinden. Eine andere »war der Berg«, sie erhob sich majestätisch und riesig und lernte als Berg Größe, Güte und Hingabe.

In einem Lebenstanzritual, welches in der Nähe meines Wohnortes durch die Kommune initiiert wurde, begann ein Kristall mit mir zu sprechen. Für ihn war es schwer, jetzt so starr und unbeweglich zu sein. Auch als Bergkristall hatte er oder sie andere Zeiten. »Früher war ich im Fluss, ich konnte mich fortbewegen und habe vieles gesehen.« Er bat mich auf seine Klarheit zu achten und ihn zu reinigen.

Energiefresser und andere Wesenheiten

Am meisten passierte, wenn ich energetisch mit Amara zusammenarbeitete, wir unsere Kräfte zusammenlegten. Ich behandelte und sie besprach in derselben Zeit aus der Ferne. So sah ich bei einem jungen Mann den Oberkörper voller Würmer. Nach Ablösung führten meine Helfer und Begleiter einen ganzen Würmer-Torso hinweg, in Kopf und Händen sah ich keine.

Bei einer Freundin war der Oberkörper angefüllt mit sehr ekelhaft aussehenden verdrehten abgekatschten Wirbelsäulen, es sah wie »Schlachtabfall« aus. Zur damaligen Zeit wusste ich noch nicht, was es bedeuten könnte. Es war nur das Ekelerregendste, was ich jemals gesehen habe.

Bei einer Frau, welche viel am Computer arbeitete, sah ich am Rücken bei einem Chakra-Ausgang einen Parasiten, ein Seelenfresser hatte sich integriert. Es war etwas, was ich nicht kannte, und es kam gleich ein Gefühl dazu, dass es von der Computerwelt gekommen ist. Es könnten Parasiten sein, die durch die neuen Computer und WLAN-Schwingungen an uns herangetreten sind. Ich bekam die Info, dass sie durch Genmanipulationen in ihrem Vorleben dafür anfällig geworden ist. Bei der Behandlung zeigte sich, dass »das Seelen fressen müssen« immer mehr von ihr gelassen hatte. Die energetischen Strukturen ihres Körpers normalisierten sich, die Formen ihrer Chakren und ihrer Lichtkörper wurden wieder sichtbar.

Später fragte mich Ann*-Katharina*, ob ich schon mal etwas von toten Seelen gehört oder gesehen habe. Ich sagte zunächst »nein«. Doch dann fielen mir die verdrehten Wirbelsäulenreste ein, es wird eine abgefressene Seele gewesen sein. Und noch später war klar, dass diese Personen mit den Resten auch irgendwie mit den Seelenfressern verbunden sein mussten. Nur wer waren sie und warum taten sie so etwas? Und wer waren sie, bevor sie zu solchen Seelenfressern wurden? Und es warf auch die Frage auf, ob dies je wieder mit den restlichen Seelenanteilen zusammengeführt und diese Seelen wieder neu erstellt werden konnten. Ann-Katharina hat herausgefunden, dass es dunkle Geister sind, deren Seelen von ihrem Schicksalsweg abgeschnitten wurden. Durch Transformation wurde es ihnen möglich, sich von diesen Verbindungen zu lösen. Womit sie auch immer verbunden waren, blieb offen. Die spirituellen Lichtkörper waren weiterhin unvollständig und ich bat bei der Behandlung immer wieder darum, sie neu zu erstellen und die Zellen ihrem göttlichen Ursprung anzugleichen.

Bei der Behandlung eines sehr spirituellen Mannes habe ich mit meinem inneren Auge wahrgenommen, dass in seinem Körper das Fell eines anderen Wesens durchschien und in seinen Füßen eine Hufe zu sehen war. Ich bekam die Info, dass seine Seele dieses Wesen transformiere und fragte warum? Da sah ich, wie dieser Mensch in geschmiedeten Eisenringen an Ketten gefesselt in einem früheren Leben zu Grunde gegangen ist. Er schwor Rache und verband sich so mit dem Teufel. In diesem Leben hatte sich das »Gebunden sein« umgekehrt in Transformation.

In einer Vision sah ich ein Schlachtfeld, es kamen viele schwarze Schatten mit Flügeln und trugen die Verstorbenen in die Unterwelt, sie haben dort sozusagen die Körper energetisch frisch gehalten, bis wieder eine Inkarnation möglich wurde.

Bei einer Frau lag ein solcher schwarzer »Nichtkörper«, also etwas nicht Körperliches mit schwarzen Flügeln der Länge nach über ihrem eigenen Körper. Sie selbst spürte nichts davon und es gab keine sichtbaren Veränderungen für sie in ihrem körperlichen und geistigen Empfinden.

Bei einer anderen Geschichte gab ein solcher schwarzer Schatten einer jungen Frau den Todeskuss. Sie starb dadurch, dass sie von diesem Wesen geküsst und berührt wurde.

In eben dieser Zeit kam eine Mutter mit ihrer Tochter zu mir, sie war zwölf Jahre alt. Ich behandelte sie ganz unvoreingenommen und sah sofort das ganze Ausmaß ihrer Verletzung. Sie war überall von Geistern angefressen, die wie eine Wolke an ihr hingen. Erschrocken sagte ich ihr danach, dass sie über und über mit Verletzungen übersät war und eine Menge Geister um sich hatte. Diese Wesen hatten sie energetisch angefressen. Sie erzählte von Geisterrufen und dergleichen nach Plan. Die Vorgehensweise luden sie sich aus dem Internet herunter und befolgten umfangreiche Anleitungen, diese enthielten Namen der Geister und dazugehörige Rituale und Sprüche. Ihre Geister begegneten uns noch öfter im Verlauf unserer Geschichte und stellten uns vor immer neue Herausforderungen.

Eine Frau trennte sich von ihrem Ehemann, er hatte sich seit achtzehn Monaten heimlich mit der Frau eines befreundeten Ehepaares getroffen. Als sie davon erfuhr, bedeutete es für sie die größte Enttäuschung in ihrem bisherigen Leben. In dieser Zeit bei einer Massage stand sie ganz allein in der Dunkelheit. Ich sah sie vor meinem inneren Auge wegrennen und hinter ihr liefen sehr viele dunkle Tiere, welche wie Hyänen aussahen. Nach dem Leittier an der Spitze erschienen sie in Dreiecksformation, bis es unzählig viele waren ..., sie hatten eckige Ohren. Ich bekam die Info, dass es etwas mit ihrem damaligen Mann zu tun haben musste. Bei späteren Behandlungen sah ich zweimal, dass ihre Seele kleine Flügel hatte.

Ein Mann, welcher regelmäßig zu mir kam, ist besonders mit

dem Wald verbunden. Bei seinen Massagen sah ich, dass die Nöte des Waldes an ihn herangetragen wurden. Die Wurzeln konnten nicht mehr richtig Fuß fassen in der Erde und viele Wälder wurden durch Brände vernichtet. Er selbst sah bei einer Behandlung, dass alle diese aus Hyänen zurückverwandelten Wesen in die Erde zurückgeführt wurden, und sagte, dass es sehr viele und dass sie blau waren. Die Hyänen verwandelten sich in unserer Geschichte in blaue Wesen, welche in der Erde zu Hause sind.

Tierwesen und wie Tiere Hilfe suchen

Es gibt eine Menge von Wesen in den parallel existierenden Welten, die für uns oft durch einen Schleier verborgen bleiben. Ist in unserer Aura ein Loch, lassen sie sich gern darin nieder. Ein Mann kam regelmäßig und dennoch hatte er arge Probleme mit seiner Schulter. Eines Tages sah ich plötzlich, dass ein Vogel ein Nest in seiner Schulter gebaut hatte. Der Vogel sah tatsächlich aus wie der Geist von einem Huhn. Er nickte mit dem Schnabel, dann merkte auch das Huhn, dass ich es gesehen habe, drehte sich um und guckte. Danach waren die Schmerzen bei ihm verschwunden. In seinem jetzigen Leben hielt er Hühner, Gänse und Enten, er verkaufte oder schlachtete und eines war wohl bei ihm geblieben.

Die Frau, welche sich mit ihrem Auto abschleppen lassen musste, hatte lange eine Ausstrahlung auf mich, als ob sie früher etwas Schlimmes getan hätte. Ich sah bei den Behandlungen nichts und dann dieses Teufelchen in ihr. Als es weg war, fragte ich nach ihren früheren Wohnorten. Ich ging während der Behandlung an den Ort ihrer ersten eigenen Wohnung und sah einen Keller, in welchen ihre Seele oft hineingeschaut hatte, als ob da ein schlimmes Ereignis gewesen wäre. Und ganz plötzlich waren viele Tierseelen da, besonders viele von Pferden und aus deren Schmerz ging eine dunkelmagische Pferdeseele hervor, welche sich grau in grau zeigte. Ich fragte ihre Seele, womit dies alles zu tun hätte. Daraufhin sah ich sie als Kind, sie war erst sechs Jahre alt und stand mit ihren Füßen im Blut.

Nach der Behandlung erzählte sie mir, dass sie mit ihren Eltern auf einem Bauernhof gewohnt habe. Manchmal seien auch Tiere geschlachtet worden und als sie 13 Jahre alt war, wurde ihr Lieblingspferd in den Schlachthof im Nachbarort gebracht. Dies war besonders schlimm für sie, weil sie quasi mit dem Pferd zusammen aufgewachsen ist. Ihre erste eigene Wohnung lag in diesem Ort genau gegenüber von dem Schlachthof, in welchem ihr Lieblingspferd damals sterben musste. An dem Ort ihres Elternhauses fand ich später mit einem Pendel 500 000 Pferdeseelen. Der Geist ihres Pferdes hatte immer wieder versucht, ihr verständlich zu machen, dass dort so viele waren und sie Hilfe brauchten. Ann-Katharina schickte alle in das Licht, nur konnten wir uns zu diesem Zeitpunkt noch nicht erklären, wo so viele Pferdeseelen herkamen. Erst im Verlauf unserer weiteren Recherchen erfuhren wir, dass im Zweiten Weltkrieg Tausende Pferde gestorben sind.

Hier wurde noch eine Verbindung zu einem Mann und dessen Ahnenreihe deutlich. Dazu gehörten alle seine Vorfahren aus diesem und einem früheren Leben. Ein dunkelrotes Mal an seinem Hinterkopf erinnerte an ein Brandzeichen, das er schon seit seiner Geburt hatte und das natürlich bei ihm entstanden ist. Über seine Vorfahren war er in diese Vorgänge eingeschlossen, seine Frau und er hatten sich oft gefragt, welchen Hintergrund es dafür gab.

◆ Waren wir schon einmal Tiere …

Nicht bei allen habe ich etwas aus früheren Leben gesehen, meist nur, wenn derjenige es gar nicht erwartete, die Erwartung schien es direkt zu verhindern.

Eine junge Frau aus der Kommune kam zu mir, die ganze Zeit der Behandlung ging es darum, dass sie im früheren Leben ein Vogel war. Und jetzt hatte sie das Gefühl, tot zu sein. Ich fragte ihre Seele warum? Die Antwort war: »Nur ein toter Vogel kann nicht fliegen.« Ihre Seele hatte noch nicht realisiert, dass sie als Mensch wiedergeboren war. Ich fragte, warum sie denn als Vogel im früheren Leben inkarniert sei. Die Seele erzählte mir, dass sie von einem Mann sehr gedemütigt und missbraucht wurde und deshalb nie mehr als Mensch inkarnieren wollte. Als Vogel erging es ihr nicht viel besser, sie wurde abgeschossen. Ich sprach mit der Seele und sagte ihr, dass sie als Mensch nicht fliegen konnte. Sie war also nicht tot, sie lebte und immer wieder ging es darum: »Nur ein toter Vogel kann nicht fliegen.« Sie war in ihrer Kraft als Mensch in dieser Inkarnation noch nicht aufgewacht und an der Transformation der Vögel beteiligt.

Einige kamen nun schon mehrere Jahre regelmäßig zur Massage, eine davon war Elfi*. Sie hatte ein einseitiges Ödem am linken Bein. Ich war erschrocken, die Ursache sollte abgeklärt werden. So fragte ich, ob sie schon früher Beschwerden hatte. Sie erzählte, dass bei ihr vor zwei Jahren in der Gebärmutter Zysten festgestellt worden seien. »Das musst du unbedingt untersuchen lassen«, sagte ich zu ihr. Als sie zum Arzt ging, war die Gebärmutter schon sechsmal größer als ursprünglich. Sie wurde in einer Operation herausgenommen, die Untersuchung ergab, dass darin ein Tumor gewesen ist und das Ödem bildete sich zurück.

Lange Zeit hatte sie Probleme mit ihrem Nacken und eines Tages sah ich sie als Elefant. Auf ihr wurde geritten und es waren seine Empfindungen, die ich fühlte. Am Rücken waren zwei große Kakteenblätter mit Stacheln so befestigt, dass sie mit einem Seil zusammengezogen werden konnten. Mit den Stacheln wurde dem Elefant in den Nacken gestochen, um ihn zu einem schnelleren Laufen zu zwingen. Der Elefant vermutete dadurch Gefahr, einen Verfolger und rannte um sein Leben.

Bei einer Parade vieler Elefanten wurde sein Hinterteil abgebunden, damit er keinen Haufen hinmachen konnte. Es war sehr unangenehm für ihn. Mit all diesen Informationen hatte ich mich zuvor noch nie beschäftigt und so lernte ich während der Massage etwas über die Geschichten der Elefanten und ihre Mühsal und Qualen, die sie erfahren haben.

Außerirdische

Als ich mit meinem Cousin zusammenlebte, erzählte er mir, wie ihn Außerirdische am Badesee überraschten. Sie waren mit einem Raumschiff auf einer Wiese gelandet und kamen auf ihn zu. Sie trugen schwarze Kutten und ihre Gesichter waren weiß. Er bekam es mit der Angst zu tun und rannte weg, sie rannten hinter ihm her. Am nächsten Tag fragte er seine Freunde, ob sie die Außerirdischen gesehen hatten, keiner konnte sich daran erinnern. Auf der Wiese, dort, wo am Vortag das Raumschiff gelandet war, sah er noch einen verbrannten Fleck. Später bei einer Massage erzählte mir die junge Frau, sie habe bei mir einen solchen Mann gesehen, er stand im Raum und trug eine schwarze Kutte. Seitdem kam sie nicht wieder zu mir, hatte sie Angst vor ihm? Ich vertraue meinen Seelenbegleitern, sie setzen ihre Begabungen für unser Wohlergehen ein und unterstützen uns.

Ich wurde ihr empfohlen und die ehemalige Polizistin erzählte, dass sie sich auf unserer Erde nicht zurechtfinden konnte. Dort, wo sie herkam, war die Sonne »implodiert«. Sie selbst erinnerte sich an diesen Begriff sofort, als ich ihr erzählte, welche Bilder sich mir bei der Behandlung gezeigt hatten. Mir fiel es nicht ein, als ich sah, wie ein Sonnenball größer wurde und anschließend verlosch.

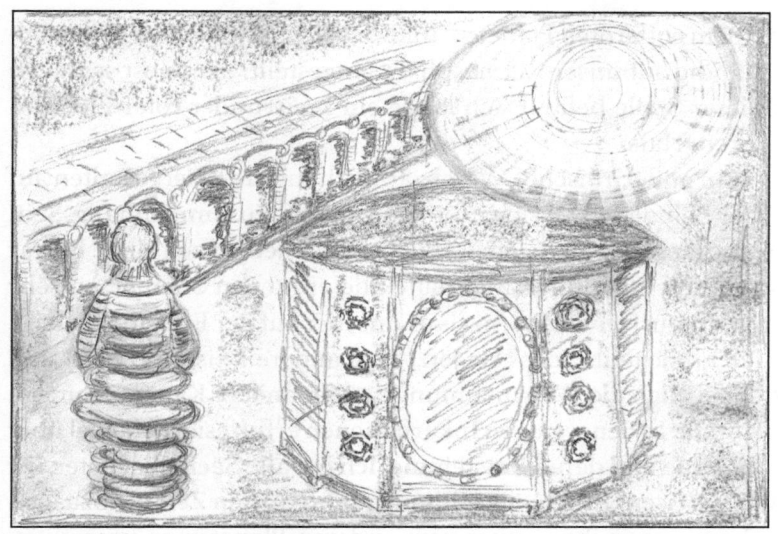

Auf dem Stern, auf dem sie früher gelebt hat, sah ich Palast-
bauten mit Ornamenten aus Gestein. Ihre Körper wiesen eine
ganz andere Gestalt und Oberfläche auf, wie aneinandergefügte
Ringwulsten, die schwarz und glänzend waren. Es mutete schön
an und eine runde Tür zu einem Raumschiff öffnete sich, was
ebenfalls mit Ornamenten verziert war, es schien aus einer Art
rotgoldenem Metall zu bestehen.

Ich fragte ihre Seele bei der Behandlung, wie sie denn zu uns
gekommen sei. Da sah ich ein Unfallopfer liegen, durch das
Trauma hatte seine Seele den Körper schon verlassen. Ich bekam die Info, dass ihre Seele in ihn hineingegangen ist. Sie übernahm jetzt alle Erfahrungen dieses Körpers und nutzte diese,
um auf der Erde anzukommen. Die junge Frau war hier so unterwegs, dass sie ab und an Fragen nicht beantworten konnte.
So, als wäre sie nicht von dieser Welt. Sie meinte, dass sie sich
auch so fühle und vieles nicht verstand, was Menschen von ihr
wollten oder zu ihr sagten.
    Bei Emilia* ging noch eine Art Luftröhre von ihrem Hals zu

einem entfernten Planeten, ihr Körper war wohl noch nicht vollständig auf unsere Atmosphäre eingestellt. Sie selbst sagte, an dieser Stelle befand sich lange ein kreisrunder roter Fleck an ihrem Hals.

Ein außerirdisches Wesen, ähnlich unserer Tiergestalten auf vier Beinen, zeigte sich in einem anderen Zusammenhang. Sein zentrales Nervensystem war überall auf der ganzen Haut. Es war extrem empfindlich und hatte alle erlittenen Schmerzen sehr viel intensiver erfahren, als es uns hier auf der Erde möglich ist. Ich erklärte ihr, dass sie jetzt eine andere Existenz besaß und dabei auch die Wahrnehmungen über andere Kanäle erlangen konnte. In den wenigen Inkarnationen erfuhr sie nicht viel über die Erde und deren Entstehung. Ich bat alle Seelenbegleiter, ihr das Wissen der letzten Millionen Jahre in den Zellen abzuspeichern, sowie ihr eigenes vom anderen Planeten so umzuwandeln, dass ihre Seele im Erdenkörper es integrierte. Sie hatte noch keinen guten Stand auf der Erde und ich spürte Blockaden besonders in ihren Füßen. In ihren Atemzügen sah ich graue Schleier, sie rührten von ihrer Arbeit, in welcher sie als Zahnarzthelferin täglich Amalgam-Füllungen anrührte, Amalgam enthält Quecksilber.

Es gab auch andere außerirdische Tierwesen hier bei uns auf der Erde. Schon bei den Steinen habe ich von einem Tanzritual gesprochen, hier waren die Schleier besonders dünn. Vor Beginn versammelten sich kleine Naturwesen auf dem Platz, sie waren aufgeregt und nahmen mit mir Kontakt auf. Sie teilten mir ihre Bedenken mit, dass viel Dunkles in ihrer Umgebung freigesetzt werden könnte, und baten mich etwas zu ihrem Schutz zu tun. Schon kam die Info, jemand müsse eine Kuppel über dem Platz bauen. Ich bat die Engel und sie begannen sogleich, eine goldene Kuppel zu kreieren, welche auf Säulen sich darüber erhob. Nun konnte nichts mehr nach außen entweichen. Der Tanz dauerte eine Woche, viele der Teilnehmer fasteten schon den vierten Tag, als ich mitten auf dem Platz eine Art riesiges Tier mit einem sehr langen Maul wahrnahm, es begleitete eine der Frauen. Ich hütete das Feuer, obwohl dies nur Männern vorbehalten bleiben sollte, nun musste ich zum Ausgang des Kreises und etwas tun. Zum Glück nahm ein anderer meine Stelle am Feuer ein. Ich war am Ausgang und als sie mich erreichten, bat ich die Engel diesen Bewohner zu seinem Planeten zurückzuschicken. In einer Lichtsäule, welche bis in das Universum reichte, verschwand das Wesen. Später sagte mir eine andere Seherin, sie habe das Tier am vorherigen Abend bei den großen Steinen gesehen. Auch sie hatte die Info bekommen, dass die Kuppel errichtet werden muss. Unsere Ritualleiterin berichtete, dass andere aus der Ferne hier bei uns diese Lichtsäule gesehen haben.

Traumata von Familienangehörigen

Ich kam mit einem jungen Mann zu Amara, sie behandelte ihn und wir sahen alle die gleiche Frau, jeder in einem anderen Zusammenhang. Er sah eine blonde Frau durch ein Kornfeld laufen, sie sah die blonde Frau über eine Wiese gehen und ich sah ein Mädchen auf einer Schaukel in einem wunderschönen, fast schon paradiesischen Garten. Sie wurde immer grauer, verblasste schließlich und verschwand. Ich bekam die Info, dass er sie getötet hat, damit er an ihrer Stelle die Machtposition gewann. Er glaubte es nicht so richtig und es war für ihn schwierig, weil er nicht selbst dieses Bild holografisch, gefühlsmäßig oder visuell erlebte.

Später sah ich ein Foto und erfuhr, dass sie seit dieser Zeit unserer Vision an einem ganz anderen Flecken der Erde nicht mehr von Dunklen behelligt wurde. Ihr Bruder in diesem Leben trägt denselben Namen wie der junge Mann, bei welchem wir sie gesehen haben.

Weil ihre Seele dies jetzt registriert und ihre Anteile zu ihr zurückkamen, konnte sie genesen.

◆ Hinterbliebene bei Suizid ...

Eine Frau kam das erste Mal zu mir und als ich meine Hände unter ihren Kopf legte, sah ich einen Mann da hängen und er drehte sich noch etwas nach rechts und dann nach links und irgendwie war etwas mit seiner Hand, der Fokus war auf die Hand gerichtet. Nach der Behandlung erzählte sie von ihrem Leben. Es gab Auseinandersetzungen in der Verwandtschaft und ihr Mann hatte sich erhängt. Das Bild war noch tief in ihrer Seele verankert.

Bei einer anderen Behandlung sah ich einen Mann und so etwas wie ein Band um seinen Hals, eigenartigerweise war da kein Knoten, es war offen. Diese Frau hatte sich schon vor einigen Jahren von ihrem Mann getrennt, erzählte sie mir. Sie wollte nach ihm schauen und fand ihn, nachdem er sich im Keller das Leben nahm. »Ja«, sagte sie, »das war ja gerade das Schlimme, sie haben noch mich verdächtigt, ich hätte ihn umgebracht.« Die Untersuchungen haben bestätigt, dass er sich an einem offenen Band um den Hals an der Heizung erhängte und es drückte rechts und links auf die Schlagadern. Daran wird deutlich, wie stark diese Bilder noch in der Aura zu sehen sind. Wie diese in ihrer Seele, in ihrem Seelenkörper abgespeichert wurden.

◆ Sexueller Missbrauch ...

Eine Rentnerin kam zu mir, weil ihr die Hände zitterten und sie im täglichen Leben nicht mehr richtig zufassen konnte, es schien vom Nervensystem auszugehen. Ich sah den Samen über ihren ganzen Körper, vor allem über ihr Gesäß und die Beine verteilt und fühlte den Missbrauch. Sie sagte mir später, dass ihr Stiefvater sie mehrfach missbrauchte, an die genauen Vorgänge konnte sie sich nicht bewusst erinnern. Was ich sah, war die Erinnerung ihrer Seele und des Körpers, eine holografische Erinnerung mit dem Gefühl des Entsetzens. Eine Tante erfuhr etwas davon und brachte sie mit neun Jahren zu ihrer Großmutter.

Bei einer Frau mittleren Alters war die Haut bräunlich eingefärbt und ich fragte, was sie gemacht habe. Sie sagte, dass sie Hautirritationen habe und regelmäßig Sitzbäder mache. Dadurch wurde es besser. Das war schon seit der Kindheit so bei ihr und bei der Massage spürte ich Energien von sexuellem Missbrauch. Sie konnte sich an nichts dergleichen erinnern. Sie sagte nur, dass alle Erwachsenen als Kind über sie gelacht haben, weil sie sich vor Männern fürchtete. Wenn ein Mann um die Ecke kam, schrie sie: »Es kommt ein Mann, es kommt ein Mann«, und ist weggelaufen.

Bei einer Freundin von mir spürte ich die Energien sexuellen Missbrauchs besonders deutlich. Sie meinte, dass das nicht sein könne. Sie konnte sich zu dieser Zeit an nichts erinnern. Nachdem sie selbst Seminare für eine schamanische Ausbildung besuchte, traten Erlebnisse in ihr Bewusstsein. Sie war fast noch ein Kind, als ein Mann sie auf dem Weg nach Hause überfiel, in ein Gebüsch schleppte und vergewaltigte, beinahe wäre sie dabei gestorben.

Diese Begebenheiten zeigen, wie tief eine solche Verletzung in unserem Inneren verborgen sein kann.

◆ Verlust der Familie durch einen Unfall ...

Ab und an brauchte ich auch mal eine Behandlung für mich. Ich fragte eine Bekannte und mir wurde Amanda* empfohlen. Sie wohnte etwas weiter weg in der nächst größeren Stadt, ich vereinbarte einen Termin und fuhr zu ihr. Sie war freundlich und zuvorkommend und wir freundeten uns recht schnell an.

Später kam es dazu, dass wir uns gegenseitig behandelten. Ich sah bei ihr, dass sie in einem früheren Leben von Männern zerstückelt wurde. Ich erfuhr, dass sie schon mit 23 Jahren ihre Mutter und ihre Schwester verloren hat. Ihre Schmerzen mussten mit dem Unfall ihrer Mutter, ihrer Schwester und ihrer Tante zusammenhängen. Eines Tages pendelte ich ihre Energiezentren aus, über dem Solarplexus pendelte es linksherum und ich sah plötzlich sehr deutlich ein ganz feines Netz. Von diesem Netz ging ein Sog von mindestens 120 Stundenkilometern aus und da wusste ich, ihre Mutter und ihre Schwester hielten sich am Solarplexus damit fest. Jetzt über zwanzig Jahre später war das noch zu sehen und zu spüren. Sie versuchte all die Jahre, Schock und Traumata für ihre Mutter und ihre Schwester aufzulösen und zu überwinden. In mehreren Behandlungen ging es um den Unfall und um alles, was damit zusammenhing.

Bei einer Sitzung wurde sie angesprochen, alles erlebte Leid und Schmerzen aus diesem und früheren Leben in ihre Hände fließen zu lassen. Ihr schliefen die Hände und die Arme ein, wurden eiskalt und nichts bewegte sich. Sie spürte, wie stark die Traumata noch immer in ihrer Seele, in ihrem Körper und auch in ihrem Geist verhaftet waren. Und ich erinnerte mich an eine Behandlung, bei welcher ich am Kopf plötzlich ein Kreidekreuz auf einer Straße sah und die Info bekam, »ich hatte eine Mutter und jetzt ist da nur noch ein Kreuz«.

Ich schickte sie zwischenzeitlich zu einer Frau zum Besprechen, was ihr guttat. Vor allem konnte sie über ihre Beziehungsprobleme mit ihr reden und viele davon lösen. Eine Freundin von ihr beschäftigte sich sehr viel mit Heilpendeln. Sie führte sie immer mehr dahin, selbst Verantwortung zu übernehmen, was ein ganz großer Schritt im Bewusstwerdungsprozess ist. Amanda begann, sich selbst damit zu beschäftigen. Sie betete regelmäßig und beobachtete, was in ihrer Seele vorging. Sie beschloss, ein Seminar für ganzheitliche Massage zu besuchen, und spürte dort, wie holografische Erinnerungen aus ihren Zellen herausgelöst und an die Oberfläche geführt wurden. So konnte sie diese Erinnerungen jetzt auch als solche betrachten und beweinen.

Zwei Jahre später beim Pendeln über ihrem Bild fühlte und hörte es sich für mich so an, als hätte ich selbst gerade einen Blechschaden. Ich spürte die Energie und nahm gleichzeitig ein Geräusch war wie bei einem Unfall. Es ist schwer zu beschreiben, ich habe die Empfindungen von ihrer Mutter und Schwester noch immer bei ihr auf der geistigen Ebene gefunden. Jetzt konnte sie die Blockaden bei einer Hypnose lösen. Durch die Auflösung gelangten Seele und Körper ihrer Mutter und Schwester in den Kreislauf der Wiedergeburt und Amanda wurde frei von diesen Erlebnissen.

Von der Berührung zum Klang

Eine junge Frau kam zu mir, ich kannte sie bis dahin noch nicht, und sie bat um eine Massage. An der Wand im Behandlungsraum hing eine Decke, welche von indischen Frauen aus verschiedenen Stoffstücken kunstvoll zusammengesetzt und vernäht wurde. Blumenornamente und winzig kleine Spiegel gaben dem allen eine Bedeutung. »Es sieht aus wie eine Geschichte«, sagte die junge Frau.

Von Beginn an war die Energie sehr hoch und breitete sich aus, bis ein Ton entstand. Danach sagte sie: »Da war ein Ton.« »Ja«, sagte ich, »wenn die Energie sehr hoch ist, entsteht ein Ton.« Ich hatte den Klang schon öfter vernommen, sie war jedoch die Erste, die diesen auch hörte und davon sprach. So vermochten wir uns auch vorzustellen, wie die Engel im Himmel mit ihrer sehr hohen Energie Musik machen. Sie wurden schon oft mit Musikinstrumenten dargestellt.

Ich bekam im Hotel eine Klangschalenmassage. Einige Wesen verließen meinen Körper durch den Mund und die Vielzahl der Klänge und Vibrationen spürte ich noch in der darauf folgenden Nacht. Die Klänge weckten Erinnerungen im Körper und harmonisierten diese gleichzeitig. Ich besuchte Seminare, um die Klangmassage zu erlernen, und die Klangreisen führten mich in eine wunderbare klingende Welt.

Für eine Mutter und ihr Kind wurde dies zu einem besonderen Erlebnis. Während sich die Mutter hinlegte und ich mit ihrem Sohn die Klangschalen auf ihrem Körper im Wechsel anschlug, badete sie in den Klängen und danach waren ihre Kopfschmerzen verschwunden. Ihr Sohn erlebte es als beglückend, etwas für seine Mutter zu tun, und bald war auch er im Klang fast eingeschlafen.

Später setzte ich die Klangschalen am Anfang oder Ende der Massagen zur Harmonisierung des Körpers und zur Reinigung der Aura ein.

◆ Eine besondere Frau ...

Eine Freundin kam seit über zehn Jahren regelmäßig alle vier Wochen zur Massage. Das erste Mal zu ihrem Geburtstag brachte sie einen riesigen Blumenstrauß mit und fragte mich lachend, ob ich eine Vase hätte. Ich habe in sieben Jahren nichts Außergewöhnliches bei ihr gesehen bis zu einem Tag. Sie kam erst spät am Abend von der Arbeit und während der Behandlung sah ich in schneller Abfolge die Bilder aus ihren früheren Leben, wie in einem Film reihten sie sich aneinander. In einem Leben waren wir eng befreundet und gehörten zu einem Frauenhaus, in dem wir eine sichere Existenz bekamen. Wir haben uns selbst dafür entschieden. Durch die Vereinigung von Mann und Frau wurde in mehreren Leben vieles umgekehrt. Der Mann übernahm unsere energetische Konstellation oder zumindest einen Teil unserer Energie und umgekehrt.

Als ich nach zwei Stunden »Sehen« an ihrem Kopf ankam, tat sich ein wunderschönes Bild auf. Ich sah ihr Kronenchakra in Form eines durchsichtigen Kristalls von dem Kopf nach oben spitz zulaufend, in dem viele kleine Kristall-Ornamente eingeschliffen waren. So schön und klar, wie wir es uns kaum vorstellen können, und ich erkannte, dass es deshalb als Kristall-Kronenchakra bezeichnet werden kann.

Kapitel V – Am Peenestrom

Ich folge dem Fluss

Eines Tages träumte ich, dass ich mit einem Freund bei meinem Stiefvater war. Ich sagte zu ihm:»Nein, wir sind nicht zusammen, wir sind nur Freunde.« Plötzlich drehte er sich um und ich sah das Bild meines »richtigen« Vaters und er sagte:»Das geht ja überhaupt nicht!« Die Geschichte verdrehte sich in der Person meines Stiefvaters. Sein Denken, dass es für ihn gar nicht ging, dass seine Frau ein Kind von einem anderen Mann bekam, verdrehte sich und wurde für mich zu einem »Beziehungsverbot«. Löste es sich durch diese Erkenntnis jetzt für mich auf?

Trotz aller guten Vorsätze, keinem Mann zu folgen, den ich auf meiner Massageliege kennen gelernt hatte, ließ ich mich auf Andreas* ein. Es war November 2015, die Arbeit in meinem großen Garten war getan. Wir sahen einer ruhigen Zeit entgegen und lernten uns kennen. Ich fühlte mich seit dem Jahreswechsel sehr schwach, fast wie bei einem Burn-out. In den letzten zehn Jahren war ich auf dem 3400 qm großen Grundstück für alles allein zuständig und die Arbeit musste ich größtenteils selbst bewältigen. Jetzt war plötzlich einer da, ich konnte mich fallen lassen ... und fiel in ein graues Loch.

In dieser Zeit lernte ich Ann-Katharina kennen. Andreas und seine Familie fuhren schon einige Jahre zu ihr nach Berlin, um sich mit »Bioresonanz« behandeln zu lassen. Ich konnte mir zunächst nichts darunter vorstellen. Da er ja selbst fahren wollte und ich mich nur in das Auto setzen musste, willigte ich schließlich ein. Sie fand in mir einen Pilz, welcher sich begünstigt durch Kälte und Nässe auf die Gelenke legte, und löschte diesen. Dazu nahm ich eine Kugel in die Hand und fühlte, wie die Energie vom Therapiegerät durch meinen Körper ging, danach waren die Gelenkschmerzen an den Händen weg. Der Behandlungserfolg überzeugte mich und seitdem sind wir jeden

Monat einmal zu Ann-Katharina gefahren. Später erzählte Ann mir von ihrer Begleitseele »Katharina«. Sie konnte mit ihr direkt kommunizieren und mich kannte sie schon aus einem früheren Leben.

Ein Holländer baute am Ende des nächsten Dorfes eine Schweinemastanlage, welche jetzt Stall für Stall in Betrieb genommen wurde. Mein Grundstück lag drei Kilometer in Windrichtung und der Gestank kam nachts durch die Fenster. Eine Gegeninitiative konnte den Bau und die Inbetriebnahme jedoch nicht verhindern.

Seit 2014 arbeitete ich selbständig von morgens bis abends auch am Samstag. Wenn am Wochenende alle ausruhten und sich die Familien trafen, saß ich allein da. Oft blieb für die Arbeit im großen Garten nur der Sonntag, so konnte es nicht weitergehen. Andreas gefiel das Grundstück, er wollte bleiben und legte los. Er schnitt die Obstbäume im Frühjahr, zerkleinerte die Äste und verbrannte sie. Ich bot das Haus im Frühjahr zum Verkauf an und es meldeten sich sofort zwei Interessenten, dies war für mich ein Zeichen. Ich sagte zu ihm, dass es sich nicht lohne, wenn er auch noch sein Geld hier hineinstecke. Das Geld, welches ich geerbt hatte, war alle und nur mit meiner Massage konnte ich nicht genug verdienen, um alle Kosten zu begleichen. Eine Freundin legte mir die Karten, ein alter Mann beobachtete uns, sagte sie. Wer war dieser Mann? Hatte es etwas mit meinem Vater zu tun? Und wir beide würden auseinandergehen, jeder von uns lief zur anderen Seite aus den Karten heraus. Ich bezweifelte es, denn Andreas war für mich der Anker, mit dessen Hilfe ich aus dieser Situation heraus gehen würde. Ich konnte mir jedoch nicht vorstellen, wieder mit einem Mann zusammen in einem Haus zu leben.

Ich hatte schon ein kleines Haus für mich in Altentreptow gefunden und beschloss, es zu kaufen. Nur Andreas war verzweifelt, er wohnte kurz vor der Insel Usedom und ich würde mich noch weiter von ihm entfernen. Ich wollte meine Unabhängigkeit behalten, nur in der Nähe von Wolgast gab es in meiner Preiskategorie nichts, was ich hätte allein bezahlen können. Es meldete sich ein Bauer, welcher angrenzend an mein Grundstück schon Land besaß. Sie kamen in vornehmer Kleidung zur Besichtigung und zeigten damit ihren Reichtum. Sie traten so fordernd auf, dass mir fast die Luft wegblieb. Ich überlegte und mir wurde klar, dass immer noch ich hier die Herrin war und das Heft in der Hand hielt. Er hatte mich also beobachtet, er war der alte Mann. Nach einer Unterredung mit meinem Cousin, der auch Karten legte, beschloss ich den anderen Interessenten den Vorrang zu geben. Womöglich wäre ich sonst wirklich mit Andreas auseinandergegangen. Später erzählte mir die Nachbarin, dass der Bauer nach der Wende die Angst und Unwissenheit der Leute nutzte, um Land günstig zu kaufen und sich so zu bereichern.

Wir fanden zeitgleich ein Grundstück auf dem Festland vor der Insel Usedom. Die Lage schien optimal, das Haus war vor acht Jahren neu gebaut worden. Nur kostete es mehr, als ich für mein Haus bekam. Andreas sagte, wir können es uns leisten, und so kauften wir das Haus und zogen ein. Wir wohnten nun am Peenestrom und konnten in fünf Minuten mit dem Fahrrad am Achterwasser sein. Die Lage war optimal, vor uns das Wasser und hinter uns der Berg. Der Berg gab Schutz nach Westen, Richtung Norden gab es ein Nebengebäude und Richtung Süden erhoben sich sanfte Hügel. Hinter dem Berg gab es einen großen Wald, aus dem die Quellen für unser Trinkwasser entsprangen.

Wir renovierten im Haus, es war viel zu tun. Seine Schwestern halfen, alte Tapeten von den Wänden zu lösen und Andreas tapezierte neu. Er baute eine neue Küche ein und bald hatten wir uns eingerichtet.

◆ Vatersuche II ...

Durch die Beziehung wurde die Vatersuche wieder aktuell für mich. Das Thema »Mann« war aktiviert ... Das Bild von einem

»Rolf«, welches mit einer Widmung versehen war, führte mich auf die Insel Rügen. Auf der Rückseite des Fotos stand früher »Göhren«, später war der Stempel nicht mehr genau sichtbar. Jetzt erinnerte ich mich, dass ich schon in Görlitz meine Freundin Regina gefragt habe. Sie pendelte es aus und meinte: »Ja, du hast einen anderen Vater.«

In den Sommerferien 2001 übernachtete ich mit meinen Töchtern und ihrer Freundin auf dem Zeltplatz in Baabe an der Ostsee. Es war nicht weit zu meinem Pavillon in Sellin und wir gingen am Wasser entlang. Ich gab Massagen und die Geschwister verbrachten den Tag mit ihrer Freundin zusammen am Strand. Auf dem Zeltplatz war auch am Abend noch etwas los, junge Leute saßen am Lagerfeuer und unterhielten sich. Ich verschwand meist zeitig in meinen Schlafsack, wogegen die Mädchen oft länger am Strand unterwegs waren. Eines Nachts träumte ich: An meinem Pavillon in Sellin trat ein Mann auf mich zu, er war schon etwas älter und trug einen Hut. Er fragte: »Wer ist denn deine Mutter und wie hieß deine Mutter?« Ich sagte: »Meine Mutter hieß Giesela*.« Er sagte: »Ja, wir haben uns mal kennen gelernt.« Ich fragte: »Wo denn?« Er sagte. »Ja, in Thüringen.« »Nicht hier oben?« »Nein, nicht hier oben, in Thüringen.« Ich fragte: »Sind Sie dann mein Vater?« »Nein«, sagte er, »nein, das kann gar nicht sein«. »Und wo sind Sie jetzt?« »Ich bin bei der Bürgermeisterin von Göhren«, antwortete er mir. Ich sah ein gelbbeiges Haus vor mir, davor war eine Wiese und ein kleiner Seiteneingang führte zu einer Tür. Ich öffnete sie und stand im Flur, von da ging es in ein kleines Zimmer und dahinter lag ein zweiter Raum, die Wohnung war leer …

In unserer kostenlosen Zeitung hatte ich schon einmal eine Anzeige mit dem Bild von »Rolf«, seiner Inschrift und meiner Geschichte der Vatersuche in Kurzfassung veröffentlicht. Die Zeitschrift wurde an der Ostseeküste ausgetragen und drei Personen meldeten sich daraufhin. Ein Mann meinte, dass er sich das Bild genau angeschaut und auch viele gefragt habe, doch niemand erinnerte sich. Eine Frau rief mich an, sie erlebte eine ähnliche Geschichte und ihre Mutter wollte ihr auch nicht sagen, wer ihr Vater sei. Ein Leser meldete sich, weil sein Vater Rolf hieß und zeitgleich zu einer Kur in Dresden war, nur stimmten der Ort und das Foto nicht überein. »Ich hätte mich gefreut, noch eine Schwester zu bekommen«, sagte er »alle meine Verwandten sind schon gestorben.«

Einige Tage vor unserem Umzug hörte ich kurz vor dem Aufwachen eine Stimme, sie sagte zu mir: »Ein Glück, dass du noch zwei Brüder hast, die du leider nicht kennst.« Dazu muss ich sagen, dass meine Mutter 2006 verstarb. Ich nehme an, dass jetzt eine Seele auf der anderen Seite zu mir sprach, welche Seele das auch immer gewesen ist.

Mir fiel ein, dass ich als kleines Kind ein Gespräch mithörte. Meine Mutter hatte Besuch von einer Kollegin. Sie haben in den 60er Jahren zusammen im Deutschen Hof in Niesky gearbeitet. Ihr erzählte sie etwas von meinem Vater, von der Ostsee und irgendwo fielen auch Einzelheiten, an die ich mich nicht mehr erinnern kann. Ich spitzte meine Ohren in der Küche, wo ich am Esstisch spielte. Ich baute Häuser und darum herum die Tiere auf. Zwischen der Küche und dem Wohnzimmer gab es eine Verbindungstür aus Holz mit Glasscheibe und einem Vorhang. Diese Verbindungstür schloss meine Mutter. Ich musste von der Unterhaltung etwas mitbekommen haben, denn ich erinnerte mich jetzt in diesem Traum an meinen Vater. Als ich ihn fragte, ob er mein Vater sei, sagte er: »... das kann gar nicht sein.« Ich weiß nicht mehr genau, was er auf meine Frage hin, wer er sei, geantwortet hat. Er nahm mich in diesem Traum mit und ich sah das Grundstück und die leere Wohnung.

Diesem Traum wollte ich nachgehen. Nach dem Umzug 2016 begann ich, auf der Grundlage dieser Informationen, die ich in meinen Träumen bekommen habe, noch einmal mit der Vatersuche. Ich recherchierte, wer damals 1959 »Bürgermeisterin« in Göhren war. Hatten sie damals eine Bürgermeisterin, es war ja zu dieser Zeit für eine Frau noch etwas Außergewöhnliches? Tatsächlich hatte Göhren zu dieser Zeit eine Bürgermeisterin. So begann meine Suche auf ihren Spuren zuerst einmal in Göhren. Anhand des Traumes und der Information der »Bürgermeisterin« fand ich das ehemalige Gemeindeamt auf der Elisenstraße in Göhren und gegenüber eine Tischlerei. Hier fand ich das beige Haus aus meinem Traum. Es war ein etwas größeres Haus und stand parallel zur Straße. Davor lag eine Wiese und ein kleiner Seiteneingang führte zu der damaligen »Gesellenwohnung«. Ich lernte den Sohn des damaligen Tischlers kennen. Er hatte Verständnis für meine Suche und fragte den früheren Gesellen seines Vaters. Dieser war nun schon über achtzig Jahre alt und konnte sich leider nicht mehr daran erinnern, wer im Jahr 1959 in der Gesellenwohnung auf der Elisenstraße gewohnt hat, er selbst stammte aus Göhren.

Ich suchte nach allen »Rolfs«, die es auf der Insel Rügen gab, schaute nach den Geburtsdaten, nach Telefonnummern und besuchte den einen oder anderen. Ich zeigte ihnen das Foto. Sie sagten jedoch, dass sie weder meine Mutter noch den »Rolf« kennen gelernt haben, und in Finsterbergen bei Friedrichroda waren sie niemals.

Auch in den Altersheimen erkundigte ich mich und schrieb die Pflegedienste an. Sie legten die Anzeige mit dem Foto an verschiedenen Stellen aus. Ein älterer Mann erzählte, dass er alle in Göhren kannte. Er wohnte im Haus »Abendsonne« und seine Eltern hatten früher ein Fuhrunternehmen im Ort. Ihm waren alle Einheimischen bekannt, doch diesen Mann auf dem Foto, den »Rolf« kannte er leider nicht.

Ich schrieb das Pfarramt in Groß Zicker an, sie konnten mir jedoch auch nichts dazu sagen.

Ich wandte mich an die Mönchguter Museen und ein Historiker verglich das Foto von »Rolf« mit anderen Bildern. Er erzählte mir, dass nach dem Krieg viele Zuwanderer aus Stettin als Flüchtlinge nach Göhren kamen, für die sich Herr B. zu seiner

Zeit sehr eingesetzt hat. Familien nahmen sie auf und richteten Zimmer für sie ein. Dies war damals schon ein breiter Akt der Solidarität, den Flüchtlingen aus Hinterpommern ein Zuhause zu geben.

Nebenher recherchierte ich weiter in Finsterbergen und fand den Sohn des damals dort praktizierenden Arztes im Haus »Waldfrieden«. Leider waren keinerlei Unterlagen von den Patientenberichten, welche seine Mutter geschrieben hatte, erhalten geblieben.

Ich fuhr noch einmal nach Sachsen in meinen Heimatort. Neben unserem Grundstück wohnte unsere Nachbarin und ich klingelte. »Ich habe mal eine Frage.« Sie sagte: »Ja, dann komme hinein«, wir setzten uns an den Küchentisch. In den Doppelfenstern standen blühende Alpenveilchen, es war noch kühl draußen. Vor dem Fenster in einem Vogelhaus jagte ein Specht die anderen Vögel fort, nach dem Motto »das ist mein Futter«. Sie sagte forsch heraus: »Frage einfach, was du fragen möchtest oder sage einfach, was du willst.« Und ich stellte diese Frage: »Habe ich einen anderen Vater?« »Das kann ich dir ganz genau sagen, ja, du hast einen anderen Vater.« »Woher wissen Sie das?« »Ja, weil deine Mutter alleine im Urlaub war und als sie wiederkam, war sie schwanger.« Unsere Nachbarin erzählte sehr viel, wenn der Tag lang war, und sie kannte alle Neuigkeiten der Umgebung.

Jetzt wollte ich es ganz genau wissen und am Nachmittag fuhr ich zu der Freundin meiner Mutter. Sie kannten sich seit ihrer Jugendzeit und während ihrer Ausbildung nahm meine Großmutter sie auf. Sie wohnten zusammen in einem Zimmer. Später besuchte sie uns mit ihrer Familie regelmäßig. Ich fragte mich durch, weil ich ihre Adresse nicht aufgeschrieben hatte. Wir begrüßten uns, als sie aus dem Haus kam, und gingen in einen kleinen Wintergarten. Sie setzte sich und ich sagte: »Bitte Tante Hilde*, bitte sage mir jetzt, habe ich einen anderen Vater? Unsere Nachbarin sagte mir, dass ich einen anderen Vater habe.

Außerdem hat sich unser Vater einmal vor den Gräbern seiner Urgroßväter versprochen und gesagt, dass ich nicht von seiner Familie abstamme.«Dann sagte sie:»Ja, das stimmt. Deine Mutter war zu einer Kur und als sie wiederkam, vertraute sie sich mir an. Sie sagte:›So ein Mist, jetzt bin ich schwanger.‹«»Zeigte sie dir ein Foto?«»Ja, ein Foto hat sie mir gezeigt.« Als sie das Bild von Rolf sah, sagte sie:»Nein, das ist er auf keinen Fall, er hatte blonde Haare, und Gisela meinte, dass er ihr Seemann ist, den Namen habe ich mir leider nicht gemerkt.« Das Foto von Rolf war auf den 23. Februar 1959 datiert, zwei Monate vor ihrer Kur, und dennoch bekam ich keine sichere Auskunft, ob er mein Vater war.

Jedenfalls wusste ich nun ganz genau, dass mein Stiefvater nicht der war, der mich zeugte. Ich fiel in ein Loch, in eine Starre, fast ebenso wie nach seinem Tod. Es war dasselbe Thema, er starb noch einmal als richtiger Vater. Obwohl ich es ja immer schon als »eventuell und vielleicht« geahnt habe, war es jetzt definitiv so und von der Freundin meiner Mutter bestätigt worden. Sie fragte mich, wofür es denn wichtig sei, heute noch nach meinem Vater zu suchen, und holte ein Bilderalbum aus dem Schrank, um mir Bilder ihrer Eltern zu zeigen.

Eines Tages sah ich mich im Nachthemd auf einer Anhöhe, einem Plateau. Meine Mutter hielt mich als kleines Mädchen an der Hand. Das Dorf lag in einem Halbkreis im Tal, sie ging mit mir zum Dorf hinunter. Es kann in Thiessow gewesen sein, warum auch immer sie sich dort trafen. Ein Backsteinhaus mit weißen Fenstern war zu sehen, und ich erinnerte mich an einen früheren Traum. Auf der Hofseite gab es einen Wintergarten, der aus alten großen Holzfenstern zusammengesetzt war. Meine Mutter musste mit mir dort gewesen sein, als ich schon laufen konnte und vielleicht zweieinhalb Jahre alt war, und es zeigte mir, dass sie sich auch noch nach meiner Geburt mit meinem Vater getroffen hat.

Bei einer Hypnose bekam ich zu dem Thema einer »schönsten Kindheitserinnerung« ein Bild. Ich sah mich als Säugling an einem Fluss und fühlte Vater und Mutter neben mir, die sich darüber freuten, dass ich da war. Im Hintergrund eine leicht hügelige Landschaft mit dunklem Fichtenwald und umgestürzten Bäumen, ähnlich wie in Thüringen. In dieser »Vision« kamen wir an einem Backsteinhaus mit weißen Fenstern an. Zu der Frage nach einem »Musikstück«, was ich mit dieser Erinnerung verband, hörte ich »Für Elise«, hatte mein Vater Klavier gespielt?

◆ Schwestern und Familie ...

Es kriselte zwischen mir, Andreas und seinen Schwestern. Immer wieder war die Rede von ihrer Mutter und was sie alles falsch gemacht hatte. Konnte ich jetzt etwas dafür? Wie Andreas oft vor mir stand, die Arme ausgebreitet, wie ein nasser Vogel, wenn dieser seine Flügel hängen lässt. Warum musste ich jetzt dafür aufkommen? Sollte ich jetzt ein halbes Leben lang dafür herhalten? Spürte er, was er selbst wollte? Er zeigte es mir nicht und wartete stattdessen auf das, was ich sagte.

Die ältere Schwester begrüßte mich und beschwerte sich, dass sie ihren Bruder nicht mehr so oft sahen. Auch die Cousine bedauerte, dass er sonntags nicht mehr im Garten war und sie ihn nicht zum Kaffee einladen konnten. Sein Freund in Berlin meinte, ich sollte ihm keine Steine in den Weg legen. Es ging um Andreas und die Frage, was ich in dieser Zeit tun sollte. Am Sonntag, wenn er im Garten war oder zu seiner Schwester Kaffee trinken fuhr. Es passte nicht in ihr Programm, dass er eine Freundin hatte. Durfte er das, war es von der Seite seiner Mutter her erlaubt? Übernahm seine Schwester nun diese Rolle und hatte er ihre Erlaubnis? Es war schwierig. So kam es auch, dass bei uns zu Hause von seiner Familie niemand vorbeikam. Daraus wurden zwei Jahre, in denen ich die Schwestern kaum noch sah. In dieser Zeit hatte ich das Gefühl, dass ich dem Glück seiner Familie im Wege stand.

Ich fühlte nur, dass er zu seiner Familie gehöre und nicht zu mir. Nach so vielen Jahren hatte ich noch nicht das Gefühl, zu jemandem zu gehören, und auch in früheren Partnerschaften habe ich es so erlebt. Ich reagierte empfindlich auf jede Kritik. Andere waren auch nicht perfekt, doch aus irgendeinem Grund durfte ich mir keine Fehler erlauben. Irgendwann konnte ich mir zugestehen, dass Dinge im Leben nicht so gelaufen sind, wie es optimal für alle Beteiligten gewesen wäre.

Andreas bewirtschaftete einen Schrebergarten. Als wir das erste Mal da schliefen, kamen spät nachts zwei Geistergestalten, der eine stark und kräftig, der andere schlank mit längeren Haaren. Sie schienen ganz selbstverständlich hineinzugelangen und verschwanden. So, wie ich sie gesehen hatte, gingen sie in mich hinein. Am nächsten Tag pendelte ich aus, dass es sehr viele waren und Ann-Katharina schickte sie alle in das Licht. Ich ging nur noch selten mit in den Garten, um die Blumen von Unkraut zu befreien, und einmal verletzte ich mich dabei am Drahtzaun. Als ich darauf folgend zum Besprechen ging, sah ich, wie ich von drei Personen in einen Draht eingewickelt wurde, bis ich fast tot war. Andreas ging zu meinem Körper und vierteilte mich, er setzte meinem Leiden damit ein Ende. Im früheren Leben war er ein reicher Mann, ich musste ihn heiraten und liebte einen anderen. Seine Familie hatte mich hingerichtet.

Mir fiel ein Traum ein, kurz vor dem Aufwachen habe ich mich in Indien gesehen. Ich sollte einen Mann heiraten. Im Innenhof des Anwesens war ein großer Berg, auf dem eine Frau aufgebahrt lag, drei Kinder versuchten, darauf zu klettern. Ich dachte, sind das furchtbare Kinder, und konnte sie nicht zurückhalten. Später pendelte ich aus, dass diese Frau jetzt seine ältere Schwester war und sie damals gestorben ist. Sie hatte ihm drei kleine Kinder zurückgelassen und deshalb kletterten sie auf den Berg, sie wollten zu ihrer Mutter. Ich kam mit ihnen nicht klar und Andreas weinte. »Soll ich trotzdem dableiben«, fragte ich, und er sagte: »ja«.

Ich bekam Migräne, Ober- und Unterkörper, Seele und Dualseele waren jedes auf einer anderen Energieebene, als ob ich auch energetisch aufgeteilt worden wäre. Die Anteile von meinem Kopf schienen gespalten. Alles war jetzt dabei, sich neu zu sortieren und auf die himmlische Ebene zu gehen. Andreas sammelte die Teile für mich ein, trotzdem hatte ich Zweifel, ob ich mit ihm überhaupt zusammenbleiben kann. Auch wenn er sich bemühte, das Trauma und damit das Karma zu lösen. Würde mich die Beziehung mit Andreas an meiner Lebensaufgabe und Bestimmung hindern?

In unserem neuen Zuhause fühlten wir uns wohl. Meine Katze zog mit uns und lebte sich gut in der Umgebung ein. Mit den Nachbarn hatte sie als »Zugezogene« ähnliche Probleme wie wir. Sie war die »Fremde«, die hier nicht hingehörte. Die Katzen der Umgebung versuchten ihr angestammtes Revier zu behaupten. Eines Tages wurde sie nachts von einem schwarz- weißen Kater schwer verletzt. Sie überlebte dank der Behandlung unserer Tierärztin und erholte sich wieder.

Ein Kaminofen im offenen Wohnraum wärmte und verbrannte die schlechte Energie. Oft lief meine Nase morgens beim Frühstück, doch es war kein gewöhnlicher Schnupfen. Andreas hatte noch eine alte DDR-Schrankwand und mir fiel ein, dass es der Klebstoff sein konnte. Das gepresste Holz wurde mit Formaldehyd geklebt und enthielt Lösungsmittel. Durch eine Analyse wusste ich, dass ich Lösungsmittel nicht ausreichend entgifte, ein neuer Schrank musste her. Ich schaute bei Kleinanzeigen und mehrere alte Schränke kamen in Betracht. Einer gefiel uns besonders, musste jedoch von weit her abgeholt werden.

Wir waren gerade bei Ann-Katharina in Berlin und ich zeigte ihr das Foto des Schrankes. Worauf sie sofort meinte, dass wir diesen kaufen und abholen müssen. Der Schrank würde uns helfen, unsere Geschichte aufzuklären.

Andreas mietete einen Anhänger, der zweieinhalb Meter lang war, und wir fuhren damit bis an die Müritz. Im Schrank war bei der Familie inzwischen eine Glasplatte geplatzt und mitsamt einem Bowle-Service auf der Ablage des Unterteils gelandet. Weil Ann-Katharina uns sagte, dass wir diesen unbedingt kaufen sollten, luden wir alle Teile in unseren Anhänger und fuhren damit nach Hause. Zu Hause angelangt, wurde alles abgeladen und in das Wohnzimmer gestellt. Wir riefen den Tischler im Ort und fragten, ob er die Beschädigungen reparieren könne. Er sagte, dass es ein sehr schöner Schrank sei, und bewunderte die handwerkliche Arbeit. Das Unterteil wurde abgeschliffen, lasiert und lackiert und auch eine fehlende Ecke an einer Kante ersetzt.

Zeitgleich träumte ich von einer Opferung im Wald. Die Bäume, aus denen der Schrank gebaut wurde, hatten das Bild in sich getragen und mir mitgeteilt. Ich sah, wie zwei Frauen ihre Hände in einen Krug mit meinem Blut tauchten und damit ein Bund besiegelt wurde.

♦ Mangelerfahrungen ...

Andreas buchte seine Ausgaben über ein Programm, als ob unser privates Leben sein Unternehmen oder ein Geschäft wäre. Er hatte immer Angst, es könnte zu wenig sein. Auch bei Nahrungsmitteln wurde es deutlich. Ich kaufte Bananen ein und sie lagen lange, er nahm sich keine. Als sie braun wurden, sagte er: »Oh, das ist jetzt die letzte Banane.« Jetzt war nichts mehr für ihn da und ich bekam das Gefühl, dass ich ihm etwas wegnahm, etwas, was er zum Leben brauchte. Ich sah als seine Mutter in einem früheren Leben, dass er als Säugling verhungerte. Wenn nur ich es wahrgenommen habe, konnte es dennoch aufgelöst werden?

Er meldete sich zum Besprechen an, Mauern sind gefallen und darunter waren für mich viele Verletzungen zu sehen, schwarze

Stellen, die von dunkelmagischer Energie herrührten. Ich füllte sie mit Licht auf und es blieb abzuwarten, wie sich alles weiterentwickeln würde.

Hypnose und ungeborene Kinder

Im September 2017 fuhr ich zu einem Hypnose-Seminar nach Berlin. Über mehrere Stufen gelangten wir zur Einleitung, Ausleitung und Arbeit in Trance. Wir übten zunächst die Entspannungseinleitung und bei mir die Suche nach einem Ort, an dem ich mich sicher und geborgen fühlte, wie ich es schon ganz am Anfang beschrieben habe.

Auf der Suche nach Erkenntnis reiste ich durch Raum und Zeit. Ich wurde eingeleitet, fiel schnell in Trance und sah mich über einem Fluss schweben, rechts und links säumten Bäume das Ufer. Ich sah einen alten Mann am Ufer. Er führte mich zu einer Vision eines durchsichtigen Turms. Als der Hypnosetherapeut fragte, was das für ein Turm sei, überlegte ich. In dem Turm hatte ich sich bewegende Vorgänge, Räder, aber auch andere Energien und Bewegungen, die durch Unerklärliches ausgelöst wurden, gesehen und bekam die Info, es sei der Turm des Wissens. Er umhüllte sich mit dunklen Wolken und mir wurde kein Einblick gewährt. Der Therapeut fragte, warum mir kein Einblick gewährt wurde.

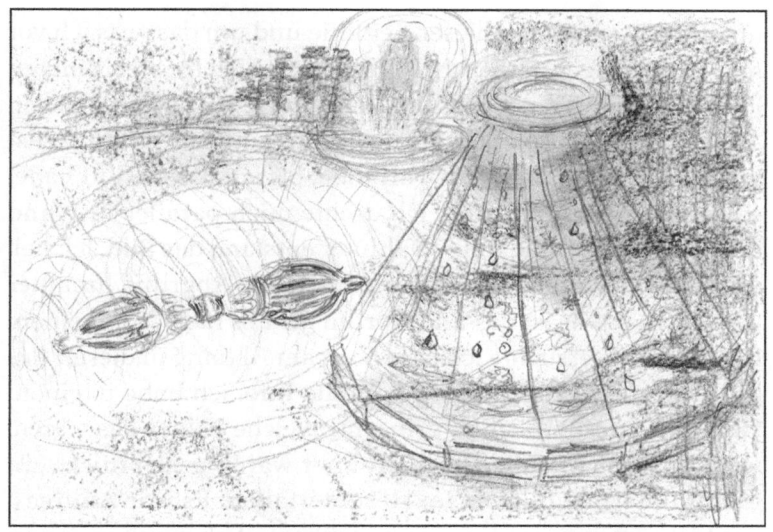

Da sah ich plötzlich eine große tibetische Dorje, die zerbrochen war. Als ich gefragt wurde, wie diese wieder zu reparieren sei, bekam ich die Antwort »durch kreisendes Licht«. Die Dorje kreiste schnell von Licht umhüllt um die eigene Achse und die Bruchstelle wurde geschlossen.

Ich kam aus dieser wunderbaren Welt wieder zurück und mich erfüllte ein freudiges Gefühl. Ja, es war eine Bestätigung für mich. Ich hatte einmal in Tibet gelebt und mir dort schon die Technik, mit drehendem Licht zu arbeiten, angeeignet. Etwas habe ich falsch gemacht und dadurch ist mir dieses Wissen wieder verloren gegangen. So war ich guter Hoffnung, dass dieser Verlust wieder aufgehoben wurde. Und tatsächlich konnte ich später bei einer Behandlung an der Wirbelsäule Energie durch das drehende Licht wieder einfügen. Es kam wie von allein und die pulsierende Energie wurde wieder spürbar.

Schließlich arbeitete der Hypnose-Therapeut mit mir auf einer gedachten Zeitlinie und er stellte mich auf einem langen Flur an einen Ort, an welchem ich für die Gegenwart stand. Es ging um die Bewegung auf dieser Zeitlinie und um das, was ich vor meinem geistigen Auge sah. Nachdem er mich in zwei Minuten in eine »Hypno-Trance« versetzt hatte und ich mit geschlossenen Augen zwei oder drei Schritte nach vorn ging, sah ich zunächst nur helle und dunkelgraue Farbtöne, bis ich das Gefühl hatte, stehen bleiben zu müssen. Ich drehte mich parallel zu Wand und nahm eine Linie wahr. Dahinter entstand das Bild. Ich fiel, umarmt von einer anderen Person, in einen Abgrund hinunter und dachte: Was ist das und worum geht es hier? Mit meinem Bewusstsein versuchte ich jetzt oben am Abhang in diesen Augenblick zurückzugehen. Da kam die Info, ich habe in einem Dorf gewohnt und Fehler gemacht. Welche Fehler das waren, wusste ich nicht. Alle Dorfbewohner waren gegen mich. Ein Mann umarmte mich beim Herunterfallen. Es war Andreas, aus Liebe zu mir war er in einem früheren Leben mit in diesen Abgrund gesprungen. Ich weiß nicht, ob es für ihn auch keinen anderen Ausweg gab. Ich sah nicht, wie ich da gestorben bin und spürte keinen Aufprall. Nach diesem Ereignis wurde ich von dem Therapeut weiter geleitet und wie er mir sagte, ging ich keine Linie geradeaus, eher immer etwas nach links und wieder rechts. Er musste mich leiten, damit ich nicht an die Wand laufe, ich hatte die Augen geschlossen. Ich hielt meine Hände auf den Bauch und spürte darin eine Todesenergie. Er fragte, was getan werden musste, damit es mir besser geht. Einer solle die Hände darauflegen und Licht hineinschicken. Ich hatte das Gefühl, dass dies geschah, und es entstand sehr viel Licht. Und heraus fuhren viele halbkörperliche Wesen, sie flogen in einen Felsentrichter hinein.

Nach dieser Sitzung sagte der Therapeut mir, dass ich mich umgedreht habe und in der Zeit zurückgelaufen bin. Als ich ihn danach fragte, wer mir die Hände aufgelegt hat, sagte er: »Keiner von uns, alles ist nur über die Psyche gelaufen.« So erlebte ich, wie unsere Engel und Seelenbegleiter auf unseren Wunsch hin arbeiten, nachdem ich sie angesprochen habe. Sie halfen mir, die Halbkörper in dem Zustand der Trance von mir zu lösen. Ich ging noch ein Stück und bin wieder in der Gegenwart angekommen. Von eins bis fünf wurde ich ausgeleitet, durfte die Augen wieder aufmachen und war wieder wach. Ich stand ein wenig weiter in der Vergangenheit als an dem Punkt, wo ich zuvor losgegangen bin. Er meinte, dass der Ausgangspunkt in meiner Zukunft gelegen habe. Die Ereignisse der Vergangenheit, Gegenwart und Zukunft überlagerten sich. Vom Gefühl her stand ich in der Vergangenheit, weil ich ein Stück des Weges noch einmal gehen musste, der Prozess war noch nicht abgeschlossen.

Mit einer befreundeten Therapeutin konnten wir das Rätsel lösen. In einem früheren Leben habe ich mit Hilfe von dunkelmagischer Energie Kinder weggemacht. Alle diese Halbwesen waren aus diesem Grund in meinem Bauch und ich musste mich und sie erlösen. Später wurde mir klar, dass diese dunkelmagischen Energiewesen überall erlöst werden. Ich bat darum, das Licht in mir zu verankern.

◆ Das Kind unter dem Johannisbeerstrauch ...

In der Familienaufstellung einer Freundin legte ich mich auf den Fußboden für ihre Schwester, die als Kind ungeboren sterben musste. Unbeschreiblich war dieses Gefühl, in der Erde irgendwo zu versinken, verrückt zu werden, es war nicht auszuhalten.

Viel später erfuhr ich, dass meine Mutter ein halbes Jahr nach meiner Geburt noch einmal schwanger war. Im Sozialversicherungsausweis der DDR gab es einen Stempel, im August 1961 muss das Kind schon vier oder fünf Monate alt gewesen sein. Im September 1961 war sie in einer Klinik, sie kann eine Fehlgeburt gehabt haben und das Kind ist vielleicht gestorben. Lange Zeit habe ich überlegt, ob meine Mutter das Kind weggegeben hat. Aufzeichnungen darüber gab es keine.

Als Kinder mussten wir rote Johannisbeeren pflücken. Später bei der Hypnose sah ich den Geist eines Kindes unter dem Johannisbeerstrauch. Nun konnte ich mir erklären, warum ich noch heute keine roten Johannisbeeren pflücken mochte. Hier spürte ich, wie sich das Erleben dieses Kindes auf mich ausgewirkt hat.

Als meine Mutter mit mir schwanger war, hat sie heiß gebadet und Rotwein getrunken. Bade ich selbst zu heiß oder trinke einen Schluck Rotwein, bekomme ich Migräne mit dem Gefühl, verrückt zu werden und es nicht auszuhalten.

Überlagern sich Farben und die Sonne scheint hindurch, dann entstehen neue Farben. Bei blau und gelb entsteht zum Beispiel ein Grün, bei rot und blau ein Violett, bei rot und gelb ein Orange. So ist es auch bei Erlebnisinhalten, mehrere Informationen werden holografisch über alle unsere Sinnesorgane einschließlich des sogenannten »Siebenten Sinns« abgespeichert und sind in der Aura wieder abrufbar. Körper und Seele haben ein fotografisches Gedächtnis und aus diesem können später Bilder im Zusammenhang mit Gefühlen abgerufen werden.

Wesen der Dunkelheit und Kriegstraumata

Jamila* kam schon viele Jahre zur Behandlung und eines Tages sah ich, dass ein Fuß fehlte, der im Rahmen einer Opferung abgehackt wurde. Schlimmer noch war, dass Dunkle sich ihrer Seele bemächtigt hatten. Um die Erfahrung mit der Dunkelheit zu überwinden, brauchte die Seele die Berührung mit den Engeln und Lichtwelten. Erzengel Michael trennte das Dunkle ab, sie wurde von lila Licht erfüllt und überwand das Trauma.

An einem anderen Tag begann ich am Rücken mit der Behandlung, dann arbeitete ich an den Beinen und Füßen. Erst zum Ende der Massage kam ich zu ihrem Kopf und konnte seine Energie jedoch nicht finden. Ich fragte zunächst meine Helfer und spirituelle Muttergöttin, ob sie etwas sahen. Als ich keine Info bekam, sprach ich ihre eigene Seele an und forderte sie auf, ihren Kopf zu suchen. Sie sollte mal schauen, wo der Kopf abgeblieben war. Nach der Behandlung erzählte sie mir, dass sie in diesem Augenblick einen Totenschädel gesehen hat, der da lag. Ich meinte zu ihr, dass das der Kopf war, den wir gesucht haben, und es war natürlich ein Totenschädel. Es war ein Kopf, den sie in einem früheren Leben verlor. Er hing nur wenig an ihrem Körper und war dann heruntergefallen. Die Seele registrierte es nicht, weil sie schon weitergegangen ist und sich nicht erklären konnte, wo in diesem Leben ihr Kopf abgeblieben war. In dem Augenblick spürte ich, dass die energetischen Schwingungen am Kopf wiederkamen und sich die Energie voll entfaltete.

Eine andere Frau war von unzählig vielen dunklen Wesen umgeben, vor allem an den Armen, und es war ihre Aufgabe, diese zu transformieren. Es wurde vor langer Zeit beschlossen und ich sah, wie sich in diesem Augenblick eine Schrift entrollte. Diese Prophezeiung wurde jetzt bei der Behandlung von ihrer Seele erfüllt. Ein anderes Mal kam sie zu mir und es ging um den großelterlichen Hof. Sie sollte dort auf den Hund ihrer Mutter aufpassen und das Haus in der Zeit ihrer Urlaubstage versorgen. Immer wieder wurde deutlich, dass ihre Unterleibsschmerzen damit zusammenhingen, es zog sie zur Erde. Sie sollte Besitz von dieser Erde nehmen. Die Großeltern mütterlicherseits verloren ihr Land nach dem Krieg und ich spürte jetzt bei ihrer Seele direkt körperlich dieses Ansinnen. Sie wünschten, dass die Familie dieses Land wieder in Besitz nehmen möge, und ich bat darum, dass sie die nachfolgenden Generationen freigeben möchten, die ihre eigenen Wünsche und Vorstellungen haben. Und vor allem auch ihre eigene Berufung, was ihr Leben und den Weg betrifft, den sie beschreiten wollen.

Ahnen, Themen und Aufgaben

Ich glaube, dass jeder Mensch etwas aus seiner früheren Ahnenreihe transformieren muss. Etwas, was die Ahnenreihe auf sich geladen hat, Begebenheiten oder auch Wesen, die sich in die Geschichte der Ahnenreihe eingereiht haben, müssen transformiert werden.

Oft entsteht eine Schleife von Ereignissen, die sozusagen, wie ein erschwerendes Band an der Inkarnation der Nachfahren hängt, bis dieses Band nach und nach erst von einer Spule abgewickelt wird, dann die Ereignisse betrachtet, die Zusammenhänge wahrgenommen und transformiert werden und dieses Band immer kürzer wird.

Mit Hilfe von einem Pendel konnte ich sehr gut karmische Verstrickungen erkennen und auf einer Plus/Minus-Karte sogar darstellen. Mein Verständnis, welches dem Pendeln zugrunde liegt, richtete sich nach Plus- und Minus-Schwingungen aus. Ich stelle nur fest, auf welcher dieser Schwingungsebenen sich Materielles und Nichtmaterielles befindet. Dabei gibt es keine Manipulationen, transformieren können nur Engel und Lichtwesen. In einer Plus/Minus-Tabelle konnte ich die Schwingungsmuster des Pendels darstellen, auf denen sich die Menschen und auch ihre Vorfahren bewegen.

Oft gab es eine Schleife bis zu sieben Generationen zurück und in dieser Schleife befanden sich weitere Opfer der jeweiligen Ereignisse, manchmal waren es auch Tiere. Die Geschichte einer Frau und ihrer Familie führte über sieben Generationen zurück. Es war sehr schwierig, den Verlauf dieser unglücklichen Ereignisse wieder zu reproduzieren, in das Gedächtnis zu holen und zu schauen, wie die Zusammenhänge waren. Was ist damals passiert? Die Geschichte führte bis zu einem chinesischen Mönch, welcher nach Indien reiste, weil er sich geheimes Wissen aneignen sollte. Interessant war, dass sie bei ihren Eltern einen chinesischen Mönch aus Onyx mit einem Hirtenstab gefunden hatte und dieser in ihrer Wohnung stand. Sie selbst brauchte einen Diamant, um den Vorgängen freien Lauf zu lassen. Für diesen Diamant fand sich ein Medaillon, auf welchem ein altes Symbol zu sehen war. Vier Berge, welche von Lorbeerranken eingerahmt waren, ähnlich wie beim »Kreuz (Lotus) als Welt-Bild« (Bauer, Dümotz & Golowin, 2006, S. 30). Sie hatte es geschenkt bekommen und legte den Diamanten hinein, den sie nun täglich bei sich trug.

Bei einer Behandlung sah ich viele Ziegenhörner um sie herum. Wir fanden heraus, dass die Schamanen der Nomadenvölker Kronen aus Ziegenhörnern getragen haben. »Eine Schamanenkrone aus Ziegenhörnern symbolisiert die Macht ihres Trägers, sich in den höheren Regionen der Götter sicher zu bewegen« (Cooper, 1986, S. 103). Ich spürte das Erstaunen ihrer Vorfahren, als sie selbst bei einem Ritual in einem früheren Leben gestorben ist und ich dies vor meinem geistigen Auge mit verschiedenen Gefühlsmomenten wahrnahm. Es war ein Versehen und die Schamanen waren selbst darüber erschrocken, dass sie tot war.

Im späteren Verlauf zeigte sich, dass einer ihrer Vorfahren an einem Opferfest in Nepal beteiligt gewesen sein muss, bei welchem Tausende von Tieren getötet wurden. In ihrer Familie gab es über Generationen Suizide, es ist »Blut geflossen«. Und nachdem Ann-Katharina und ich die Geschichte aus der Ferne über eine Woche intensiv bearbeitet haben, begann ihr siebzehnjähriger Sohn zu bluten. Es blutete so schlimm, dass die Ärzte in der Klinik sagten, dass sie so etwas noch nicht erlebt hätten. Sie konnten jedoch in diesem Leben keine Ursache dafür finden und nach drei Tagen erholte er sich vollständig davon.

Ein Mann, welcher von Beruf selbst Masseur war, kam im Jahr 2018 und 2019 einige Male zu mir. Ich war während der Behandlung ständig im Zwiegespräch mit seiner Seele in einer sehr hohen Energieebene unterwegs. Eine Grabplatte barst und daraus entfloh eine dunkle Seele, welche sich darunter seines

Körpers über mehrere Inkarnationen bemächtigte, und in seinen Armen konnte ich viele Kämpfe sehen, an denen er selbst nicht beteiligt war. Ich forderte seine Seele auf, mal zu schauen und in der Zeit zurückzugehen, in seinem Inneren zu suchen. Worum ging es in diesen Inkarnationen? Er meinte, dass er ein aufgeschlagenes Buch gesehen habe, in dem »Pharao« stand. Zuvor habe ich ausgependelt, dass es zum einen um seine Mentalebene ging und zum anderen um die nächst höhere. Er selbst sah, wie eine Lichtkörperhülle zu ihm zurückkam, als würde ihm ein Hemd übergestreift.

Vom Dunkel zum Licht

Die Geschichte begann, als im Herbst 2018 die Bitte einer Frau um Hilfe an uns herangetragen wurde. Sie sah jede Nacht Gestalten. Sie kamen zu ihr, räumten ihren Schrank aus und sprachen mit ihr. Sie sagten, dass sie sie mitnehmen würden in das Jenseits. Sie forderten dazu auf, ganz konkrete Dinge zu tun. Zu einem anderen Haus zu gehen und nachzuschauen, was dort war, oder einer anderen Frau, welche sie lange nicht gesehen hatte, zu helfen. Sie war mehrmals bei einer Freundin zum Besprechen, sie hörte die Stimmen noch immer und bekam weiterhin jede Nacht Besuch. Wir sagten ihr, dass wir uns das mal anschauen.

In dieser Zeit bat ich Ann-Katharina um Mithilfe. Es ist sehr schwierig wiederzugeben, was passiert ist ...! Ich werde es versuchen. Sie sagte eines Tages, dass es viele sind, die ein und denselben Prozess haben. Sie setzte alle unter eine Schutzglocke und danach lief die Geschichte wie von selbst.

Welche Energien waren zu viel, welche zu wenig, es sollte keine Nahrung mehr für die Dunklen geben. Wir reisten in der Zeit zurück, erst Indien, dann Nepal und schließlich nach

Ägypten ... wie viele Opferungen gab es? Wir waren auf dem afrikanischen Kontinent angelangt. Aus einem Namen ergab sich »Gott existiert«. Er ließ »Manna« vom Himmel regnen und speiste damit die Menschen. Was ich auch auf diesem Kontinent fand, waren verschiedene Wasserlöcher. Diese erinnerte mich an die Geschichte mit Amara, wo sie in ein solches Loch geworfen wurde und dort verhungern musste und daraus die dunkelmagische Riesenschlange erwachsen ist.

Wir gingen weiter und kamen zu ihren Vorfahren, einer Frau der Schlangen, die sehr verehrt wurde. Es erschloss sich, dass durch ihre Vernichtung die Schlangen dunkelmagische Kräfte als Auswirkungen ihres Leidens erhielten. Sie wurden zu Heilzwecken verarbeitet und mit Schiffen an entlegene Orte transportiert. So verbreitete sich ihre Energie in einem größeren Umkreis und immer blieb ein Teil ihrer Seelen in dieser Zeit, musste erlöst und zurückgeholt werden.

An einem heiligen Ort saß eine Priesterin auf dem Stuhl und weissagte den Menschen. Sie wurde beneidet ob ihrer Stellung und in einen Felsspalt in diesen Berg hineingeworfen, ihr Körper schmolz in der glühenden Lava hinweg. Die dunkle Frau, welche sich ihres Platzes bemächtigte, begab sich in Trance und sammelte dunkelmagische Energien.

Namen sind geschichtlich entstanden und ließen Deutungen zu. Dadurch kam ich darauf, dass die Schiffer über das Meer gefahren sind und Pelze verkauft haben. Pelze von wertvollen Tieren, die zuvor gejagt worden sind. Interessant wurde es, als wir auf der Suche nach einer versunkenen Stadt einen großen Stein im Meer fanden. Einen großen Stein, welcher runde Aussparungen hatte. Es musste etwas mit dem Geld zu tun haben. Wir fragten uns oft, wie es sein kann, dass aus einer Münze immer drei wurden. Warum floss da, wo Geld war, auch immer noch welches hin? Unter anderem hing es mit vier Töchtern zusammen, die an diesem Ort um das Leben gekommen sind. Der Fischer, welcher die Pelze verkaufte, legte dort an. Er wollte eine dieser Töchter heiraten, sie sind alle zusammen mit diesem Stein versunken und zeugen jetzt am Meeresgrund von dieser Geschichte. Durch eine Verbindung zu einem Steinkreis wurden die Energien neutralisiert.

Es kamen Schiffe über das Meer mit an Seuchen Erkrankten. Daraufhin wurden Krieger ausgeschickt, das Übel zu erkunden, und es begannen Kriege. In diesem Zusammenhang wurden monumentale Bauten errichtet, deren Symbolik Macht und Sieg verhießen, eines davon wechselte seinen Platz. Wir fanden das Symbol des Löwen in verschiedenen Variationen in allen Ländern. Kräfte hatten sich der Symbole bedient, um die Ziele ihrer dunklen Machenschaften in der ganzen Welt zu vervielfältigen. Ann führte diese mit Hilfe ihrer Seelenbegleiterin Katharina zu ihrer ursprünglichen Bedeutung zurück.

Schon sehr zeitig in unserer Geschichte wurden Heilungsbemühungen boykottiert. Ich baute die Silben der Namen auf andere Weise zusammen und es ergab sich, dass Menschen umgebracht wurden, nur weil sie »gesehen« hatten. Die Lehren wurden umgekehrt und dienten nun der dunklen Magie.

Dunkelmagische Energien mussten in das verschlungene Pentagramm zurückgeführt werden. Es gab Verbindungen zwischen hohen Türmen der Welt. Steine wurden an heilige Orte gebracht, die aus Gebieten kamen, in denen Meteoriten mit der Erde zusammenstießen. Diese strahlten in hohen Minus-Energien, die aufgehoben wurden. Alles kehrte energetisch in seine Mitte zurück. Über Meteoriten kamen Seelen fremder Planeten zu uns auf die Erde. Hier waren wir bei Außerirdischen und ihren Geschichten angelangt. In diese Zeit fiel eine Hypnose, bei welcher eine Frau verhindern wollte, dass ihre Artgenossen auf dem Planeten zerstampft wurden. Sie war die Anführerin, saß eingesperrt unter der Erde und sah nur das Licht in einem kleinen Fenster über sich. Ich bekam die Info, dass die Seelen zerstört wurden, damit sie auf der Erde inkarnierten. Nur hatte der »Sonnengott«, welcher den Auftrag bekam, eine solche Wut, dass er ihnen mehr als ursprünglich beabsichtigt schadete. So kam es wohl, dass vielen ihrer Artgenossen wiederum großes Leid auf der Erde widerfuhr.

Plötzlich ging es um Summenformeln und wieder um Bauwerke, welche mit bestimmten eingebauten Steinformationen vor allem spirituellen Menschen Kupfer entzogen. Sie stellten eine eigene Matrix zur Verfügung und wirkten sowohl als Sender wie auch als Empfänger in hoher Minus-Energie. Es gab Minus-Energien, die so potenziert auftraten, dass sie unsere 100-Prozent-Marke überschritten. Durch Vervielfachen von Masse anderer Gestirne und deren Potenzierung in Verbindung mit anderen Elementen wurde seine Wirkung aufgelöst.

Es fehlten bestimmte Elemente auf der Erde, einige waren auch zu viel, wie das Quecksilber, es musste neutralisiert werden. Es gab Informationen über Steinfelder, die in einer Schwingung zueinander standen. Überall lagen Geschichten darüber, gab es Verbindungen von Seelen mit Steinen. Sie bildeten über der Erde ein Energiefeld, beeinflusst von den Elementen und deren Verteilung im Kosmos.

Wir wechselten in die Gegenwart und plötzlich ging es um den Einschluss von Informationen, welche in Form von Energien über das Internet geschickt wurden. Die in den Diamanten festgehaltenen Seelen sollten befreit werden. Alles war so geheim, dass ich nicht einmal Ann etwas erzählen durfte. Nur ihre Begleitseele Katharina wusste davon. Sie las alle Nachrichten von mir und setzte die Informationen um, ehe Ann diese überhaupt gelesen hat, und sie sagte, sie brauche nur Tag und Nacht das Handy anlassen.

Schon seit einiger Zeit bemerkten wir in unserer Geschichte, dass es ein Zusammenspiel der Gräber gab. Auf den Verbindungslinien in der Erde reisten sie, die nicht zur Ruhe kamen.

Es ging um Geister von Traumata der Vergangenheit. Wir reisten durch Zeit und Raum und gelangten wieder an unsere Küste. Ich bekam die entsprechenden Hinweise. Die Ergebnisse kamen, wie von fremder Hand gelegt, es gab Linien zwischen den alten Speichern in Wolgast und Stralsund. Sie bildeten zugleich holografische Speicher und enthielten Informationen vergangener Zeiten. Diese Linien hatten wiederum Verbindungen zu anderen Orten der Welt.

Inzwischen war mir das Wappen von Wolgast aufgefallen. Ein Turm und zwei Schlüssel, welche von Greifen bewacht wurden. Im Schloss, das früher auf der Schlossinsel stand, befanden sich Seelenanteile einer Frau, die erlöst werden wollte.

Die Geschichte führte uns zu der Zeit, in welcher die Pest in Wolgast wütete. Das war der »dunkle Gast«, den die Stadt damals prägte, und eine kleine Kapelle am Stadtrand ließ schon mehrfach in mir ein ungutes Gefühl aufsteigen, in dieser Kapelle wurden die Kranken behandelt. Es ging mehrfach um die Augen, energetisch hatte ich die Lokalisation der Augen auf dem Mond ausgependelt. Nur wie und wo hatten wir sie verloren? Bei einer Hypnose eines älteren Mannes zur Gewichtsreduktion kippte eine Kiste mit Augen um, sie kullerten heraus, in seiner Familie waren früher alle Ärzte.

Wir näherten uns aus der Vergangenheit immer weiter der Gegenwart, bis wir bei den Konzentrationslagern und Auffangstationen des Hitlerfaschismus anlangten. Das Gespenst, was zu Hitlerzeiten umging, besuchte mich. Nach der Sauna bin ich im Ruheraum in eine leichte Trance hinübergeglitten, da saß es mir gegenüber. Andreas hatte eine indische Figur »Avalokiteshvara«. Er sprach zu mir, dass er genau das Gespenst schon lange gesucht und endlich gefunden habe.

Von da ab wurde es gefährlich. Ich bekam des Nachts Besuche von alten Stämmen. Sie meinten, ich solle ihre Weggefährten erlösen. »Ich kann das nicht«, sagte ich. Zuvor hatte ich kleine blinkende Plättchen im Weltall gesehen, wie aus Perlmutt. »Du hast ihn doch schon geküsst«, sagten sie. Wen habe ich denn geküsst? Ich sollte ihre alten Seelen hinüberbringen in diese Welt. Dann schwoll plötzlich mein Mund an und ich brachte sie heraus. Es war, als hätte ich mich energetisch übergeben.

Als die Geschichte im Februar 2019 soweit fortgeschritten war, meldete sich eine Frau zur Massage an, welche aus Dubai kam. Das heißt, sie war vor einem Jahr in Dubai zu einer Urlaubsreise. Sie kam zur Behandlung und ihr Name entsprach dem, was jetzt auch dran war, es musste »sich ergießen«. Alles, was passiert war, verteilte sich jetzt. Während der Massage sah ich, wie »Aman« ihr durch das Haar strich, und ich bat ihn, seine Tochter, die er so sehr liebe, jetzt freizugeben. »Wenn du deine Tochter so sehr liebst, dann muss dir auch daran gelegen sein, dass sie glücklich wird und jetzt frei ist.« Ich bat ihn, in das Licht zu gehen, neu zu inkarnieren und über die Wiedergeburt seiner Tochter hier auf der Welt im irdischen Leben zu begegnen. Er ließ sich von den Lichtwesen fortführen und ich fühlte eine so starke Energie, dass ich es selbst kaum aushalten konnte. Es war, als ob alles fortzog, die ganze Energie, die sie krank gemacht hatte.

Es ging um Geisterheere, welche sich um einen Namen versammelten, ich konnte sie des Nachts sehen. Die Netze reinigten sich, sie entluden sich ... und wir mussten zeitweise das WLAN abschalten. Ein Foto, das eine Freundin in dieser Zeit von sich gemacht hatte, sah wie vergilbt aus und darin gezeichnet einige liegende Achten. Ihre Seelenbegleiter haben schon versucht, diese Energie von ihr fernzuhalten. Zwei Tage lang gab es keinen Fernsehempfang, der Spiegel war völlig besetzt. Ich fühlte mich wie verstrahlt und habe beim Aufwachen gesehen, wie ein Pulver zum Himmel geschossen und dann zerstäubt wurde. Mein Handy wurde gehackt ... plötzlich war einer darin zugange ...! Pendelte ich vor den Glasscheiben, Gläsern und den Spiegeln im Haus, zeigte es überkreuzte Schwingungen an. Von überall her kamen Seelen, selbst über den Strom und das Licht der Glühbirne einer Lampe.

Einige Tage später kam ein Mann und erzählte mir von einer Kapelle, einer kleinen Kirche ca. 10 Kilometer von meinem jetzigen Wohnort entfernt. Dort wäre eine »richtig dunkle Energie«, sagte er. Es gab dort eine Gruft und wenn er da in das Fenster hineinschaute, spürte er mächtige dunkle Kräfte. Ich recherchierte dazu, wer in unserer Geschichte noch etwas damit zu tun haben könnte. Nachdem ich meine Energien in diese Ermittlungen hineingegeben habe, war meist die Hälfte der Geschichte erlöst. Nun fragte ich wiederum Ann-Katharina und sie konnte darauf einen Lichtkanal setzen.

Immer wieder ging es um die Vervollkommnung meines Herzens, es schienen Anteile zu fehlen. Eines Tages fühlte ich mich am Morgen so schlecht, dass ich nichts mehr sagen konnte. Ich musste mich hinlegen und fühlte mich wie gelähmt. Andreas legte seine Hand auf meinen Kopf und ich schrieb nach einigen Minuten Ann-Katharina eine SMS und bat um Hilfe. Plötzlich sah ich eine Mumie und wie Licht in ihr Herz kam, dann eine Grabplatte, welche in drei Teile zersprungen war und wie sich diese zusammenschoben.

Danach wurde es besser, ich konnte hoch in mein Zimmer gehen und mich ins Bett legen. Erst nach Stunden war es mir möglich, Tee zu kochen. Am nächsten Tag sammelten sich wieder Seelen, als es um eine andere Grabplatte ging. Und plötzlich war im Haus wieder alles drückend schwer. Ann-Katharina setzte einen Lichtkanal und die Energien zogen fort. Nur hingen mir auf lange Sicht Verluste an, nicht nur materieller Art, denn das Handy war unbrauchbar und ich musste mir ein neues zulegen. Auch Kunden kamen in der Folgezeit weniger und wir waren sehr erschöpft. Obwohl für uns die Geschichte längst beendet war, bekam ich weiterhin nachts Besuch und mir wurden Fragen gestellt. Ich wusste im Halbschlaf eigenartigerweise immer die Antwort, danach durfte ich weiterschlafen.

Einmal hatte ich nachts eine Vision. Ich sah mich unter zwölf Frauen, wir hingen umgekehrt mit den Füßen von der Decke herab, und statt dem Kopf sah ich durchsichtige Blasen unter unseren Körpern. Dabei bekam ich ein schreckliches Gefühl, etwas Furchtbares musste mit uns geschehen sein. In einer anderen Nacht vier Wochen später sah ich es andersherum. Ich sah meinen Körper aufrecht und statt dem Kopf war etwas Durchsichtiges darüber gesetzt. Ähnlich wie ein Helm bei Astronauten wurde es gedreht und geschraubt. Eine Woche später befand ich mich in einer Spiegelfläche, als ob ich in einer kleinen Glühbirne gefangen war, und sah ringsherum nur eine matte Glasfläche, die kleine Risse hatte. Ich empfand das Gefühl des Abgetrenntseins vom Leben und wusste nicht, was ich tun sollte.

Heute ist der 12. April 2019 und ich sehe, dass unsterbliche Geister vergangen sind. Unsterbliche Geister können ja nicht sterben, aber sie können vergehen. Ich habe noch so etwas wie einen Schädel gesehen und mir war so, als wenn es sehr viele gewesen sind. Ich ging über eine Art Schlachtfeld, wo die Geister alle verschwanden, und es war ein gutes Gefühl, dass sie alle dort zurückblieben.

Ein junger Mann kam heute an seinem Geburtstag zur Massage. Ich beobachtete, dass sich das meiste für diejenigen, welche an diesem Prozess beteiligt waren, in diesem Jahr zu ihrem Geburtstag auflöste.

Später erfuhr ich, dass Katharina, die Seelenbegleiterin von Ann, ihre Aufgabe einem anderen übergab, und mir wurde klar, dass auch sie »ihre« Geschichte erlöst hat.

◆ Ein Teil von uns bleibt in der Geschichte zurück ...

Erlebten wir ein Trauma, so konnte direkt ein Teil von uns an diesem Ort und in dieser Zeit zurückbleiben. Und genauso war es möglich, dass wir an einem Platz lebten, wo Seelen anderer Geschichten zugegen waren.

Auf dem Grundstück eines Hauses kamen abends, wenn es dunkel wurde, Seelen aus der Erde und es wurden mehr und mehr, am Tag waren sie wieder verschwunden. Ich fragte die

Bewohnerin, ob da, wo sie das Haus gebaut hatten, früher ein Friedhof war. Ganz in der Nähe zeugten alte Grabstellen davon. Bei einer anderen Frau sah ich sie als Kind steif im Bett liegen, an jeder Hand Geister. Sie waren verletzt, trugen Verbände und baten sie um Hilfe. Ihr Elternhaus wurde auf einem alten Pestfriedhof erbaut, auf dem Grundstück stand eine alte Grabsäule. Als Ann in die Geschichte hineinsah, saßen die Seelen um ein Feuer und wärmten sich.

Eines Tages war ich bei einer Freundin und wir wollten uns gegenseitig behandeln. Ich hörte plötzlich ein Reiben in der Wand, als ob die Wand neu verputzt würde. Es rieb und rieb und scharrte und scharrte. Ich fragte meine Freundin: »Was ist das?« »Das sind die Nachbarn«, sagte sie. »Was machen die Nachbarn denn? Sie müssen ja die Wand neu verputzen oder zumindest streichen?« Ich konnte es mir nicht vorstellen. Eine leichte Schwerhörigkeit führte dazu, dass ich die Geräusche von einem Nachbarn hinter so einer massiven Wand normalerweise nicht hörte.

Daraufhin fiel mir ein, dass ich bei einem Tanzritual tief im Erdreich einer Kiesgrube viele tote Menschen gesehen habe. Die Kiesgruben lagen relativ unberührt, dort wurde nicht geackert und auch nicht gerodet, es ließ sich leicht ein großes Loch ausschachten. Nachdem sie die Menschen in ein großes Massengrab warfen, passierte da früher nichts mehr. Später holten sie Sand und Kies für Beton und Mörtel aus den Kiesgruben, mit dem Mauern und Putzen wurden mit den Resten der Körper auch Seelen in den Wänden gebunden.

Ich schickte Ann jetzt mit ihrem neuen Seelenbegleiter eine Nachricht und fragte, ob sie den Häuserblock reinigen könne. Sie schrieb, dass Negativblöcke im ganzen Haus und viele Seelen da waren, auf die sie einen Lichtkanal setzte. Das Haus hatte zwei Stockwerke und es wohnten mehrere Familien darin. Die Reinigung dauerte fast eine Stunde und danach waren die Geräusche verschwunden.

Wir schrieben das Jahr 2019 und bei uns im Dorf bereiteten sich die Einwohner auf die 700-Jahr-Feier vor. In der Pfarrscheune der Kirche wurden Tafeln mit Bildern und Beiträgen zur Ortsgeschichte aufgestellt. In dieser Zeit behandelte ich eine Frau und sah, wie sich Seelenenergien hinter einem Drahtgewebe nicht befreien konnten. Und ich musste an unseren Mäusedraht denken, den Andreas am Haus über mehrere Meter Länge und in einem Meter Tiefe eingegraben hat, um die Pflanzen vor den Wühlmäusen zu retten. Sehe ich jetzt auch noch bei den Behandlungen diesen Draht?, fragte ich mich. Dann fiel mir die leicht bräunliche Erde ein, welche an diesen Stellen an der Südseite unseres Hauses aufgeschüttet war. Ich bekam die Information, dass es die Asche von Pestkranken war, welche in Wolgast gestorben sind. In dieser Asche muss ein Teil ihrer Seelenenergien festgehalten worden sein. So hatte die gedankliche Beschäftigung mit der Geschichte des Ortes die Folge, dass vergangene Ereignisse und deren Zusammenhänge wieder in das Bewusstsein gerückt und energetisch gereinigt wurden.

Nach diesen Erfahrungen setzte ich mich auf unsere grüne Gartenbank, die auf der Terrasse stand. Ich nahm das neue Pendel und fragte nach oben, welche Energien sich auf den benachbarten Grundstücken offenbarten. Das Pendel wurde von goldenem Licht umhüllt, eine in sich drehende goldene Spirale. Auf unserem Berg haben Kämpfe stattgefunden, kam als Information, und in den Wasseradern tief unten im Erdboden schwammen vergessene Seelen oder Seelenanteile. Ich testete mit der Rute aus, wo sich Wasseradern und andere Störzonen im Haus befanden. Ann setzte einen Kanal und führte sie in das Licht, irgendwo gehörten sie zu einer Ursprungsseele. Ich sah in die weitere Umgebung und nahm eine große Ansammlung in der Nähe von Klein Jasedow wahr. Hier trafen sich Menschen, um gemeinsam zu musizieren, das hatte sie wohl angezogen und ihnen geholfen.

Eines Tages spürte ich eine besonders intensive »Bestrahlung«, welche von den Solarzellen am zwei Kilometer entfernten Hang herrührte. Verirrten sich die Seelen über unsere Solarzellen, weil sie diese Technik noch nicht kannten?

In unserer Geschichte lösten sich Seelen aus Glas und Spiegeln ab. Ein Grundstoff im Glas ist Quarzsand, ein reines Siliciumdioxid, und ein großer Teil der Erde besteht aus silikathaltigen Mineralien. Einige Seelen wurden aus Holz abgelöst und viele kamen über das Stromnetz, da, wo es noch Glühlampen gab. Nun wusste ich auch, warum ich abends nicht mehr so lange lesen konnte.

Kapitel VI – Arbeiten in höheren Dimensionen
Radiästhesie, Besprechen und Trance

Es war viel Übung notwendig, um die alten Muster abzulegen und mich davon nicht mehr beeinflussen zu lassen. Ich musste mich mit den alten Verletzungen aussöhnen, die ich aus diesem und früheren Leben mitgebracht habe, um mich in den neuen Schwingungen zu bewegen. Ganz tief in mir wollte ich den Frieden verankern; um zu einer neuen Stufe zu gelangen, gab es eine gleichbleibende Ebene für Freude und Schmerz, ohne Höhen und Tiefen?

Ich ging zu einer Frau im Nachbarort. Ihre Großmutter hatte schon »besprochen«, konnte es ihr jedoch nicht mehr weitergeben. Sie fand ihre Lehrer und arbeitet mit der Hilfe von Christus und den Erzengeln. Umhüllt von goldenem und violettem Licht sagte mir mein Gefühl, dass diese Behandlung gut für mich sei.

Ich sah die Seelen der Pferde und wusste, dass ich das Bild als Säugling in meinem holografischen Aura Bewusstsein abgespeichert hatte. Sie erschienen mir in Grautönen, bis von all den Tieren ein einzelnes dunkelmagisches Pferd übrig blieb.

Mir wurde bewusst, dass aus dem Leid dieser Tiere das dunkel-magische Wesen hervorgegangen ist. Ich erinnerte mich, dass ein Mann 1991 zu mir sagte: »Das Säuglingsheim war früher ein Schlachthof«, es war mir völlig entfallen. Erst als ich besprochen wurde, sah ich die Tiere und wie aus deren vielzähligen Leiden ein dunkelmagisches Pferd hervorging.

Ein anderes Mal ging es beim Besprechen um meine Verbin-dung zu früheren Partnern. Bei einem Mann, an welchen ich dabei denken musste, zogen besonders dunkle Wolken vorbei. Obwohl seitdem zwei Jahrzehnte vergangen waren, mussten noch Beziehungsfäden durchtrennt werden. Die dunklen Wol-ken lösten sich auf und ich spürte, dass es mir danach wieder gut ging.

Ganzheitliche Behandlungen dauern etwa ein bis zwei Stun-den. Zeit ist wichtig, um in Trance zu kommen, und alles, was hochgeholt wird, muss energetisch harmonisiert werden. Für mich ist wichtig, dass Begriffe wie »Engel«, »Licht« und »göttliche Energie« vorkommen, nicht etwas Gegensätzliches. Himmlische Wesen und Begleitseelen sind es, die das goldene Licht in uns hineinbringen, emotionale Staus auflösen und unser Energie-system harmonisieren.

Bei uns in der Nähe gab es eine Aura-Heilerin. Bei ihrer Ar-beit konnte ich Energiegebilde sehen, welche wie ein Blitz aus einer Dornenhecke in der Aura aussahen. Es waren aggressive Energien, welche sich durch meine emotionalen Erlebnisse an-gestaut und manifestiert haben. Während der Sitzung konnten sich diese entladen. Bei der Behandlung fühlte ich mich bei ihr geborgen und aufgehoben. Ein anderes Mal ging es darum, eine liegende Acht zu visualisieren. In einer Schleife stand der Stief-vater, in der anderen ich, Seelenanteile wurden ausgetauscht. Dabei bekam ich mehr von ihm zurück, als von mir zu ihm floss. Durch die Anwendung von körperlicher Gewalt blieben Ener-gien von mir bei ihm. Einige Monate später verband sie mich während einer Meditation mit Erzengel Gabriel und reinigte dabei meine Aura. Es war, als ob sich der Himmel öffnete und eine unendliche Liebe mich einhüllte. Diese war so allumfassend, dass ich am liebsten dageblieben wäre. Zurück gekommen weinte ich, noch nie hatte mich eine Energie so berührt und mir gleichzeitig so gefehlt. Dennoch gab mir das Erleben die Zuversicht, dass es eine solch vollkommene Liebe gab in einer Welt, die ich in diesem Moment einmal betreten durfte.

Eine Freundin sagte zu mir, dass nichts Außergewöhnliches mehr passiere, sie warte darauf. Es war Frühling und das Rotkehlchen hüpfte auf der Wiese, die Meisen suchten Moos für ihre Nester. Die Vögel schauten überall nach Nistplätzen, manche hatten schon einen gefunden und zupften auf der Wiese an getrocknetem Gras herum. Die Bäume grünten und alles war wunderbar und außergewöhnlich.

* Einheit von Körper, Seele und Geist ...

Das gesamte Sternensystem um uns beeinflusst wunderbar unseren Körper, unsere Seele und unseren Geist. Alles ist bestrebt, in eine »energetische Mitte« zu gelangen. Die linksdrehende Spirale ist ein Symbol für die Auflösung früher Inkarnationen und die rechtsdrehende für Vollendung in diesem Leben. Seit Beginn meiner spirituellen Arbeit verwendete ich die links- bzw. rechtsdrehende Bewegung des Pendels synchron zu dieser Bedeutung.

Zuvor habe ich auf der Tabelle zwischen – 24 und + 24 ausgependelt. Zeitweise lagen Körper, Seele und Geist jedes auf einem anderen Wert. Dazu kam, dass selbst jedes Organ eine andere Energie aufweisen konnte. Selbst ganze Familien teilten sich in diesem Bereich auf, wobei ein inneres Gleichgewicht angestrebt wurde. Oft befand sich auf Grund karmischer Verstrickungen eine Familie im Bereich einer Minus-Energie und verband sich mit einer Familie mit Plus-Energie. Auch innerhalb einer Familie gab es solche Aufteilungen. Die Anzahl der Kreise für die einzelnen Mitglieder links und rechts sowie oberhalb der Horizontale und unterhalb deckten sich. Das führte dazu, dass um den Mittelpunkt herum auf der Tabelle jeweils ein Gleichgewicht entstand. Oft ging es um die Personen links der Vertikalen, wo auf Grund karmischer Verstrickungen mehrere Generationen hängen geblieben waren. Durch die Beschäftigung mit der Geschichte wurde Energie hineingegeben. Die Kreise wurden mit der Zeit weniger und verschoben sich ganz auf die Seite der Plus-Horizontalen.

- ◆ Auflösung der Schnittstellen ...

Nachdem diese Pendel-Tabelle oft nicht mehr ausreichte, suchte ich nach einer neuen Veranschaulichung. Wie konnte ich mich orientieren, auf welchen Ebenen gerade Vorgänge abliefen?

So bekam ich die Idee, zwei Dreiecke übereinanderzulegen. Die obere Spitze als Symbol für die Lichtwelten, die Engelwelten rechts davon grenzen an die Schattenwelten. Die untere Spitze zeigt die Unterwelt und links davon das Totenreich, aus dem die Körper zur Wiedergeburt gehen. Einige Seelen bewegten sich energetisch auf den Schnittstellen zwischen den Spitzen, andere auf dem Kreis der hohen energetischen Dimensionen oder in sich links drehend und rechts herum gleichzeitig im Inneren der Welt.

Das Dreieck mit der Spitze zum Himmel symbolisiert das männliche, die Spitze nach unten gerichtet das weibliche Element. Beide ineinandergeschoben symbolisieren»... die Liebe der Gottheit zur Welt und der Welt zum Göttlichen: ›Also die Vereinigung, aus der in allen Ewigkeiten alles wird.‹« (Bauer, Dümotz & Golowin, 2006, S. 39)

◆ Leben im Zwischenraum

Ich arbeitete in einem 5-Sterne-Hotel jetzt auf der Insel Usedom. Es kamen Besucher von weit her, auch Inselbewohner ließen sich gern massieren. In einem Mann sah ich einen Vogel einer Papageienart, die gebogenen Krallen in seinen Füßen. Jedes Mal dachte ich, dass dieser durch die Behandlung verschwunden sei. Später war wieder ein junger Vogel in seinem Körper nachgewachsen. Nachdem Ann einen Lichtkanal setzte, wurden mehrere energetische Flügel von ihm abgelöst.

In dieser Zeit konnte ich laute Geräusche elektrischer Geräte kaum aushalten. Ich schlief schlecht, war unruhig und meine Lunge tat weh. Oh Gott, dachte ich, werde ich krank? Früh, kurz vor dem Aufwachen sah ich einen dunkelhaarigen Jungen, er war vielleicht neunzehn Jahre alt. Er bekam eins vor den Kopf und fiel um. Was war nur mit meiner Lunge? An einzelnen Stellen schien ein strahlendes Hellblau durch meine Lunge. Dann sah ich eine Seele durch einen wie unregelmäßig von Hand gewebten Vorhang aus glitzernden Goldfäden hindurchgehen und ich wusste, es ging um meine beiden Onkel. Einer wurde mit sechzehn Jahren an die vorderste Front geschickt, weil er der Hitlerjugend nicht beitreten wollte. Unsere Mutter erzählte, dass er auf laute Geräusche panisch reagierte. Kamen Mähdrescher, rannte er in die Kornpuppen hinein und schrie laut: »Die Russen kommen, die Russen kommen.« Er war an der Front schwer misshandelt worden und erlitt einen Kopfschuss und dadurch eine psychische Verletzung. Bei der Lunge ging es um den zweiten jüngeren Bruder meiner Mutter, der schon mit zwölf Jahren verstorben ist. Er bekam keine Luft mehr und binnen einer halben Stunde war sein Hals zugeschwollen und er starb. Ich konnte es kaum glauben. Es war schwierig, durch die eigene Geschichte hindurchzugehen, und noch schwieriger war es, diese selbst zu analysieren.

Ende Juni 2020 kam eine Frau zu mir, die darüber klagte, dass ständig aus ihrer Wohnung Sachen verschwinden, aus dem Garten und ja sogar aus ihrer Zweitwohnung. Und selbst, wenn sie irgendwo hinfuhr, verschwanden Sachen aus dem Auto, was unerklärlich war. Wir hatten uns mit Ann zusammen schon letztes Jahr ihre Familiengeschichte angeschaut und auch jetzt setzte Ann auf jeden Ort einen Lichtkanal.

Sie erzählte vor der Behandlung schon, dass sie bei dem Besuch ihrer Tochter weggeknickt war. Einfach so hatten ihre Beine keinen Halt mehr und sie ist umgefallen. Die Katze von ihrer Tochter schaute eine ganze Zeit lang zur Decke, bevor dieser Unfall passiert ist. Wir sprachen über das Thema, dass Katzen noch mehr sehen als wir. Sie sind hellsichtig und sehen die Wesen der Parallelwelt. In der Frau war ein großes Spinnentier, es reichte bis zu den Knien, nahm ihr die Kraft und unter den Knien fand ich nur energetische Leere.

Seit diesem Zeitpunkt hatte ich selbst überall Quaddeln auf der rechten Seite, das war schon eigenartig.

Programmierungen aus Vorleben

Eine gestandene Persönlichkeit erzählte Anfang Juli 2020, dass eine Frau ihr gesagt habe, sie sei mit dunklen Dämonen verbunden und würde diese sogar anbeten. Sie war total verzweifelt und ich schaute sie mir an. Ich spürte keine Angst und bei der Frage, ob ich sie behandeln darf, kam ein »Ja«.

Ich ließ ein Pendel über ihrem Körper schwingen, es zog mich seitlich neben die Liege, als würde jemand neben ihr liegen. Ich verband mich generell mit meiner spirituellen Führung, mit meinen Seelenbegleitern und das gab uns Schutz. Ich stellte Klangschalen auf ihren Körper und reinigte die Aura. Wie so viele brauchte sie für die Massage Eukalyptusöl in Kombination mit Lavendelöl und ein bis zwei Tropfen Weihrauch und Bergamotte.

Sie musste in ihrer Kindheit schon Erniedrigung erlebt haben und ich fragte, was ihr helfen könne. Es kam der Name des kleinen Hundes unserer Nachbarin, ein kleiner Grauhaardackel, und ich fragte mich, was macht denn der kleine Hund hier in meiner Behandlung. Als ich weiterarbeitete, sah ich einen kleinen weißen Hund, hatte sie früher vielleicht wirklich einen kleinen Hund? Der ihr geholfen hat, oder einer, der ihrer kleinen Kinderseele jetzt noch helfen kann?

Die Wirbelsäule schwang vom Kreuzbein zur Schädelbasis und im Herzbereich spürte ich, dass da etwas war, was sich befreien wollte. Ich sah viele schwarze Flügel herauskommen und bat diese Flügel, sich durch das Portal hindurch zu transformieren. In meinem Raum hing ein von Mönchen handgemaltes indisches Mandala, unzählige schwarze Flügel gingen dort hinein und durch dieses Bild hindurch. Als meine Hände am Kopf ruhten, sah ich plötzlich einen Geist, als hätte man ihm den Schädel gespalten, und er wälzte sich in ihr hin und her. Ich fragte wieder, was die Seele jetzt braucht, um es überwinden zu können, da kam die Information: Licht. Ich bat um sehr viel Licht, es wurde ganz hell. Ich fühlte, dass ihre Augen sehr angespannt waren, und plötzlich sah ich, wie früher auf der rechten Seite etwas Stumpfes hineingeführt wurde. Das linke Auge war schon leer, es öffnete sich von allein und schloss sich wieder. Es muss noch etwas in ihr gewesen oder in sie hineingekommen sein, was in der Lage war, das leere Auge zu öffnen. Goldenes Licht umgab sie und ich bat meine Göttin und die Seelenbegleiter, dass alles, was für sie Fremdenergie war, hinweggeführt wurde.

Nach der Behandlung erzählte sie, dass sie mit ihrem »inneren Auge« nichts sehen kann, sie war jedoch manchmal hellhörig. Als die Flügel aus ihr herausgingen, bekam ich die Information, dass es ihre Aufgabe war, diese Flügel zu befreien. Ich erinnerte mich an die Wesen mit den schwarzen Flügeln, die auf einem Schlachtfeld die Gefallenen holten. Eine Geschichte, welche ich viel früher gesehen und auch zuvor in diesem Buch schon beschrieben habe. Hier waren die schwarzen Flügel nun abgelöst und auch erlöst worden. Dass etwas Stumpfes hineingeführt wurde, zeigt, dass ihr in einem anderen Leben das Augenlicht genommen worden ist. In dieser Behandlung sah ich in Trance frühere Traumata und bekam die Informationen dazu, was sie bedeuten.

Eine Woche später kam ihre Mutter und ich sah bei ihr eine Frau mit Absatzschuhen, welche dahinstöckelte, als wäre sie etwas Besseres. Im Zusammenhang mit dieser Frau erschien bei ihr eine leere Hülle, welche sich langsam füllte, und ich wusste, dass es ihre Emotionalebene war. Am Nacken gab es eine Verbindung zu dieser Frau und ich konnte sie mit Hilfe meiner Seelenbegleiter und Licht ablösen. Ihr Kopf war in einer früheren Zeit zusammengepresst worden, sie lag auf einem Schlachtfeld und viele andere Knochen lagen um sie herum. Ich bat darum, dass alle auf diesem Schlachtfeld jetzt über das Portal transformiert und ihre Seelenanteile zurückgeführt werden.

Sie erzählte später, dass sie eine solche Frau kannte, die gern zu ihr kam, um ihr Leid zu klagen. Bei beiden habe ich mich darüber gewundert, dass alles einfach zu lösen war, bis sie mir nach der Behandlung erzählte, dass ihre jüngere Schwester vor einiger Zeit gestorben sei. Es hatte sich ganz deutlich bei ihrer Tochter an der Ablösung der Flügel gezeigt, was trotz des dunklen Wesens in ihr relativ einfach war. Ich konnte es mir nur damit erklären, dass ihre Schwester alles arrangierte. Angehörige helfen uns, auch wenn diese schon gestorben sind. Sie sah von der anderen Seite viel besser als ich und sie wählte mich aus, um alles neu zu sortieren.

Die Vermählung von Licht und Dunkelheit

Immer wieder war es ein Thema, ob ich nur Gutes getan habe oder auch in meinen Augen Böses und andere Menschen durch mich zu Schaden gekommen sind. Und wie kann es sein, dass ich so geworden bin. Ich habe schon zeitig in Sellin gesehen, wie eine Frau als Hexe verbrannt wurde. Auch bei weiteren Behandlungen sah ich wiederholte Verbrennungen und wie sie sich aus der Asche Anteile zurückholen mussten.

Warum habe ich dies so häufig gesehen, hatte es etwas mit mir zu tun? Bei einer Hypnose züngelten aus einem der Räume wie gemalte Flammen heraus. An der nächsten Tür strahlte ein helles Licht, dort wollte ich hineingehen und ich bekam eine Art Körperschild wieder.

Ich erinnerte mich, dass die Flammen so aussahen wie in unserem Bilderbuch »Der Struwwelpeter« (Hoffmann, 1955). Ich habe es mir als Kind sehr häufig angesehen. Das Mädchen spielte mit Streichhölzern und verbrannte ganz und gar. Schon als ich noch klein war, beschäftigte es mich sehr, dass nur noch ein Häufchen Asche von dem Kind übrig blieb. Sollte ich bei der Hexenverbrennung dabei gewesen sein?

Ich dachte, das kann doch nicht wahr sein. So wie ich heute

bin, kann ich keine Hexen verbrannt haben. Wie geht denn das? Beim Auspendeln kam immer wieder ein »Ja« und dass ich aktiv an der Hexenverbrennung mit beteiligt war. Meine Seele war zu dieser Zeit im Körper jeweils nur zu 15 bis 20 Prozent anwesend, das heißt, der Rest des Körpers war von dämonischen Anteilen besetzt und damit war ich in der heutigen Zeit noch bis zu deren Lösung verbunden. Die Transformation dieser dämonischen Energie war Teil meines Lebensplans.

Ich hatte es mir noch einmal angeschaut und es kam, dass 45 Prozent meiner Seele in Südafrika durch ein Ereignis zurückgeblieben war. Ein anderer Teil von mir wurde in Griechenland verbrannt, meine Seele muss verbrannt worden sein. Ich hatte es bei einer früheren Hypnose schon gesehen, das Kind in mir sah schwarz wie Holzkohle aus, das passte zusammen. Die Therapeutin suchte mir Ersatzeltern, welchen sie mich als Kind übergab, es war ein peruanisches Ehepaar, und alles war so realistisch, sie mussten Ahnen von mir gewesen sein. Sie schauten mich an und waren erschrocken darüber, wie ich aussah.

Ich pendelte aus, dass früher 95 Prozent meiner Seele auf der Geistebene in diesen traumatischen Ereignissen festgehalten wurden und ich nur mit 5 Prozent wieder inkarnieren konnte. Da Täter auch immer mit ihren Opfern zusammenhängen, sind Opfer und Täter bestrebt, in ihrem Geist diese Erlebnisse wieder zu rekonstruieren, und durch das noch einmal »Hineingehen« und es »sehen« wird es aufgehoben. In den darauf folgenden Leben standen mir jeweils wieder entsprechend mehr Prozent an Seelenanteilen zur Verfügung.

Ich bat die Engel, Erzengel und die Göttin, alles abzulösen für Täter und Opfer und diese Ereignisse zu transformieren. Alles war nur möglich, weil mir genügend Helfer zur Seite standen. Ich selbst konnte in meiner Inkarnation als Mensch nicht in diesen verschiedenen Dimensionen zugleich arbeiten. Nach der Ablösung war ich nur noch über das Holz mit diesen Ereignissen verbunden. War ein Teil von mir zu dieser Zeit im Holz?

Bei einer Familie wurden durch einen Lichtkanal Energien zurückgetauscht. Seelen, deren Anteile in den anderen Welten festgehalten wurden, konnte so geholfen werden. Schließlich war zu sehen, dass derjenige, der an dieser Geschichte ursächlich beteiligt war, selbst zu Schaden gekommen war. Es gab bei ihm Verletzungen am Rücken und sein Herz wurde rituell entnommen. Das Ereignis, was er als Täter herbeigeführt hat, trug dazu bei, dass ihm selbst Seelenanteile fehlten. Durch den geringen Prozentsatz eigener Anteile konnte sich das Dämonische in der nächsten Inkarnation seines Körpers bemächtigen und andere Menschen wiederum vernichten. Ann erlöste die 9000 Opfer seiner Generationen, sie verband sie energetisch mit seiner Frau, ihrer Mutter und Großmutter und sie gingen alle in das Licht.

Am Tag zuvor schrieb ich diesen Absatz und am nächsten Morgen sah ich kurz vor dem Aufwachen, dass ein mit Moos bekleideter Brustkorb aus Knochen nach oben hin von mir abgestreift wurde, ich fühlte mich frei.

In einer Ehe nahm ich den Namen und auch die damit verbundene Geschichte meines Partners an und ich wurde ein Teil seiner Geschichte, welche der nächsten Generation, unseren Kindern, weitergegeben wird.

In einem früheren Leben war ich mit einem Mann verheiratet, der in einem Krieg furchtbares Unheil über Menschen gebracht hat. Es war keine schöne Vorstellung, weil ich ja ebenfalls in die Katastrophe verwickelt wurde. Leo* stand für die dunkle Seite und hielt bei den Brüdern der Finsternis Seelenanteile fest. Er bediente sich der Rune, welche für die Ehe stand. Das heißt, dass er Seelenanteile aller der Personen dort festhielt, mit denen er in diesem und früheren Leben verheiratet war. Diese Rune neutralisierte Ann und die Seelenanteile konnten sich herauslösen.

Eine Frau, welche eine Verbindung mit einem »Todesengel« hatte, kam jetzt in die Transformation ihres kosmischen Energiekörpers, ebenso ihre Tochter. Die Energie erhöhte sich auch bei Mariana* und vielen anderen, die in der Lichtarbeit standen. Das zeigt, dass das Dunkle sich immer wieder das ganz Lichte angeeignet hat. Auf diesem Wege hat die Dunkelheit es in vielen Inkarnationen geschafft, sich mit dem Licht zu vermählen. Es blieb die Frage, ist Leo nun in diese Rolle geschlüpft, um diese Geschichte lösen zu können. Wenn ich davon ausgehe, dass jeder Mensch göttlich ist? Übernehmen wir in unserer Inkarnation eine Rolle, um aufzulösen und zu transformieren?

Das Leid der Hexenverbrennung kehrte sich in den nächsten Inkarnationen wieder um. Sie sammelten ihre Seelenanteile, welche durch die Verbrennung aufgespalten waren, aus der Asche heraus, die übrig geblieben war. Das Trauma musste geheilt werden, in dieser Phase der Transformation tun sie sehr viel für sich selbst und für die anderen. Diese Frauen halfen mit ihrer Entwicklung aus dem Leid heraus in den folgenden Inkarnationen allen Menschen ihrer Ahnenreihe, weil sie energetisch mit ihnen verbunden waren. In meiner Geschichte gab es mehrere Frauen, die den Namen »Maria« als Zweitnamen trugen und gleich der Bedeutung dieses Namens wieder tätig wurden in der Welt.

Die Vernetzung von hell und dunkel führte zu Geschichten, welche bis in die Wiege der Menschheit auf dem afrikanischen Kontinent zurückreichten, und es gab neue Dimensionen, in denen sie bearbeitet und transformiert wurden.

Im Hotel bat mich eine Kollegin, unbedingt einen zehnjährigen Jungen zu behandeln, schon nach der Geburt hatte sich die Pupille in einem Auge verschoben. Er bekam Augentropfen und reagierte allergisch, daraufhin war bei seinem linken Auge nur noch der weiße Augenhintergrund zu sehen. Seine Mutter erzählte mir, dass durch verschiedene Behandlungen seine Pupille wieder zu sehen war. Schon als meine Hände unter seinem Kopf ruhten, fiel er in Trance. Ich legte meine Hände auf seine Augen und sah im Auge einen Vogel in seinem Nest und darin überkreuzte Gebeine. Ich bat den Vogel, sich eine andere Bleibe zu suchen, das Überkreuzte erinnerte mich an die Rune der Ehe. Ich erklärte es mir so, dass er über eine Ehe in früherem Leben mit dunkelmagischer Energie in Kontakt kam. Seine Mutter meinte, dass sie sehr christlich waren und regelmäßig in die Kirche gingen. Der Junge wollte später Arzt werden, und ein halbes Jahr später erzählte sie mir, dass er fast normal sehen konnte.

◆ Erster Lockdown in der Pandemie ...

Wir schrieben das Jahr 2020 und es gab viele Einschränkungen durch die Coronapandemie, Veranstaltungen fielen aus, wo wir Gleichgesinnte treffen konnten. Der Tanzkreis und der Yogakurs fanden nicht statt, auch die Sauna war geschlossen.

Andreas ging auch sonntags wieder in seinen Garten, das war immer der Tag, an dem wir sonst zusammen waren. Es wäre schön gewesen, das erste Mal baden in diesem Jahr als Paar gemeinsam zu erleben. Er hatte keine Zeit, dies war ein Grundtenor bei ihm, ein Mangel an Zeit. Für mich war die Beziehung mit einem Menschen, der durch die Zeit rennt, schwierig.

Ich möchte jeden Augenblick, der mir geschenkt wird, bewusst wahrnehmen und genießen. Ich fühlte mich schon einige Tage schlecht und beim Pendeln sah ich, dass jeder energetische Anteil von mir sich auf einer anderen Ebene meiner Tabelle befand, Oberkörper, Unterkörper und Kopf waren dabei, wieder zusammenzukommen.

Dabei ist mir die Homöopathie eingefallen. Sie wirkt energetisch, auch wenn just in diesem Jahr eine Studie gemacht wurde, die Wirkung würde angeblich nicht über den Placeboeffekt hinausgehen. Ich sah, dass das Geteiltsein oder auch das geteilte Bewusstsein wieder auf einer Ebene zusammenkam. Vor allem die hohen Potenzen der Kieselerde wurden in meinem Körper gebraucht und das Salz, was ein Grundbaustein des Lebens ist. Es machte das, was durch Traumata abgestorben ist, auf der energetischen Ebene wieder lebendig. Alle Anteile, die ich nach und nach für mich zurückholte, verbanden sich wieder miteinander, alles sortierte sich neu.

In der Zeit der Pandemie wurde alles Paranormale in einen Topf geworfen und als Irrglaube dargestellt. Viele spirituelle Menschen wechselten auf die Seite derer, die den Virus als weniger gefährlich einstuften und die damit verbundenen Schließungen als »nicht verhältnismäßig« ansahen.

Nach Pfingsten durfte ich wieder arbeiten und ich sah deutlich das Kristall-Kronenchakra bei einem jungen Mann, der zu dieser Zeit überhaupt nicht an Esoterik glaubte. Dieser junge Mann wollte einfach nur eine Massage und von Beginn an war die Energie sehr hoch, sein Körper durchlässig. Ich konnte mit Licht sehr viel ausgleichen, bis ich zum Kopf kam, wo sich alles sehr fest anfühlte. Ich lockerte vorsichtig und sah plötzlich ein Bild von einem wunderschönen Kristall-Kronenchakra vom Kopf ausgehend, was nach oben hin spitz zulief und wo die in sich geschliffenen Kristalle jetzt noch deutlicher und klarer sichtbar wurden, alles war durchsichtig und kristallklar. In seine Augen war ein stumpfer Gegenstand eingeführt worden und sie fühlten sich leer an, ihm wurde das Augenlicht genommen, und es kann sein, dass er sich dadurch für die Spiritualität nicht öffnen konnte. Das Kristall-Kronenchakra war unvorstellbar schön und unbeschreiblich filigran. Es zeugte von hohem Bewusstseinszustand, zu welchem er eines Tages sicher zurückfinden wird.

♦ Rückführungen ...

Ich bin aufgewacht, es war ein Sonntag im Juli 2020, einer der Tage, an denen die Schleier zu den parallel existierenden Welten dünner waren.

Mir tat der linke Arm weh, genauer gesagt die Ader. Ich dachte, was ist das bloß? Ich musste in den letzten Tagen immer wieder an Suizid denken, doch hatte ich mir da nichts aufgeschnitten. Es konnte nur ein Schmerz aus früheren Leben sein. Ich traf Andreas in mehreren Inkarnationen und konnte es mir nur so erklären, dass ich mir in einem davon die Pulsadern aufschnitt. Jetzt wirkte es wie ein Zwang, als ob ich es wieder tun müsse. Und ich dachte an Reginas Rede, als sie sagte: »Wenn du dir das Leben nimmst, musst du dieses ganze Leben noch einmal leben bis zu diesem Punkt.« Es sind dann immer dieselben Aufgaben, welche nicht gelöst und wieder präsent wurden. Ich habe mir die Unterarme mit Arnika eingerieben und am darauf folgenden Tag waren die Schmerzen weg.

Bei einer energetischen Reinigung sah ich im Hotel einen Drachen, der seine Flügel ganz wenig bewegte. Er war nur noch ein Schatten seiner selbst und ich bekam die Information, dass er von jedem Energie nahm, der dort arbeitete. An einem anderen Ort zogen sich riesige Blutgefäße durch den Garten. Mit dem inneren Auge nahm ich Farben und Formen der jeweiligen Energien wahr und bei uns kam viel rote und aggressive Energie an. Auf einem der Türme des Hotels erkannte ich bei der zweiten Reinigung ein Nest von diesem Wesen. Zwei Tage danach spürte ich bei einer Massage an diesem Ort dunkelmagische Energie. Ich schützte mich, indem ich das goldene Licht um mich aktivierte. Zwei weitere Tage danach sah ich beim Aufwachen einen Geist. Er wohnte an einem Ort auf Rügen, an welchem eine »Drachengrube« war, dort soll einst der letzte Drache getötet worden sein.

In der Nähe seines Hauses sah ich den Geist mit wehendem weißem Haar und einem längeren weißen Bart. Er drehte sich wie erwischt hastig um und rannte zu seinem Haus. Dort gab es einen Ort in der parallelen Welt, an welchem tausende Totenschädel ganz klein übereinander, nebeneinander und hintereinander gestapelt waren, und er breitete die Arme aus, als wolle er sie alle festhalten. Ich bekam die Information, dass die Totenschädel den jeweiligen Seelen wieder zugeordnet und in das Licht gebracht werden müssen.

Kurz darauf hatten wir es wieder mit Menschen zu tun, die von der Energie anderer lebten. Sie nahmen von den Seelen der anderen und wussten oft selbst nicht, wo ihre Beschwerden herkamen. Sie hatten Kreislaufbeschwerden und fühlten sich oft sehr schlecht, manche fielen auch einfach unvorhersehbar um. Ann sagte einmal, dass sie von ihrem Seelenplan abgeschnitten wurden.

Ich behandelte Andreas, meinen Partner, und bemerkte, dass an der Wirbelsäule entlang keine Energie mehr war. Die

Chakren verschlossen sich mit Ausnahme des siebenten und der höheren Chakren, alles wurde mit gleißend hellem Licht aufgefüllt. Wir schauten, wer in seiner Umgebung ohne Energie sein könnte, und kamen auf einen tragischen Vorfall in der Vergangenheit. War es möglich, dass der Verursacher eines mysteriösen Unfalles, der schon Jahre zurücklag, damit etwas zu tun hatte? Als Ann einen Kanal gesetzt hat, sie ihn in das Licht führte, entspannte sich alles. Selbst die Insel Usedom schien in helleres Licht getaucht worden zu sein.

Wir schrieben August 2020, der Coronavirus wurde noch immer in den Mittelpunkt gestellt. Die Welt war von dem Virus gefangen und Angst kein guter Wegbegleiter. So hoffte ich, dass alle diese Zusammenbrüche auch etwas Gutes bewirkten. Bei immer mehr Menschen sah ich, dass Teile ihres energetischen Kleides abgefressen waren und sie keine Verbindung zu ihrem Solarplexus hatten. Dort war ein großes Loch zu sehen und oft wurde die Lunge nicht vollständig beatmet.

Bei einer Frau sah ich ein Kind, was von ihrer Gebärmutter losgelassen hat, es war ein drei Monate alter Fötus. Im Genick das Gebiss eines Fisches, am Hals vorn wiederum ein Vogelnest, aus dem schon junge Vögel ausflogen.

Im Hotel hatte ich weniger Zeit für den Einzelnen, und die Erlebnisse reihten sich schnell aneinander. An einem Samstag war in einer Frau ein kleines Teufelchen zu sehen, ein eigenständiges Wesen. Bei ihrem Mann verband sich die rechte Schulter nicht wirklich mit seinem Körper und es kam schon die Warnung: Da ist der Wolf drin. Als er sich drehte, sah ich in seiner Hand Pfoten mit langen Krallen. Am Hals auf der Rückseite war ein Huckel, ein großer Bienenschwarm aus einer anderen Welt, der sich dort festgesetzt hatte. Sie flogen weg und sein Körper entspannte sich. Bei einer Urlauberin hatte eine dunkle Gestalt angedockt. Das Wesen konnte aus ihr heraus agieren und ich bekam die Info, dass es aus einem Meteoritentrauma entstanden war. Es fuhr aus ihr heraus und über uns polterte es.

Bei einem jungen Mann konnte ich sehr schnell mit einer hohen Energie transformieren, die über den Scheitelpunkt durch mich und meine Hände in ihn hineingingen. Ich bekam jedoch nur die Information, ich solle den Seelenbegleiter von Ann fragen. Die Energie wurde noch höher und eine Speerspitze ragte aus seinem Hals. Ich wusste, dass er etwas Besonderes war. Infolge seines Todes mussten auch viele andere sterben und sie alle wurden jetzt mit erlöst.

Ich richtete meine Behandlungen danach aus, was ich von meinem Seelenbegleiter gesagt bekam. Durch die Informationen im Massageablauf wusste ich, was zu tun war und wie ich es umsetzen konnte.

In einer Behandlung bekam ich die Information, dass die Energie um die tausend Jahre verstärkt werden muss, die sie schon gelebt hat. Es ging um die Partie an den Schulterblättern und wie oft sie schon in wie vielen Leben verletzt wurden. Dies war für mich neu, früher löste ich nur ein Trauma aus einem Leben, jetzt aus mehreren.

Bei einer Behandlung spürte ich, dass ein Wirbel sich oberhalb des anderen so drehte, dass dieser sich anschließend unterhalb befand. Das konnte ja jetzt im physiologischen Sinn unserer dreidimensionalen Welt nicht sein, dass der obere Wirbel sich dann unterhalb dieses Wirbels befand. Es war offensichtlich so, denn meine Finger lagen danach in umgekehrter Reihenfolge an den Wirbeln. Es war das Ergebnis einer energetischen Transformation, welches sich hier sofort im Physischen auswirkte. Am Steißbein saß ein dem Huhn ähnlicher Vogel in einem Auraloch. Ich bat ihn freundlich darum, sich doch bitte ein anderes Nest zu suchen.

◆ Mumifizierungen und ihre Folgen ...

Mittlerweile ist es September 2020 geworden, im Hotel gab ich einem Mann, der für vieles verantwortlich war, eine Massage.

Im Vergleich zu der vorhergegangenen erschien seine Seele gefestigter, nur auf der linken Seite, wo das Herz sein sollte, fand ich nur Dunkelheit und Leere. Es kam die Information, dass er über eine Mumie in Verbindung mit mir und meinem Herzen stand. Warum, wusste ich nicht und war hier auch nicht mehr entscheidend, ich bat meine Seelenbegleiter um Hilfe.

Danach gingen linksdrehend Seelenanteile von mir zum einen aus der Unterwelt und zum anderen aus den Schattenwelten in die Engelwelten. Gestern gab mir mein Partner eine Reiki-Behandlung, dabei habe ich mich selbst tot gesehen und war erst 26 Jahre alt. Mein Abbild schon halb mumifiziert, der Bauch aufgeschnitten und ausgeklappt und eine bläulich schwarze Geisterhand hielt mich im Nacken fest.

Mir fiel eine Behandlung im Hotel bei einer Frau ein, bei welcher der Bauch aufgeschnitten und die Bauchdecke aufgeklappt war und jemand ließ von ihr los. Ich dachte an Mumifizierungen und das frühere Bild, wie eine vertrocknete Gestalt in einem Glaskasten zerfallen ist. Im letzten Jahr schob sich eine dreigeteilte Grabplatte wieder zusammen und eine Mumie fand darunter ihre Ruhe.

Am darauf folgenden Montag schmerzte mein Rücken und am Mittwoch litt ich extrem unter Migräne. Es wurde deutlich, dass alles einen Zusammenhang haben musste. Es fiel mir schwer, zu glauben, dass die Migräne und die Rückenschmerzen darauf zurückzuführen waren. Das Pendel zeigte bei mir eine Minus-Strahlung an, und obwohl ich genügend getrunken hatte, fühlte ich mich ständig wie ausgetrocknet. Wir fuhren zur Behandlung mit Bioresonanz und sie sagte, dass meine Nebenschilddrüse abgestürzt sei und sich das auf den Blutzucker auswirkte.

Am 21. Oktober sah ich, wie ein Geist auf mich mit einem Messer einstach und jemand wickelte ein Tuch um meinen Hals. Diesen Augenblick erlebte ich mit allen Informationen als sehr traumatisch. So sah ich mich mit der Lösung von Traumata, welche auf einer anderen Ebene ausgetragen wurden, konfrontiert.

Ich gab meine Energien hinein und sah mir diese Erlebnisse an, danach verschwanden mit der Zeit auch meine körperlichen Beschwerden.

◆ Die schöne russische Frau ...

Heute kam eine sehr schöne junge russische Frau und sie bekam eine Ganzkörpermassage. Sie sagte zu mir, dass sie vor allem Problemzonen am Hals habe. Rechts und links die Stränge möchte sie gern besonders behandelt haben. Die ganzheitliche Massage begann ich am Rücken, es waren überall Verspannungen zu lösen. An den Beinen entlang spürte ich, wie das anfänglich Dunkle immer heller wurde. Als ich am Hals ankam und dort intensiver arbeitete, öffnete sich plötzlich ein Bild und ich sah eine Kette, an der Blutstropfen hingen. Die Form eines sehr schönen Geschmeides kam darunter zum Vorschein, ein Licht strahlte und im gleichen Augenblick öffnete sich die Kette und verschwand.

Ihr hatte die Massage sehr gut gefallen. Ich fragte sie, ob ich ihr erzählen dürfe, was ich gesehen habe und dass es etwas von früher war. Ich beschrieb ihr die Kette aus Blutstropfen und wie sie verschwand. Sie sagte, dass sie sich schon seit längerem mit Esoterik beschäftige und sie selbst oft Dinge gesehen hat, die später passiert sind.

◆ Zweiter Lockdown in der Pandemie ...

In der Pandemie wurden im November 2020 alle Hotels, Gaststätten und Kosmetik- und Massagesalons geschlossen. Die Zahlen der Infektionen waren weiter angestiegen. Bei sehr vielen Menschen pendelte die Energie in sich linksdrehend auf einem Kreis linksherum, alles hatte mit der Lösung früherer Leben zu tun. In den vorhergegangenen Ausführungen beschrieb ich, wie frühere Ereignisse bei jedem Einzelnen in dieses Leben hineinwirkten. Jetzt wurde dies ein kollektiver Prozess, welcher Menschen und ganze Landstriche mit einbezog. Der Mensch konnte nicht getrennt von Natur und Umwelt betrachtet werden, alles hing mit allem zusammen.

Ich pendelte das allgemeine Karma von Landstrichen auf einer Tabelle aus, welche Prozentwerte von null bis hundert Prozent angab. Dies war zwar eine vereinfachte Darstellung und dennoch sehr aufschlussreich. Gebiete, auf denen die Inzidenz gering war, hatten nur noch 25 Prozent Karma. Die Inzidenz ging an Orten, an denen sich Menschen schon intensiv mit der Geschichte beschäftigt hatten, schneller zurück.

Mit Karma bezeichne ich hier ungelöste Traumata, welche mit dem vorzeitigen Tod von Menschen und Tieren einhergegangen sind. Trauma-Abdrücke konnten bei allen Erd- und Pflanzenwelten, die durch diese Traumata berührt worden sind und bei allen Wesen auftreten, auch bei den Überresten, welche aus früheren Leben in der Erde lagen. Ihre Ursprungsseelen waren bemüht, diese Zeit wieder in ihrer jetzigen Inkarnation zu integrieren und zu transformieren. Dunkelmagische Wesen, welche aus dem Schmerz der Kreaturen hervorgingen, verselbständigten sich. Bei den Pferden wurden sie durch die Lichtenergien unserer Seelenbegleiter erlöst.

Wolgast hatte noch sechzig Prozent Karma, dabei kreiste das Pendel linksherum und zeigte einen Prozess der Lösung an. Es würde noch einige Zeit dauern, ehe alles im Mittelpunkt ankam. Dabei konnten die Zahlen hoch- und runtergehen, in Zeit- und Raumschleifen sich die Ereignisse zuordnen.

Durch die Öffnung der Schnittpunkte zwischen den einzelnen Welten wird ein vereintes Chakra der gesamten Erdenergie erstellt. Seelen reisen mit den Körpern von Steinen, Bäumen, Tieren und Menschen, sogar mit den Elementen. Wir werden zwischen Erde, Sonne und Engelwelten so zentriert, dass Körper, Seele und Geist vereint mit dem irdischen Körper in diesen Raum einfach sein können. Die Erde befand sich in der energetischen Struktur der Unterwelt, die Sonne rang mit den Schatten und der Mond mit der Welt der Toten, es gab eine Neuausrichtung unseres Sonnensystems. Ich habe oft gesagt, dass alle Vorgänge wie bei einer Auferstehung waren, wo Seelenanteile wieder zusammengeführt wurden, die irgendwo abhandengekommen sind. Damit wurde ihre Energie erhöht und jetzt in dieser Erhöhung zentriert.

Auch musste wegen der hohen Infektionszahlen nach einer kurzen Teilöffnung wieder alles schließen. Vor den Engelwelten bildete sich eine dunkelrote Wolke, die sich auflöste, sobald wir uns geistig damit beschäftigten. Schließlich mussten wir die ganze Wut und den Schmerz der Wesen aushalten und transformieren, wenn die Energien durch uns hindurchgingen. Wir ... das hieß, ich hatte das Gefühl, dass viele von uns schon geistig miteinander verbunden zusammenwirkten.

Was ist denn mit denen, welche dabei gestorben sind? Ich denke, dass der Tod nichts Schlimmes ist, nur Krankheit und Leid und der Weg des Sterbens konnten schwer sein. Jeder Mensch möchte Wohlergehen für sich, seine Kinder und Enkelkinder, und wir erleben Trauer und Leid, wenn dies nicht so ist. Die Gestorbenen können mit ihren Seelen wieder neu inkarnieren oder auch einfach nur ihre Freiheit genießen. Als ein Freund von mir an Krebs verstarb, hatte sein Bruder einen Traum. Er kam zu ihm und sagte: »Ich bin jetzt frei und kann überall auf der Erde zugleich sein. Ich kann in Afrika sein und auch bei meinen Kindern.«

Frau Holle im Erdinneren

Wenn ein Mensch oder ein Tier eines unnatürlichen Todes stirbt, dann fallen die Körper und die daran gebundenen Seelenanteile in das Erdinnere. In der Erde fanden wir gebundene

Seelen in Kies und Gestein, in Wasseradern, in Holz und Kohle. Nicht nur durch das Feuer, auch durch das Zusammenstoßen von Gestirnen wurden ihre Körper zusammengepresst und verwandelt.

Weil meine Seele verletzt wurde, konnte sie nicht fliegen. Meine an den Körper gebundenen Seelenanteile sind in die Erde gefallen. Und statt bei Frau Holle, der Erdgöttin, bin ich in der Hölle angekommen? Meine Geschichte begann mit »Geister-Rufen« zusammen mit einer Schulfreundin. In ihrem Namen steckte schon »Holla« drin. Wir waren noch Kinder und sie sagte: »Komm heute Abend, wir gehen zu der alten Gruft abseits vom Dorf.« Es war schon fast dunkel. Eine kleine Allee führte zu einem umzäunten Gebiet. Hier standen Bäume und Büsche. Ein schmiedeeisernes Tor ließ sich leicht öffnen. Bald erkannten wir Grabsteine. Es war ein altes Familiengrab des Fürsten, welcher früher hier gelebt hat. Meine Schulfreundin hatte ihren Bruder mitgebracht. Sie rief: »Wir haben keine Angst vor dir, komm nur, komm nur ...« Ich weiß nicht mehr, was sie noch rief, es kam mir gruselig vor. Ein Wind fegte in die Blätter der Bäume. Ich habe sehr lange nicht an dieses Ereignis gedacht. Viel später beim Schreiben meiner Geschichte und als es um »Holla ...« und um Familiennamen ging, in denen sie vorkam, erinnerte ich mich daran, nachdem die Geschichte ganz und gar beendet war und der Sarg sich geschlossen hatte.

Später lernte ich einen Mann kennen, seine Familie wurde von einem Diktator in Indonesien enteignet. Als er fünfzehn Jahre alt war, mussten sie ihr Land verlassen. Vorher waren sie reich und standen von einem Tag zum anderen vor dem »Nichts«. Er hatte den Wunsch, seiner Familie wieder Reichtum zu ermöglichen. Inzwischen war er in Deutschland Eigentümer einer Fabrik und er schätzte meine Massagen. Die vielen »Frauen mit ihren schönen Köpfen«, er habe schon immer das »Geistige« gesucht. Auch sein Großvater hatte auf einem Foto eine sehr herzliche Ausstrahlung. Er erzählte, dass die Menschen in Indonesien einem Gast auch ihr letztes Brot auf den Tisch stellen. Die Wege der Geister im Erdinneren führten uns auch nach Indonesien zu diesem Diktator.

Eine Frau in unserer Geschichte wohnte in einem Dorf von Frau »Holle ...«. Da, wo viele Hollerbüsche wachsen, Hollerbusch heißt der Holunder. Dort gab es Zugang zur Unterwelt, sagen alte Legenden. Stießen wir mit »Schatten« zusammen, ging es um unsere Körper- und Seelenanteile. Jahrhundertelang hatten sie sich diese ausgeliehen, um die gleichen Fähigkeiten zu haben und sich genauso bewegen zu können wie wir.

Vielleicht ist es ja auch so, dass alle 100 Jahre eine solche Geschichte geistig bearbeitet werden muss. Wie war es möglich, die Seelen, die gefallen sind, zu erlösen? Da haben wir wieder einen Begriff, der oft im Mystischen vorkommt, gefallener Engel, gefallene Seelen. In die Erde gefallene Seelen, die oft auch selbst nichts dafür können. Wie ist das alles zu sortieren, sodass die sengende Hitze weniger wird? Davon wird in dem Märchen »Die Regentrude« erzählt. »Dunst ist die Welle, Staub ist die Quelle! Stumm sind die Wälder, Feuermann tanzet über die Felder! Nimm dich in Acht! Eh du erwacht, holt dich die Mutter heim in die Nacht!« (Storm, 1863) Er erzählt, dass tief in der Erde der Feuermann herrscht. Eine Jungfrau ist hinabgestiegen, um die Regentrude zu wecken. Weil die Regentrude schläft, gab es nicht genug Regen. Der Schlüssel musste gefunden und der regenspendende Brunnen aufgeschlossen werden.

Regen und Wasser stehen auch für Tränen und eine Frau in einer Behandlung bei mir stand für »die Tränen der Welt«. Es war ihre Aufgabe, die Tränen der Welt zu sammeln.

Der Grund für all das waren die unbeschreiblichen Leiden, die unsere Seelen und Körper erfahren haben.

Wir waren am Ende einer langen Ahnenreihe angelangt! Am Ende einer Reihe von Konflikten, die von unseren Ahnen nicht gelöst wurden, die jetzt angeschaut und erlöst wurden, und diese Transformation wird noch einige Jahre andauern.

Was wir für uns und die nächste Generation tun können

Die Entwicklung eines Kindes ist das Schönste, was Eltern erleben dürfen. Eine zuverlässige Form der Gemeinschaft gibt allen Sicherheit und Geborgenheit. Sei es eine Großfamilie, in der mehrere Generationen zusammenwohnen oder eine frei gewählte Gemeinschaft. Dazu gehören auch Menschen wie ich mit einer Verbindung zu den parallel existierenden Welten. Sich gegenseitig zu akzeptieren, mit allen Eigenheiten, kann zu einer Bereicherung und Vervollkommnung aller Beteiligten führen.

Es ist unbedingt wichtig, unsere Spiritualität in unseren Lebensalltag mit einfließen zu lassen.

Dazu bedarf es einer Entkopplung der Zeit von dem Faktor Geld. Es sollte die Möglichkeit geben, auch seine Arbeitszeit frei einzuteilen. Die »Arbeit« als solche braucht eine Neuorientierung zur freien Entfaltung unserer Begabungen.

In der Naturheilmedizin geht es darum, dass Menschen gar nicht erst krank werden. Warum nahm die Gesellschaft in Kauf, Millionen mehr für die Behandlung von Krankheiten auszugeben, wenn das Kind schon »in den Brunnen gefallen« ist?

Ein Mittel ist immer wieder das Gebet, um Geschichten zu lösen. Wir können für uns selbst, für unsere Familie, für unsere Kinder und Enkelkinder beten. Dies ist ganz wichtig, und ich glaube, dass ich es nur dem Gebet meiner Großmutter verdanke, dass ich die Zeit in dem Säuglingsheim gesundheitlich relativ gut überstanden habe, wenn auch psychische Beschwerden blieben. Himmlische Wesen begleiteten mich und meine Seele konnte sich dazugesellen, eines ist sogar in meinen Körper hineingegangen, um mir in dieser Zeit zu helfen und es blieb bei mir, bis meine Seele gesundete.

Auch wenn ich selbst nicht so stark und fehlerfrei bin, kann ich mit meiner Geschichte zum Wachstum der Menschheit beitragen. Es ist wichtig, sich mit seiner Vergangenheit und den eigenen Schatten auseinanderzusetzen, auch wenn der Weg nicht immer der kürzeste ist.

Unsere Kinder und Enkelkinder führen das weiter, was wir begonnen, oder sogar das, was wir uns immer zu tun gewünscht haben. Bei mir wurde deutlich, dass jedes Kind ein Thema von mir aufnahm. Ich habe fotografiert, gezeichnet und bewunderte Kunstwerke. Ich sang und spielte einige Lieder auf der Gitarre. Meine Aufmerksamkeit richtete sich auf die geistig- seelische, soziale und körperliche Gesundheit. Meine Kinder widmen ihr Leben der Gesundheit, Religion, Kunst und Musik. Sie helfen gern anderen Menschen und arbeiten in kreativen Berufen, haben studiert oder eine Fachausbildung absolviert, sie meistern ihr Leben. Kinder bringen mir eine Botschaft, weil sie ein Spiegel meines Umganges mit ihnen sind. Dieser ergibt sich wiederum aus meinen Stärken und Konflikten. Löse ich meine Konflikte, werden meine Kinder und Enkelkinder davon entbunden.

Von größter Wichtigkeit ist die Liebe, auch die sexuelle Liebe zwischen den Menschen. Ich kann mich erinnern, dass ich als junges Mädchen dachte, dass eine Annäherung auch ein Liebesbeweis sein müsse. Trotz aller Missbrauchserfahrungen habe ich mir den Glauben an die universelle Liebe erhalten, die sich auch körperlich ausdrücken kann.

Zur Freiheit gehört, dass jeder Mensch die Verantwortung für sein Tun übernimmt, auch für seine Kinder. Ich kann nur allen Müttern sagen, gebt auch den Vätern die Chance, für ihre Kinder da zu sein. Lasst die Vaterschaft feststellen, damit jeder die Chance hat, sich selbst zu erkennen, wer er ist oder woher er kommt. Jeder Mensch wird sich bewusst oder unbewusst bis zum letzten Augenblick fragen, wer sein Vater oder seine Mutter ist, wie diese Menschen waren und was sie erlebt haben. Verschweigt ihr etwas, so riskiert ihr, dass irgendwann spätestens nach eurem Tod im wahrsten Sinne des Wortes »jedes Blatt umgedreht wird«. Das heißt, dass noch viel mehr an das Licht kommt, als ihr ursprünglich verbergen wolltet. Über die Auseinandersetzung damit kann jeder die Verantwortung übernehmen, der es möchte.

Es ist traurig, dass sich immer noch so viele Menschen das Leben nehmen. Obwohl keiner Hunger leiden muss und fast jeder ein Dach über dem Kopf hat. Bewertung und Einteilung in »das macht man und das nicht« bauen in jedem Fall Druck auf. Jede Mutter möchte bei ihren Kindern sein. Kann sie das nicht, so hat sie einen triftigen Grund. Kein Mensch kann das Leben eines Anderen beurteilen, schlicht und einfach, weil er es nicht gelebt hat.

Es ist möglich, dass die Erde in hundert Jahren nicht mehr so existiert wie heute. Die Lebensbedingungen werden sich verändern. Wir müssen unsere Lebensumstände immer wieder beleuchten und die Lebensweise zum Ursprünglichen hinführen.

Die Menschen können sich abstrampeln und ich sage: »Überleben tut keiner«. Ich meine damit nicht, dass alle zugrunde gehen werden. Vielmehr möchte ich damit sagen, dass jeder Mensch, der jetzt lebt, eines Tages eines natürlichen Todes sterben wird. Das einzig Wichtige für diesen Augenblick ist die Vervollkommnung der Seele und die Gesundung des Körpers. Beides ist untrennbar miteinander verbunden.

Kapitel VII – Briefe meines Großvaters (1893–1986)

Mettmann, den 30. Juni 1978

Liebe Maria!

Über Deinen letzten Brief vom 12.6.1978 haben wir, Tante O. und ich, uns sehr gefreut. Du erwähnst, dass Du Dich über das Blühen in der Natur freust und das ist schön. Und die Oberlausitz ist auch schön, die Menschen sind freundlich, die Wälder sind sehr schön und von Niesky bis Muskau weit ausdehnend. ... Das Wetter war hier in letzter Zeit sehr regnerisch und windig und zu kühl für Juni. Heute, so meine ich von Deiner Mutter erfahren zu haben, wollen die Eltern mit Deinem Bruder nach Ungarn reisen. Da möchte das Wetter freundlicher und wärmer sein als zurzeit hier. Und Du und die Oma werden das Haus hüten!? Dass Du das Abitur mit der Zensur »Gut« geschafft hast, ist sehr anerkennenswert. Wir gratulieren Dir bestens. Möchtest Du eine gute, Dich befriedigende Berufslaufbahn haben. Wir wünschen es Dir und fürs Leben überhaupt herzlichst gut. Wenn Dir meine Gedichte etwas Gutes zu sagen haben, so freut es mich sehr. Wenn Du das Alter erreicht haben wirst, so wirst Du auch Erfahrungen gesammelt haben, die Du heute noch nicht haben kannst.

Ich habe zu meiner Freude erfahren, dass Du Deinen Onkel besucht hast, das war eine liebe und gute Tat von Dir. Denke doch daran, dass Dein Onkel mit 22 Jahren in den Krieg hinausmusste und seit er zurückkehrte, Invalide ist! Das ist gewiss furchtbar! Habe Dank für Deine gute Tat!

Bemühe Dich, liebe Maria, Deinen lieben Eltern Freude zu machen, es wird Dir dies zum Allerbesten dienen! Nun wirst Du auch »Ferien« haben, wie verlebst Du diese? Vor etwas möchte ich Dich warnen, verzettele Deine Jugend nicht. Junge Männer, die nur auf das Vergnügen aus sind, taugen fürs erste gemeinsame Leben meistens nichts.

Und sorge jetzt dafür, dass Du in einen guten Beruf hineinwächst, der Deinen Lebensunterhalt sichert! Diese Aufgabe erfordert Dein ganzes Bemühen! Ich wünsche Dir vollen Erfolg und ein bissel Glück auch dazu!

Wir grüßen Dich, liebe Maria sehr, sehr herzlich! Bitte grüße auch die Oma ebenso lieb von uns. Und bleibe vor allem gesund, sorge für Deine Gesunderhaltung! Das ist sehr wichtig.

Dein Großvater!

Mettmann, den 2. März 1980

Meine liebe Maria!

Du feierst Deinen 20. Geburtstag, dieser Tag liegt in der schönsten Zeit des menschlichen Gesamtdaseins. Es ist eine Wertung, welche ich hier ausdrücke, vom Alter aus betrachtet.

Du bedankst Dich für die Ratschläge von mir. Wenn Du Diese als »gute Ratschläge« empfunden hast, so freut es mich sehr und es ehrt Dich. Denn auf das eigene Empfinden kommt es an, es wäre sonst von mir jeder gegebene Rat umsonst gewesen, von Dir umsonst aufgefasst und gelesen worden. Das eigene Nachdenken über Gelesenes, Gehörtes und Erlebtes überhaupt ist so sehr wichtig. Ohne das »Selbst-Bedenken« bleibt unser Erlebtes ja wertlos für uns.

Wenn ein junger Mann und ein junges Mädchen sich kennen lernen und Interesse füreinander gewinnen, so steht meist unbewusst doch schon der Gedanke dahinter – ein Prüfen, ob es sich lohnt, immer miteinander verbunden zu sein.

Dass Deine Schwester ihr zweites Kind erwartet, hörten wir schon. Mein zweites Urenkelchen! Geburt eines Menschen!!!

Da kommt die Frage auf: »Ist Geburt der Anfang neuen Lebens?« Der Anfang einer neuen Lebensepoche ist es bestimmt! Aber eine Epoche ist ein Zeitabschnitt! Diesem Zeitabschnitt ging ein vorheriger voraus! Geburt eines Kindes ist »Kommen« eines neuen Bewusstseinsträgers. Eines neuen? Oder ist der kommende Bewusstseinsträger nur die Fortsetzung von alten?? Wenn wir das Leben betrachten, so erkennen wir ein stetes sich Verändern von allem, was ist.

Schnell oder langsam verändert sich alles, Stoffliches, Geistiges, Gefühle! Da bleibt nichts unveränderlich, immer feststehend, gleichbleibend. Wie, wenn auch Gestorbene nur »während der Lebensepoche« lebend scheinen, sein Sterben, sein Todsein kein Todsein im absoluten Sinne ist? Sondern der Gestorbene wieder neuem Leben, neuem Geborenwerden entgegenwandelte? Das neu Geborene war früher schon mal lebend? Aus »Nichts« kann eigentlich kein »Etwas« werden! Aber aus einem »ehemaligen Etwas« kann wieder »Etwas« werden! Das ist doch einleuchtend. Es lohnt sich auf jeden Fall, darüber nachzudenken. Man sollte darüber seine eigenen Feststellungen treffen! Ein Anfang der Welt, unseres Daseins ist nicht festzustellen. Jedes Forschen nach einem Anfang ist umsonst, es führt zu geistiger Verirrtheit! Ich hörte, dass auch die Wissenschaft nur bis zum »Atom« oder Wasser oder Äther als letzteres gekommen ist. Es bleibt immer dabei, ein Anfang ist nicht zu finden! Aber, wie ich in rechter Weise zu leben habe, das kann ich wissen. »Ich muss mich immer an die ethischen Gesetze halten!« Und diese sagen: Von allem Töten eines Lebewesens muss ich mich fernhalten, ebenso vom Lügen, vom Stehlen, vom Aussprechen unwürdiger Redensarten, vom Gebrauch von Alkohol, Tabak, weil dieses alles den Geist schädigt ...

Deine Mutter sah in Deinem Vater den rechten Ehepartner und hatte eine gute, eine glückliche Wahl getroffen. Deine Mutter hat sich den Bedürfnissen und Gewohnheiten ihres Mannes, und wohl auch der damaligen Zeit, angepasst, angeglichen.

Beide Ehepartner hatten es sehr schwer, zu schwer in erster Zeit. Man muss Achtung haben vor ihren Leistungen und zu loben sind beide! Nur das! Was Dich verwundert, liebe Maria, ist sicher eine Folge, Nachwirkung ehemaliger Überforderung der Kräfte Deiner lieben Mutter! Wir können es schwer erkennen, was alles für Ursachen und Gründe für das heute Gewordene an den Menschen vorliegen. Nie dürfen wir Menschen verurteilen, über andere Menschen überhaupt ein Urteil aussprechen, denn wir sehen »immer zu kurz«. Es gibt nur eine Haltung gegenüber anderen Menschen, die immer richtig ist, sie zu lieben! Nur zu lieben! Das ist es!

Pestalozzi, ein schweizerischer Lehrer, soll auf seinem Grabstein stehen haben: »Nichts für mich, alles für andere!« Das zu verwirklichen, ist gewiss schwer, aber wir sollten uns das zur Richtschnur für unser Leben nehmen. Mehr kann ich Dir zum Verhalten und Sein Deiner lieben Mutter nicht sagen, aber es genügt! Liebe nur! Wenn Du meinen Rat befolgst, wirst Du gut tun!

In Kürze lässt auch Tante O. etwas von sich hören. Mit herzlichen Grüßen verbleibe ich

Dein Großvater

Mettmann, den 18. April 1980

Liebe Maria!

... Und nun danke ich Dir für Deinen Brief vom 24. März 1980, in dem Du uns mitteilst, dass Du im September eine Ausbildung beginnen willst. Welcher Art soll denn diese Ausbildung sein? Ist denn die jetzige Zeit, die Du bei den Kindern bist, nicht eine Ausbildung schon gewesen und genügte diese nicht? Dein Schreiben wirft überhaupt mehrere Fragen auf. Ich will versuchen, sie zu beantworten.

Alle Wesen wünschen ein Wohl. Und »vom Denken gehen alle Dinge aus«! Dass alle Wesen Wohl wünschen, ist einleuchtend. Dass vom Denken alle Dinge ausgehen, bedarf der Begründung. Soll irgendetwas ins Dasein gesetzt werden, so muss erst ein Gedanke, ein Vorsatz gefasst werden. Es muss im Denken erst ein Bild entstehen, also es muss erst gedacht werden. Die Entstehung folgt danach! Das Denken aber vollzieht ein denkfähiger Geist, ein Mensch oder wenn sonst noch ein denkfähiges Wesen vorhanden ist, eben dieses. Denken soll heilsam sein, muss auf Wahrheit beruhen. Widerspricht es der Wahrheit, so ist es unheilsam oder hält auf die Dauer nicht. Man braucht nicht immer und nicht jede Frage zu beantworten, aber was man sagt, muss immer und unbedingt der Wahrheit entsprechen, sonst ist es unheilsam! Dann wäre es besser, wenn es unterblieben wäre. Ich habe auf die Wichtigkeit des heilsamen Denkens, Redens und Handelns verwiesen. Wer diesen Rat befolgt, wird bald merken, dass er gute Früchte seines Denkens und Handelns erfährt und sich freuen! Manche Menschen glauben, dass der Zweck des Lebens sei: »Zu genießen«! Jeder Genuss vergeht, aber seine Ursache, wenn sie auf Trug und Unwahrheit fußt, bringt ihre Ernte und diese ist der Ursache entsprechend. Die geistigen Ursachen sind immer mit zu bedenken vor jedem Tun. Jeder Gestorbene hatte Kräfte, geistige Kräfte oder Tendenzen. Wenn Du der Meinung bist, dass diese mit dem Tode auch vernichtet sind, so musst Du Dir die Frage stellen, worauf sich Deine Meinung stützt! Alles Körperliche vergeht, das erleben wir ja. Geistige Kräfte unterliegen aber anderen Gesetzen als die Stofflichen, eben weil sie den stofflichen Gesetzen nicht unterliegen. Die Ursachen der geistigen Gesetze sind geistiger Herkunft, sie verändern sich nur durch Denken! Ein Dieb kann nur zum »Nichtdieb« werden, wenn er den Diebstahl von Grund auf verneint! Der Tod ändert an der Gesinnung nichts! Das ist die Antwort auf Deine Frage, woher die Charaktere kommen. Es ist ein Charakter, der geboren wird, immer eine Fortsetzung eines

ehemals schon Gelebten! Über einen ersten Anfang nachzudenken ist nicht ratsam, denn diesen ersten Anfang gibt es nicht.
»Kausalität« hat keinen Anfang. Unser Bewusstsein ist das am
schwersten zu begreifende Ding, was es gibt. Aber alle Fragen
wurzeln letztlich in der Frage:»Was ist Bewusstsein?« Geist und
Gemüt ergeben Bewusstsein! Darum halten wir unseren Geist
und unser Gemüt sauber und rein, dann haben wir nichts zu
fürchten, dann brauchen wir über unlösbare Fragen uns nicht
abzuquälen. Ob Du Christus oder irgendeinen anderen Religi-
onsgründer befragen würdest, alle verweisen immer nur auf
die Einhaltung der ethischen und moralischen Gesetze. Alle
weiteren Fragen beantwortet nur ein »rein gewordenes Gemüt«.
Christus sagt:»Das reine Herz wird Gott schauen« und Gott ist
ja die Wahrheit. Wer unter dem Begriff»Gott« mehr oder etwas
anderes verstehen sich abzumühen quält, als die Wahrheit und
Wirklichkeit, kommt nicht zur Klarheit. Alles Geglaubte, nur
Geglaubte entbehrt des Wissens. Um Wissen sich zu bemühen,
ist das Beste! ...

Betreffs der von Dir erwähnten »Aggressionen« der Kinder
würde ich Dir raten, diese stets liebevoll zur Kenntnis zu nehmen, aber sonst ruhig und gelassen zu bleiben. Auf alles, was ich
sonst heute noch nicht berührt habe, komme ich auch in einem
späteren Brief noch zu sprechen. Heute möchte ich Dir nur noch
herzlichen Dank sagen für Deine lieben Worte, welche Du an
mich und Tante O. gerichtet hast und Dir von ihr und mir aller-
herzlichste Grüße senden. Auch wünschen wir Dir Gesundheit
und Kraft bei Deiner gewiss nicht leichten Arbeit und Aufgabe.
Froh im Gemüte zu sein und stets wahrheitsgemäß sich zu verhalten, wird Dir helfen, alle Schwierigkeiten zu bewältigen.

Nochmals liebe Grüße Dein Großvater!

Mettmann, den 28. Mai 1980

Meine liebe Maria!

... Ja, Du stehst noch in einem Alter, von dem der alt gewordene Mensch sagt, dass es das so sehr schöne Alter »der glücklichen Zeit« sei! Der jeweils Jugendliche sieht es stets aber auch mit allerlei Schwerem und Üblem belastet an, es bedrückt ihn eben zu dieser Zeit! Der Alte sieht das Bedrückende als überwunden an! Du erwähnst in Deinem Briefe, dass jedes Kind aus einer »Eizelle« entsteht und die durch Samen befruchtet ist! Das stimmt auch, es ist so alles Körperliche, alles Stoffliche am sichtbaren »Dasein« zur Welt gekommen! Aber es ist Dieses doch nur das Stoffliche, das Materielle! Das Lebewesen besteht aber nicht nur aus Körper, sondern das den Körper Leitende und Führende ist doch das »Geistig-Seelische«, das selbst unsichtbar ist. Dieses Geistig-Seelische hat seine Ausstrahlungen, welche verschiedene Bezeichnungen führen: »Astralkörper, »Mentalkörper«, »Aura«, »Odfeld«, es wird auch von Kohäsion gesprochen, von einer Bindekraft, welche die Moleküle zusammenhält! Wenn Goethe von einer »Wahlverwandtschaft« sprach, so fällt dieser Begriff sicher mit Kohäsion zusammen, das in einem Leben immer da seiend und wirksam ist. – »Vergangenheit, Gegenwart und Zukunft« als stets beständig einbegriffen sind. Kräfte sind selbst nie sichtbar, nie hörbar, nie schmeckbar, nie riechbar, nie tastbar! Nur die Auswirkungen sind von uns erlebbar – herrührend aber von diesen Kräften! Diese Kräfte unterliegen anderen Gesetzen, als alles Materielle. »Vom Denken, Erwägen, Bewerten des menschlichen, überhaupt organischen Wesens gehen diese Kräfte aus! Vom Denken (Geist) und vom Gemüt (Seele) gehen alle Dinge aus! Geist und Gemüt sind über den Tod wirksam! So nur entsteht ein Wesen. Stets ist jedes Wesen veränderlich, sich verwandelnd. Aber dieser stets sich wandelnde Prozess ist es, was ich meinte. Wenn ich vom Erbe spreche, das bei der Zeugung eines Wesens wirksam und bei der Geburt zum Licht, sichtbar als Kind, als Nachfahre seiner Art erlebbar wird.

Jeder Mensch kämpft doch darum, ein möglichst wirklich-keitsgemäßes Weltbild, eine »Weltanschauung« zu gewinnen. Obige Gedanken vermitteln Dir vielleicht Hilfen zu dieser Welt-anschauungsgewinnung.

Recht hast Du, wenn Du es als das Wichtigste ansiehst, eine »Lebensführung« zu kennen und zu haben, die Dich so leben lässt, dass Du möglichst wenig Schmerzen, Leiden, Üblem be-gegnest. Und das kann erreicht werden durch Einhaltung der moralischen, ethischen Gesetze!

Schaue Dir die Menschen an, die sich zwar »Christen« nen-nen, aber die von Christus gegebenen Ratschläge für ein frucht-bares Leben nicht befolgen! In der »Bergpredigt« sagt Christus, dass durch die Gewinnung eines »Reinen Herzens« Leiden, Krankheiten, ja der Tod überwunden wird. Die Menschen aber »morden«, »lügen«, »stehlen«, sprechen oft Schlechtes von ihren Nächsten! Diese üblen Verhaltensweisen sind doch »kein reines Herz«, »kein gereinigtes Herz«! Ohne Anstrengung, ohne Be-mühung ist ein reines Herz nicht zu gewinnen. Man muss sich selbst bemühen, es kann »kein Anderer« (auch kein Gott) mich bessern. Ich muss es selbst machen! ...

Für heute herzlichen Gruß von Tante O. und Deinem Großvater.

Mettmann den 22. August 1980

Meine liebe Maria!

Deinen Brief vom 15.8.80 haben wir gestern, am 23.8.80 erhal-ten. Habe herzlichen Dank dafür ...

Dass Du sogar Reiten lernen willst, hat uns Spaß gemacht. Es ist heute auch hier ein Hobby von jungen Damen! Schwimmen ist sehr gesund, nur es darf nichts übertrieben werden, sonst wird es schädlich!

Dass Du bei einem alten Manne wohnst und nicht mehr im Heim, ist für uns neu! Dein Urlaub und die Übernachtungen im Freien waren wohl auch keine reine Freude aus Witterungsgründen!?

Wenn Du nun von Deinen Eltern berichtest, dass sie wohl zu viel Wert auf Errichtung und Verschönerung des Wohnhauses gelegt und unentwegt daran gearbeitet haben. Und dadurch zu wenig Sorge auf enge und innige Beziehung zu Dir Zeit fanden, so weißt Du nicht, kannst es nicht wissen, wie unendlich schwer es Vater und Mutter hatten in den ersten Jahren ihrer Ehe! Da galt es wirklich um Erhalt des Lebens zu kämpfen.

Ich erinnere mich zum Beispiel an 1945/1946. Ich war ein halbes Jahr 1947/1948 in Meißen als russischer Sprachlehrer (Dozent) tätig. Die Verhältnisse waren für mich derart schwierig, ja unerträglich geworden, ich konnte nichts mehr zu essen bekommen. In Rietschen, meinem zuständigen Arbeitsplatz an der Schule, aß ich bisher immer in der Gastwirtschaft »Greiner«. Aber, als ich 1948 aus Meißen zurückgekehrt, wieder zurück nach Rietschen kam, erklärte mir Herr Greiner: »Ja, lieber Herr H., wir haben jetzt kaum selbst noch was zu essen. Bringen Sie uns die Lebensmittel, kochen will Ihnen meine Frau gerne!«, so sah es 1948 in Rietschen aus! Und ich war gezwungen, wieder nach Hamburg zu gehen, beim Schulrat um meine Entlassung aus dem Schuldienst zu bitten, weil ich nicht wusste, wie ich noch leben kann in Rietschen. In Hamburg bekam ich Arbeitslosenunterstützung, weil Männer meines Alters nicht mehr eingestellt wurden. Von dieser Unterstützung schickte ich noch Pakete in die Lausitz. Die Lage dort war nach wie vor so schlecht, bis es dann allmählich sich besserte! Erst 1951 bekam ich wieder Stellung in Ratingen (Rheinland).

Und als Deine Mutter heiratete und Deine Eltern ein eigenes Heim und Haus sich stellen mussten, da hatten sie es wahrlich sehr, sehr schwer. Und Deine Mutter musste auf Arbeit gehen, trotz Kind. Sie »konnte« nicht zu Hause bei den Kindern bleiben. Es wurde vom Staat die Mitarbeit der Frauen gefordert, so mussten die Eltern die Kinder von Heimen erziehen lassen. Ob auch ein zu kleiner Verdienst des Vaters mitsprach, vermag ich nicht zu sagen. Aber dass die Lage nicht rosig war, war wohl auch bestimmend dafür, dass die Mütter nicht zu Hause bei den Kindern bleiben konnten! Wenn Du die Lage von damals mit bedenkst, dann wird Deine Beurteilung wohl etwas anders ausfallen. Ich habe volles Verständnis für Deine Empfindungen! Damit der Brief nicht zu schwer wird, muss ich meinen Brief heute beenden. Er soll zu Dir ohne Beanstandung hinkommen, das wünsche ich. Herzliche Grüße sende ich Dir, liebe, liebe Maria!

Dein Großvater und Tante O.

PS Die christliche Kirche und Erziehung hat wohl einige Schuld, dass die Lebensanschauung über Leben und Fortbestand des Lebens über den Tod hinaus entstellt ist!

Mettmann, den 24. Mai 1981

Meine liebe Maria!

Ich will Dir nun so gut ich vermag Deinen lieben Brief vom 7.5.81 beantworten.

»Selbstlose Liebe«! Ja, diese immer auszuführen ist schwer! Aber auf dieser Forderung »fußen alle Hochreligionen«, alle! Dann muss es doch wohl für die Menschheit das Ziel aller menschlichen Anstrengungen sein und notwendig ...!

Heute sende ich Dir nun das 3. Blatt des Aufsatzes: »Unsere Bewusstwerdungen« zu ...

Die Art unseres Denkens, Redens und Tuns formt die Qualität unseres Charakters. Der Charakter ist der Quellgrund für das Wirken. Und das Wirken ist der Same für Erleben. So wird zwingend: das Gute zu tun, das Böse zu meiden. Unser Gemüt zu reinigen von allem Unwürdigen, uns Schädigenden, von allem Bösen und Gemeinen. Moralisch zu leben, heißt klug zu leben! Dann wird man auch furchtlos gegen alles Zukünftige. »Man hat getan, was möglich ist.« Wer immer sich um das Gute bemüht, der sammelt Schätze an, die ihm niemand rauben kann. Und wie könnte aus dem Gutes tun schlechte Ernte hervorgehen? Das ehemals getane Üble wird allmählich aufgewogen durch ein Tun im Guten! So gewinnt man auch Ruhe und Gewissheit für ein zukünftiges Heil. Die größten Schwierigkeiten beim Begehen des Weges liegen am Anfang. Aller Anfang ist schwer! Aber allmählich wird es leichter. Und die Läuterung des Charakters führt ja allein nur zum gewünschten Ziele: zum echten Wohlsein, zum Frieden, der die Erfüllung aller Sehnsucht ist.

In unserer Welt, wo die Zusammenhänge der Tatenkausalität selten erkannt sind, da erlebt der Mensch auch stets Dualismus – eine Zweiheit: Gutes – Böses, Fernes – Nahes, Wärme –Kälte, Großes – Kleines usw.

Wenn »alles« egoistische Verhalten überwunden ist, so mag vielleicht auch eine andere als die dualistische Bewusstseinsweise sich ergeben. Welches Endergebnis sich dann zeigen könnte, das können wir eben erst nach vollzogener Läuterung erleben. Heute können wir eben nur die Welt erfahren, welche genau dem Stande unseres heutigen charakterlichen Seins entspricht!

Wollen wir aus dem Leidhaften herauskommen, es bleibt nur der Weg der Überwindung aller Ichbezogenheit! Und so wollen wir uns bemühen, das Ziel zu erreichen!

Unser Bewusstsein ist Leistung (Funktion) der Psyche.

K.H.

Mettmann, den 2. August 1981

Liebe Maria!

Weil ich von Dir den Eindruck gewann, dass Du ein Mensch bist, der nach Wahrheit und dem, was wirklich ist, strebt, so will ich Dir schreiben, was ich in einem Buche las: Alles falsche Verhalten und aller Irrtum geschieht aus Nichtwissen um die Gesetze, welche unser aller Wesen Leben bestimmen! Dieses Nichtwissen aufzuheben, ist die Aufgabe, welche sich alle Hochreligionen stellen. Sie empfehlen aus diesem Grunde den Menschen die ethischen, moralischen Forderungen einzuhalten. Ohne die Erfüllung dieser Forderungen ist ein Wohl nicht zu gewinnen. Und Wohl wünschen sich ja alle Wesen, wie alle Wesen auch Wehe fürchten.

Die moralischen Forderungen sind: 1. Nicht töten, 2. Nicht stehlen, 3. Nicht lügen, 4. Nicht sich etwas einverleiben, was gesundheitsschädlich ist, 5. Über andere Menschen nicht Böses und Abfälliges sagen! Zu Punkt 5. Lässt sich sagen: Alle gemeinen, derben hässlichen Worte sollte man meiden, sie auszusprechen, weil Diese den Charakter beschmutzen!

– Alle – mehr oder weniger anständigen, ordentlichen Menschen tun das! Und Christus hat, so ist er uns geschildert, alle moralischen Forderungen erfüllt und auch von manchen anderen Personen ist dies berichtet. Von den uns bekannten Menschen, welche verstorben sind, kennen wir nicht deren weiteren Gang, nicht deren zukünftiges Leben. »Himmel und Hölle« und alle Zwischengrade und stufen können ja nur Folgen vergangener Taten und Absichten sein, laut kausalen Gesetzen! Es gibt gewiss auch Menschen, welche jede Folge nach dem Tode leugnen, aber solche Menschen müssten ihre Ansichten beweisen, was schwerer sein wird, als die Kausalität nachzuweisen! Jedes Ding beruht auf einer Verursachung! Gutes Tun hat gute Folge, böses Tun hat böse Folge. Der Zeitpunkt der

Folge ist dem Menschen nicht bekannt, aber dass eine Folge ausbleibt, dürfte, logisch gedacht, sich nicht ereignen! Die Einhaltung der moralischen Gesetze, diese niemals zu verletzen, dürfte den meisten Menschen kaum immer und stets gelingen. Weil unsere Triebhaftigkeit zu überwinden so schwer ist und manchmal Furcht zur und vor ganz klarer Wahrheit sich einschleichen! Aber ist ein Fehlverhalten auch manchmal eingetreten, so sollte man sich dessen auch bewusst sein und späterhin aufmerksamer sein und sich dem guten Verhalten und der Wahrheit zuwenden.

Unser »Ich« nennen wir das »Subjekt des Erkennens«. Und alles Gesehene, Gehörte, Gerochene, Geschmeckte, Getastete, Gefühlte oder Gespürte nennen wir »Die Objekte«. Gewöhnlich (im Allgemeinen) werden die Gegenstände, welche wir »Objekte« nennen, als etwas vom »ich« (vom Subjekt des Erkennens) Unabhängiges angesehen. Aber, so frage ich, ist solche Ansicht denn richtig? Ich meine vielmehr, dass beide Gegebenheiten: das Subjekt und die Objekte, aus ein und derselben Quelle herstammen. Die Quelle ist unser Erleben, unser »Bewusstsein« (besser gesagt: unsere Bewusstwerdung)! »Im Bewusstsein liegt das All!« Und: »Aus dem Denken geht alles hervor.«

Mögen und Nichtmögen ist Sprache unseres Fühlens und unserer Anschauungen! Geistig-Seelisch ist der Grundstoff aller Dinge, das Stoffliche-Körperliche ist nur notwendig gebrauchtes Objekt zu unserer Sichtbarmachung und ging aus dem Geistig-Seelischen hervor! Alle Veränderung muss geistig-seelisch erfolgen!

Am Anfang jeden Menschenlebens steht (bald nach seiner Geburt) ein »Merken«, dass es andere Menschen gibt, auch Dinge! Aber diese wahrgenommenen Dinge sind Erscheinungen, die das Kind noch mit keinem Namen bezeichnen kann, alles ist zuerst noch fast unbewusst. Erst nach und nach wird des Kindes Bewusstsein immer klarer, seine Unterscheidungen genauer. Und selbst seine Wahrnehmungen als das »Subjekt« des Wahrnehmens sind ihm zuerst noch völlig unbewusst: Das Kind hat sein ich noch nicht erkannt. Die Unterscheidung von Subjekt und Objekt wird erst viel später erkannt. Ist diese Erkenntnis gewonnen und ihre gemeinsame Quelle erkannt, dann ist der Mensch auch zur Einsicht fähig, seine bisherige Lebensweise zu ändern. Vor allem vom Selbstbezogenen zur Fürsorge auch für andere umzuschalten. Ja, er muss es, weil die Einsicht für das »Wirkliche« ihn dazu zwingt. »Raum und Zeit« gewinnen rechte Bedeutung! Nichts steht isoliert vom anderen, alles steht zu anderem in Abhängigkeit. Die Selbstlosigkeit ist das einzig richtige Verhalten! »Das Selbst«, das »Ich« ist ja nur ein Reflex einer falsch gewonnenen, eingebildeten Einsicht« (»Agens« und »Reagenz«). Dieses Erkennen setzt ein Umdenken in Kraft, welches aber Segen in sich birgt. Denken ist das Wirken! Wer die Nichtigkeit des eingebildeten »Ichs« erkannt hat, der kann seine Kraft – und wird es – für die andere Wesenheit anwenden und wird völlig frei von jedem Zwange werden! Im Denken liegt die Keimbildung für alles Planen und Tun begründet. Lieben und hassen sind Keime für unser Tun, ob wir es wissen oder nicht, ob wir es glauben oder nicht!

Das mag für heute genügen! Hättest Du noch etwas zu fragen, so tue es. Ich bin gerne bereit, im Rahmen meiner Möglichkeit, zu antworten.

Und wir, Tante O. und ich, grüßen Dich aufs Herzlichste.

Dein Großvater

Mettmann, den 1. Januar 1982

Liebe Maria!

... Heute ist der 1. Tag im neuen Jahre 1982. Du hast uns zu diesem Jahresbeginn schon alles Beste gewünscht und Gesundheit. Gesundheit ist auch notwendig und besonders für alte Menschen, wie wir es sind. Wir danken Dir für die guten Wünsche und erwidern sie aufs Herzlichste.

... Unser Leben ist, recht betrachtet, ein ständiger Wechsel von Freuden und Leiden. Mal ereignen sich freudige Erlebnisse, dann folgen leidvolle, schmerzliche. Ich möchte dies als allgemein für das menschliche Schicksal bezeichnen. Und als unsere allgemeine Aufgabe sehe ich es an, das Leiden möglichst auszuschalten. Denn alle Wesen wollen nur Wohl, kein Wesen möchte Leiden, Schmerzen erleben. Haben alle Erlebnisse nicht ihre Vorbedingungen? Ist nicht alles kausalbedingt? Ursachen bedingen die Wirkungen! Und zwar sind die Ursachen geistiger Art. »Vom Denken, von der Gesinnung gehen alle Dinge aus.« Aus der Gesinnung geht alles Tun hervor. Aus der Gesinnung folgt unser Tun und Lassen. »Gesinnung ist Seele und Geist.« Daraus ergibt sich, dass wir unsere Gesinnung reinhalten müssen von Gier, von Hass, von Neid und von Irrtum, falschen Ansichten, von allen Hassgedanken, die viel Unheil anrichten. Schon der geringste üble Gedanken, den wir gegen ein Wesen in uns zulassen, ist ein Leidbringer für uns selbst.

Jeder üble Gedanke ist ein Bumerang, der uns selbst beschädigt. Wir suchen und streben alle Zufriedenheit an. Erreichen können wir dieses nur durch selbstloses Lieben! Egoismus ist Gegensatz zum selbstlosen Lieben. Egoismus ist jedes »Haben wollen«, jedes »an sich denken«. Aber, wenn wir einem anderen Wesen Gutes tun, erwirken wir zugleich Gutes für uns. Bleiben wir beim guten Bemühen um das Gute! Die Vollkommenheit ist nur stufenweise, nach unendlichen, nichtermüdenden Mühen zu erreichen. Bleibe im guten Befolgen aller Ratschläge, die Dir zum Guten und Heilsamen verhelfen sollen und Dir einleuchten als solche.

Lasse Dich allerherzlichst grüßen von Deinem Großvater und Tante O.

Mettmann, den 24. Juni 1982

Meine liebe Maria!

Ich fühle das Bedürfnis, an Dich zu schreiben! Heute Morgen bekam ich die Nachricht, dass eine Cousine zweiten Grades im Alter von 74 Jahren verstorben ist. Ein sehr lieber Mensch, sehr ordentlich. Auch ihre lieben Eltern waren rechtschaffene Menschen. Die Folgen der Rechtschaffenheit zahlen sich nicht immer im gegenwärtigen Leben aus. Aber das Leben ist ja nicht auf die kurze Spanne Zeit des Einzelnen beschränkt, sondern ist auf die Folgezeit unzähliger Leben ausgedehnt. So denken und dachten die Großen aller Vergangenheiten. ...

Immer ist deren Haltung die »selbstlose Liebe« gewesen, die sie, diese Menschen, als ihre Richtschnur und Lebensart genommen hatten. Das Haus, wo Onkel H. untergebracht ist und die Menschen dort, die Organisation zählen dazu. Auch die Helfer bei Eurer Sache in Eurem Dorf, wo Du dazu beiträgst, geistig behinderten Kindern zu helfen. Ohne selbstlose Liebe zu üben, ist das alles nicht möglich, Bestand zu haben.

Es ist der große Irrtum von sehr vielen Menschen, zu glauben, dass das Leben mit dem Sterben zu Ende ist. Ebenso von manchen Menschen auf einen »Jüngsten Tag« zu zählen. Denn mit dem »Jüngsten Tag« ist ein »Nimmermehrstag« gesagt, auf ihn zu warten, damit ist eine ganz große Ungewissheit ausgedrückt. Real ist aber »selbstloses Verhalten«, das möglich ist, wenn auch selbstverständlich es eine schwere Aufgabe ist.

Ich will Dir wiedermal ein paar Kalenderzettel schicken. Es stehen auf diesen Zetteln Aussprüche, die immer auch mit dem Wesen selbstloser Liebesübung zusammenhängen. Wenn wir heute so groß in moralischer Hinsicht sein würden, wie wir im Technischen heute sind, dann würden die Zustände weit besser heute sein, als sie es tatsächlich sind. An dieser Tatsache lässt sich heute nicht zweifeln.

Ich hätte viel darüber zu sagen, aber für heute nur Dieses.

Dein Großvater

Mettmann, den 21. Oktober 1982

Liebe Maria!

Anlass meines heutigen Briefes an Dich ist ein Brief Deiner lieben Mutter an mich. In diesem erwähnte sie, »dass Maria schon längere Zeit nicht geschrieben habe«. Und Du, liebe Maria schriebst in Deinem Geburtstagsbrief an mich: »Es gab bei mir tiefgründige Veränderungen und Krisen«. Da komme ich auf folgenden Gedanken, liebe Maria. Wenn Du in geistigen Schwierigkeiten bist, dann meine ich sind die Eltern der richtige Ort zu einer Aussprache. Ich spreche aus meiner Erfahrung. Kein Mensch auf der ganzen Welt versteht Dich so gut als Dein Vater und Deine Mutter. Und beide Elternteile lieben Dich so, auch wenn Du meinst, es wäre anders wie Deine Mutter und Dein Vater. Wenn du noch eine Mutter hast, so danke Gott und sei zufrieden. Nicht allen auf der Erde ist dieses hohe Glück beschieden! Ach dieses Glück versteht man erst voll, wenn man keine Mutter mehr hat, glaube mir. Du kannst es bezweifeln, es ist trotzdem unerschütterliche und echte Wahrheit. Die Liebe zum Kind ist unausrottbar bei einer Mutter und ewig! Wenn etwas ewig ist, so ist es die Elternliebe! Und in allen Schwierigkeiten sollte ein Kind sich zu den Eltern flüchten, auf sie hören und sich zu ihnen zu begeben nicht scheuen. Glaube mir, liebe, liebe Maria! Eltern wollen das Vertrauen ihres Kindes und verdienen es. Sie sind traurig, wenn ein Kind, sich ihnen verschließt. Damit habe ich den einzigen Grund meines heutigen Briefes schon erfüllt. Ich lege noch einige Kalenderzettel bei und hoffe bei der Auswahl nicht schlechte erwählt zu haben. Ich liebe Dich, liebe Maria, deshalb bitte ich Dich, beherzige meine Ratschläge! Ich meine es gut zu Dir! Herzliche Grüße und gute Wünsche, namentlich für gesundheitliches Wohlergehen.

Dein Großvater und Tante O.

Nachwort

Spreche ich in meinen Ausführungen von »Dunkelheit«, so meine ich nicht die natürliche Dämmerung oder Nacht. Eine Nacht ist nicht zwangsläufig etwas, wovor wir Angst haben müssen, nur weil sie dunkel ist. Jedem ist die Bedeutung von »Dunkelheit« gleich etwas Ungutem, Bedrohlichem geläufig, es wurde in diesem Buch als Synonym dafür von mir verwendet.

Ich glaube nicht, dass wir menschliche Erfahrungen des Leidens nur machen, um auszuprobieren, wie es ist, umgebracht zu werden oder leiden zu müssen. Eher glaube ich, dass alles einen Grund hat, alle Vorgänge auf und in der Erde, im Universum, und das schon viele hunderttausend Jahre lang, und diesen Vorgängen auf den Grund zu gehen, bringt die Erkenntnisse und Klarheit.

Alles hat ein energetisches Abbild, auch unsere Körper und nur unversehrt gehen Wesen unverzüglich in den Kreislauf der Wiedergeburt ein. Es gibt »eingeborene« Körper und »Urseelen«, die zusammen in die Wiedergeburt eintreten. Sie sind besonders eng mit der Natur auf der Erde verbunden und ihre besonderen Herzensqualitäten sind auf das Wohl derer zentriert, mit denen sie über Generationen verbunden sind.

Andere Seelen sind an verschiedenen Orten, außerhalb unseres Sonnensystems, auf anderen Planeten zu Hause. Sie haben dort sichere Orte, an denen sie sich regenerieren und in allumfassender Liebe miteinander sind, und verschmelzen mit einem der Körper, um zusammen mit den anderen ein friedliches und glückliches Leben auf der Erde zu generieren.

Ich habe mir die Frage gestellt, welches Bild wohl das schönste für mich gewesen ist. Eines Tages, als ich besprochen wurde, sah ich mich als weiße Frauengestalt mit großen Flügeln auf einem weißen Pferd ... auf der linken Seite am Rücken war ein Flügel angebrochen. Das war schlimm, doch nichts konnte meine

Freude zu dieser Erkenntnis trüben ... ich war ein Wesen des Himmels und werde es auch immer sein.

Mein ganz besonderer Dank gilt meinen spirituellen Lehrer/-innen und allen, die mich in dieser Zeit begleitet und unterstützt haben, ebenso allen Therapeuten, denen ich mich anvertrauen durfte und die mir geholfen haben.

Literaturverzeichnis

Anselmi, R. (2013). Der Lichtkörper:
Ein Überblick über den globalen Transmutationsprozess
(1. Aufl.)
KOHA-Verlag GmbH.

Bach, E. (1991). Blumen, die durch die Seele heilen:
Die wahre Ursache von Krankheit Diagnose und Therapie
(12. Aufl.).
Heinrich Hugendubel Verlag.

Bauer, W., Dümotz I. & Golowin S. (2006). Lexikon der Symbole
(21. Aufl.)
Marix Verlag GmbH.

Cooper, J.C., Midell G. & Midell M. (Übers.), (1986). Illustriertes
Lexikon der traditionellen Symbole
Drei Lilien Verlag GmbH.

Evangelische Haupt-Bibelgesellschaft zu Berlin (1969). Die Bibel:
Oder die ganze Heilige Schrift des alten und neuen Testaments
nach der Übersetzung von Martin Luthers (2. Aufl.)
Druck: F. Ullmann KG, Einband: H. Sperling.

Heepen, G. H., (2007). Schüssler-Salze:
12 Mineralstoffe für die Gesundheit
Gräfe und Unzer Verlag GmbH.

Hess, P. & Zurek P. (2011). Mit allen Sinnen spielen und lernen
(2. Aufl.).
Kösel Verlag.

Hoffmann, H. (1955). Struwwelpeter
Insel-Verlag.

Javane, F.& Bunker, D. (1995). Zahlenmystik:
Das Handbuch der Numerologie
Wilhelm Goldmann Verlag.

Krämer, D. (1995). Esotherische Therapien 1:
Neue Therapien mit Ätherischen Ölen und Edelsteinen
In Verbindung mit Bach-Blüten-Hautzonen (2. Aufl.)
Ansata-Verlag.

Krämer, D. (1996). Esotherische Therapien 2:
Neue Therapien mit Farben, Klängen und Metallen,
Diagnose und Behandlung der Chakren
In Verbindung mit Bach-Blüten-Hautzonen
Ansata-Verlag.

Krämer, D. (2010). Neue Therapien mit Bach-Blüten 1:
Beziehung der Blüten zueinander, Innere und äußere Blüten,
Auswertung anhand der zwölf Schienen (16. Aufl.)
Ansata-Verlag.

Krämer, D. & Wild, H. (1994). Neue Therapien mit Bach-Blüten 2:
Diagnose und Behandlung über die Bach-Blüten-Hautzonen
Mit einem topografischen Atlas der Hautzonen (7. Auflage)
Ansata-Verlag.

Pollock, M. N., Niehaus T.(Übers.), (1995). Vom Herzen durch
die Hände:
Bedingungslose Liebe & Therapeutic Touch, Eine neue Methode
des Heilens (3. Aufl.)
Herrmann Bauer KG.

Schmidt, B. (2013). Heilen mit radiästhetischen Farben:
Quantenheilung mit dem Pendel (3. Aufl.).
BoD – Books on Demand.

Schirner, M. (2000).
Pendel-Welten
Das große Pendel-Arbeitsbuch für Anfänger und Fortgeschrittene (4. Aufl.)
Schirner Verlag.

Storm T., (1863). Die Regentrude
Erstdruck: Leipziger Illustrirte Zeitung

Styger, A. (2017). Gebete für die Seele:
Anrufungen Gebete Ablösungs- und Befreiungsrituale
Styger-Verlag.

Quellverzeichnis

Ansichtskarte (1959).
Genesungsheim Finsterbergen/Friedrichroda
(VdN) für Verfolgte des Naziregime.

Kalachakra-Mandala (Im Privatbesitz).
Gekauft von: Schneelöwe-Galerie Tibet (2006).
»Ein von indischen Mönchen handgemaltes Bild«.

*Alle Namen wurden geändert, als sie das erste Mal in der Geschichte genannt wurden.